La garçonnière

Du même auteur

Le Confident, Plon, 2010 ; Folio, 2012.

Hélène Grémillon

La garçonnière

Flammarion

à Julien, à Léonard.

« Qu'est-ce que cela peut faire qu'un cri soit faible ou fort ? Ce qu'il faut, c'est qu'il s'arrête. Pendant des années, j'ai cru que les cris allaient s'arrêter. Maintenant je ne le crois plus. Il m'aurait fallu d'autres amours, peut-être. Mais l'amour, cela ne se commande pas. »

Samuel Beckett, *Premier amour*

Ce roman est inspiré d'une histoire vraie. Les événements se déroulent en Argentine, à Buenos Aires. Nous sommes en août 1987, c'est l'hiver. Les saisons ne sont pas les mêmes partout. Les êtres humains, si.

*Lisandra était entrée dans la pièce les yeux rougis,
gonflés d'avoir trop pleuré, titubante de chagrin, les
seuls mots qu'elle avait prononcés étaient : « il ne
m'aime plus », elle les avait répétés inlassablement,
comme si son cerveau s'était arrêté, comme si sa
bouche ne pouvait plus rien proférer d'autre, « il ne
m'aime plus », « Lisandra je ne t'aime plus », avait-elle
soudain articulé comme si ses mots à lui sortaient de sa
bouche à elle, apprenant ainsi son prénom, j'en profitai
pour m'immiscer dans sa tétanie,*

— *Lisandra. Qui ne vous aime plus ?*

*C'est la première phrase que je lui aie dite, parce que
« cessez de pleurer », « racontez-moi » n'étaient pas
des injonctions qu'elle aurait pu entendre, elle s'était
arrêtée net, comme si elle me découvrait à l'instant,
elle n'avait pas bougé pour autant, elle était restée le
dos voûté par le chagrin, la tête rentrée dans les épaules, ses mains glissées, coincées entre ses jambes croi-
sées, mais comme ma phrase avait fait son effet, je me
risquai à la répéter de nouveau, plus doucement, en
la regardant dans les yeux, ses yeux qui, cette fois,
me regardaient,*

13

— *Qui ne vous aime plus ?*

J'avais craint que ces mots ne provoquent l'effet inverse et qu'ils ne la replongent dans sa torpeur de larmes, mais il n'en fut rien, Lisandra a hoché la tête et a murmuré « Ignacio », « Ignacio ne m'aime plus », elle s'était arrêtée de pleurer, elle ne s'était pas excusée, habituellement tout le monde s'excuse après avoir pleuré, ou bien en pleurant, un reste d'orgueil malgré le chagrin, mais elle n'en avait pas ou elle n'en avait plus, désormais un peu plus calme dans son pull bleu, elle me parla de lui, de cet homme qui ne l'aimait plus, voilà comment j'ai rencontré Lisandra, c'était il y a sept ans.

Lisandra était belle, étrangement belle, et cela ne tenait ni à la couleur de ses yeux, ni à celle de ses cheveux, ni à sa peau, elle avait la beauté enfantine, non dans ses formes qui étaient si féminines, mais dans son regard, dans ses gestes, dans ses moues traquées par la douleur, dans cette femme je l'ai su tout de suite, l'enfant n'était pas mort, j'étais stupéfait par sa manière d'aimer, au-delà de l'amour qu'elle portait à cet homme, c'était une amoureuse, elle aimait l'amour, je l'écoutais, il paraissait si merveilleux l'homme qu'elle aimait tant,

— *Arrêtez de me parler de lui, Lisandra, parlez-moi de vous.*

Je savais que cette phrase pouvait la brusquer, j'avais hésité, mais je n'avais pas pu me retenir, stupide, déjà jaloux, je ne supportais plus de l'entendre me parler de cet homme, elle me répondit qu'elle n'avait rien à me dire sur elle et avant que j'aie pu trouver une phrase intermédiaire, minimiser le mal que je venais de faire, elle s'était levée, m'avait demandé les toilettes et n'était pas revenue, ni ce jour, ni les jours suivants.

Tous les soirs, je prends une demi-heure de pause, une demi-heure de solitude pour me sortir de ce tunnel d'insatisfaction, de frustration ou de désespoir dans lequel m'a plongé tout ce que j'ai pu entendre dans la journée, pardon de vous dire cela, je ne devrais pas, mais au point où nous en sommes, vous avez droit aux coulisses, je me sers un verre de cognac et j'attends de ressentir un très léger engourdissement qui, paradoxalement, me recolle à ma réalité, celle de ma vie, je fais ça depuis toujours, mais ce jour-là, cette demi-heure a duré toute la soirée, je ne cessais de penser à elle, Lisandra, à ses yeux effrayés par la réalité de cette rupture, j'ai souvent vu des personnes dévastées par un chagrin d'amour, mais jamais je n'ai ressenti la souffrance à ce point chez aucune d'entre elles, et ce n'était pas un désespoir romanesque, de posture ou d'habitude, mais un désespoir constitutif de cette personnalité-là, organique et viscéral, il est des âmes qui ne ressentiront jamais le désespoir à ce point, ces sentiments dont nous partageons tous le nom, que nous pouvons tous expérimenter, ressentir, ont des degrés propres à chacun, à les vouloir universels, on l'oublie trop souvent, mais mon métier me le rappelle tous les jours : souffrir ne veut pas dire la même chose pour tout le monde.

Lisandra, j'essayais de lui donner un âge, vingt-cinq ans peut-être, les cheveux bruns et la peau rose, mate, ses yeux ? je n'avais même pas remarqué leur couleur tant la seule chose que j'y avais vue était la souffrance, rougis tout autour, elle n'avait pas fait un geste vers la boîte de mouchoirs posée entre nous, s'essuyant nerveusement les yeux, le nez, avec le revers de son pull, bleu, lui je me souvenais de sa couleur, l'idée que je ne la reverrais peut-être jamais me fit me resservir un deuxième cognac, puis un troisième, alors je suis sorti pour me changer les idées, cela ne me les changea pas, il suffit d'un millième de seconde à une obsession pour vous terrasser, le temps n'a rien à voir dans l'affaire, je descendais la rue sachant pertinemment que je ne savais pas où j'allais, sans le comprendre, je venais de me mettre à sa recherche...

On frappe à la porte. Eva Maria est assise à son bureau. Elle n'entend pas. Elle est plongée dans ses pensées.

… Lisandra, j'étais bouleversé par sa disparition brutale, je n'en dormais plus, me maudissant de l'avoir fait fuir, ça ne m'est jamais arrivé et pourtant, Dieu sait le nombre d'individus que j'ai vu défiler dans mon cabinet, personne ne m'a jamais faussé compagnie de la sorte, bien sûr il m'est déjà arrivé que les patients ne reviennent pas à leur second rendez-vous, mais disparaître de cette manière, pendant une séance, jamais, sa résistance avait été immédiate, je cherchais dans les quelques instants passés avec elle un indice qui me permettrait de la retrouver, son prénom, son pull bleu, je n'irais pas loin avec ça, je ne savais rien d'elle, je descendais mentalement le long de l'image qu'elle m'avait laissée d'elle, précise, comme découpée par un minutieux scalpel,

Lisandra, assise de guingois sur le canapé, la manche de son pull bleu séchant un œil puis l'autre, aidé par le travail de ma mémoire sélective et obsédée, je découvrais des éléments que je n'avais pas saisis sur le moment, suspendu à son visage et à ses mots, elle portait un pantalon en tissu léger, une sorte de coton noir, et, comment avais-je pu ne pas le remarquer sur le moment ?, de belles chaussures, noires également, étonnamment élé-

gantes par rapport au reste de sa tenue, des chaussures à talons avec une bride et, sous ses pieds, des traces blanches sur la moquette, je devais en avoir le cœur net, j'hésitai à me réjouir trop vite, mais je n'hésitai pas à faire le tour des salles de tango et milongas autour de chez moi, elle devait en sortir, et cela ne devait pas être loin, sinon le talc aurait eu le temps de se volatiliser complètement, elle avait donc encore le courage de danser malgré son chagrin, cela me rassura, mais ce qui me rassura surtout, c'est que je tenais désormais une piste pour la retrouver.

Ne me regardez pas comme cela, je vois très bien à quoi vous pensez, si si, dans vos yeux, ne dites pas le contraire, une certaine forme de reproche, je vous connais, mais que les choses soient claires, si la résistance de Lisandra avait été immédiate, j'avais tout fait pour, et quand je veux me rassurer, me dire que j'ai toujours été dans le vrai – parce qu'on en a parfois besoin, de cette certitude d'avoir toujours été dans le vrai, même si cela ne dure que quelques instants – eh bien, dans ces moments-là, j'aime à me dire que si je l'ai brusquée le jour de notre rencontre, c'était inconsciemment pour la chasser, et pour nous éviter ainsi de nous lancer dans un protocole qui nous aurait alors interdit toute autre forme d'intimité, pour les raisons éthiques que vous connaissez, donc, que les choses soient claires, quand je suis parti à la recherche de Lisandra, je cherchais une femme, pas une patiente, j'insiste là-dessus, et je ne me suis jamais senti coupable d'aucune trahison envers mon métier, j'avais trouvé Lisandra éplorée devant la porte de mon cabinet, elle avait vu ma plaque en passant dans la rue, pas de prise de rendez-vous, pas de séance complète, pas d'argent reçu, mais le plus foudroyant moment de ma vie, vous ne croyez pas à la reconnaissance immédiate entre deux individus ?, c'est drôle, j'aurais parié que si.

Lisandra, je me demandais à quoi elle ressemblerait en danseuse, ses longs cheveux lisses et bruns en chignon relevés, est-ce que je la reconnaîtrais de dos ? non, je ne la reconnaîtrais pas, je ne l'avais pas encore acquise cette familiarité qui permet de reconnaître quelqu'un de dos, alors j'attendais que les silhouettes dansantes se retournent, ou me laissent entrevoir leur profil et je la demandais : « Connaissez-vous une certaine Lisandra ? » « Lisandra est-elle là ? » « Lisandra danse-t-elle ici ? », j'aurais pu ne pas la reconnaître, la jeune femme qui m'avait fait face trois jours auparavant, le visage rentré dans les épaules, avait disparu derrière ce corps campé, cambré, libre de ses mouvements, autoritaire et surtout si affranchi, ce n'était plus la même jeune femme qui évoluait devant moi, elle avait ce beau cou de danseuse, toute sa méfiance, tous ses airs hésitants avaient disparu, et même son chagrin, elle était si sûre d'elle quand elle dansait, l'extrême liberté qu'elle dégageait me frappa comparée à l'assujettissement amoureux dont elle m'avait offert le portrait brutal, cette servitude, dans laquelle je l'avais vue se débattre quelques jours auparavant, elle ne dansait pas pour les autres, elle ne dansait que pour elle, elle était l'« âme du tango », je sais c'est mièvre mais c'est ce que j'ai pensé de Lisandra à l'instant où elle m'a fait face,

— Qu'est-ce que vous faites là ?

Lisandra a toujours cru que c'était « le hasard » qui nous avait fait nous revoir et elle trouvait cela si

« signifiant » que je ne l'ai jamais détrompée, elle aurait trouvé ça moins « merveilleux » si elle avait su que c'était le résultat de tout mon zèle déployé, elle était comme ça Lisandra, elle préférait la surréalité à la réalité, et chaque fois qu'elle s'émerveillait de nos retrouvailles, je la laissais dire, elle ne remettait jamais en cause ce que le hasard lui offrait, le hasard comme guide, comme garant, triste emblème de ceux qui n'ont pas confiance en eux, nous avons dîné ensemble puis nous nous sommes revus et puis nous avons décidé de ne plus nous quitter, et très vite, le 8 décembre 1980, nous nous sommes mariés, j'aimais cette femme, jamais je n'aurais pensé qu'on puisse lui faire du mal, elle n'était pas faite pour le sordide, pour le tragique peut-être, mais pas pour le sordide, elle était si fragile, Lisandra, je n'aurais jamais pensé parler d'elle au passé…

On frappe de nouveau à la porte. Eva Maria ne réagit pas. La porte s'ouvre. Estéban se tient sur le seuil de la pièce.

— Pardon de te déranger maman, tu viens dîner ?

Eva Maria ne se retourne pas.

— Je n'ai pas faim.
— Qu'est-ce que tu fais ?
— Rien. Je travaille.
— Tu rapportes du travail à la maison maintenant ?

Eva Maria ne répond pas. Estéban se fige.

— Bon ben, je dîne alors ?
— C'est ça, dîne.

Estéban se passe la main dans les cheveux, sur le côté d'abord, puis derrière. Il sort de la pièce. Il ferme la porte derrière lui. Eva Maria boit une gorgée de vin.

... La porte de l'appartement était ouverte quand je suis rentré, un affreux courant d'air m'a saisi à la gorge, la musique me parvenait très forte du salon, le désordre y régnait comme s'il y avait eu une bagarre, les fauteuils étaient à terre, la lampe était tombée, il faisait si froid, la fenêtre était grande ouverte, j'ai tout de suite su qu'il s'était passé quelque chose, Lisandra était si frileuse, même les nuits de chaleur terrible elle dormait toujours avec le drap sur elle, elle disait que seul le poids du tissu lui permettait de s'endormir et mon corps également, serré contre elle, le contact de l'air, le souffle de l'air même quand il ne soufflait pas lui était insupportable, j'ai fermé la fenêtre et je l'ai cherchée partout, j'ai couru dans la cuisine, dans la chambre, dans la salle de bain, et ce n'est qu'à ce moment-là, quand j'ai vu qu'elle n'était nulle part, que je suis revenu sur mes pas et que j'ai compris, que j'ai eu peur de comprendre, j'ai enjambé le vase à terre fracassé, l'eau du vase répandue, à cet instant j'ai entendu un cri strident dans la rue, et j'ai rouvert la fenêtre, je n'osais pas me pencher, Lisandra, son corps gisait en bas, elle était là, allongée sur le sol, sur le dos, la tête sur le côté, je ne pouvais pas voir si elle

respirait encore, deux jeunes amoureux étaient penchés sur elle, ils se tenaient par la main, je leur hurlai de ne pas la toucher, de ne pas la bouger, et j'ai couru dans l'escalier, les deux jeunes amoureux avaient reculé, ils ne se tenaient plus par la main, l'avaient-ils touchée ? son front était glacé, un filet de sang coulait de sa bouche, ses yeux étaient ouverts, gonflés, Lisandra, je ne l'ai pas tuée, je n'aurais jamais pu la tuer, il faut me croire Eva Maria.

Eva Maria se rencogne dans sa chaise. Elle se sert un autre verre de vin. Vittorio lui avait tout raconté. Dans les moindres détails. Il n'avait pas eu le temps de réagir, la police était arrivée très vite, quelqu'un avait dû donner l'alerte, un voisin sûrement, toutes les lumières de l'immeuble étaient allumées, il était remonté dans l'appartement avec les policiers qui lui avaient demandé de les accompagner au poste pendant que ceux restés sur place bouclaient la scène et entamaient les premières recherches, ils voulaient prendre sa déposition, « il fallait faire vite car c'était souvent la rapidité dans une enquête qui permettait de retrouver les meurtriers, ce ne serait pas long », c'est ce qu'on lui avait dit, il aurait dû avoir la présence d'esprit de demander un avocat, mais on ne passe pas comme ça du choc de l'effroi à l'extrême vigilance, pas lui en tout cas, et puis il n'avait rien à se reprocher, alors il était à mille lieues d'imaginer ce qui l'attendait, au poste on lui avait pris ses papiers d'identité et on l'avait emmené dans une petite pièce pour prendre sa déposition, et puis on l'avait fait attendre dans une autre pièce, plus petite encore, pour qu'il signe le document avant de partir, on lui avait apporté un café pour le faire patienter, il avait eu le temps d'en boire trois, il était épuisé, la lumière forte et blanche de la pièce l'étourdissait, la pendule était arrêtée, il n'avait aucune idée de l'heure et tellement mal à la tête, il lui semblait bien que ça durait longtemps, mais comme il n'était pas habitué, et puis il n'arrivait pas à penser alors il n'essayait pas, enfin ils étaient revenus, mais plus nombreux, ils avaient encore quelques questions à lui poser. C'est là que tout a vraiment mal tourné.

— Où avez-vous passé la soirée, docteur Puig ?

— Au cinéma, je vous l'ai déjà dit.

— Seul ?

— Mais je vous l'ai déjà dit. Je ne comprends pas. À quoi rime ce nouvel interrogatoire ?

— Docteur Puig, ici, c'est nous qui posons les questions, on n'est pas dans votre bureau, ça, vous le comprenez ? Bien, donc résumons : votre femme n'a pas envie d'aller au cinéma et quand vous rentrez, elle est morte, c'est bien ça ?

— Oui, la porte de l'appartement n'était pas fermée, il y avait des traces de bagarre dans le salon, la fenêtre était…

— Oui, oui, tout ça on sait, tout ça, vous nous l'avez déjà dit.

— Mais je vous ai déjà tout dit.

— Non, vous ne nous avez pas dit si le film était bien.

— Si le film était bien ? Vous vous foutez de moi ? Ma femme vient de se faire tuer et vous voulez que je vous parle d'un film ?

— Ne le prenez pas comme ça, c'était juste pour savoir, nous aussi on aime bien aller au cinéma, elle était pas mal la nana d'la caisse, hein ? une belle grosse bouche, moi, une bouche de Négresse plantée sur une tête de Blanche, ça me donne toujours des idées, j'y peux rien, vous appelez ça un « fantasme » je crois.

— J'en ai rien à foutre de vos fantasmes.

— Vous avez tort de vous en foutre, parce qu'elle est importante pour vous cette belle grosse bouche, déterminante même. En plus de sûrement faire des miracles au pieu – désolé, j'peux pas m'empêcher d'y penser – eh bien elle parle, cette belle grosse bouche, et ce qu'elle dit de vous, eh bien ça nous embête.

— Qu'est-ce qu'elle dit de moi ?

— C'était mon moment préféré de la soirée, cette bouche qui s'animait, y a des bouches qui sont belles quand elles parlent, d'autres quand elles se taisent, eh bien celle-là c'est pas difficile, elle est belle dans toutes les positions.

— Qu'est-ce qu'elle dit de moi ?

— Qu'elle ne vous a pas vu ce soir. Et ça tombe mal, elle n'est pas la seule, l'ouvreuse non plus ne vous a pas vu, mais elle, autant vous le dire, bouche sans intérêt.

— Cette photo date d'au moins dix ans, on me reconnaît à peine, elles ne peuvent pas juger sur ce bout de papier, c'est ridicule.

— Vous avez raison, on serait, comment vous dites ?, ah oui, « ridicules », de nous arrêter à cette photo d'identité – en plus, c'est vrai que vous avez pris un petit coup de vieux –, mais rassurez-vous, nous aussi notre métier on le fait bien, vous voyez le miroir là-bas ? eh bien, elles ont eu tout le temps de vous regarder, sous toutes les coutures même, et elles confirment : ni l'une ni l'autre ne se souvient de vous avoir vu ce soir.

— Elles ne se souviennent pas de m'avoir vu, mais est-ce qu'elles se souviennent de ne pas m'avoir vu ? Vous leur avez demandé ? Ce n'est pas pareil, ne pas se souvenir d'avoir vu quelqu'un, et se souvenir de ne pas avoir vu quelqu'un.

— Épargnez-nous la double formulation, docteur Puig, nous ne sommes pas vos patients, une seule fois suffit pour qu'on comprenne les choses, mais c'est vrai que nous ne leur avons pas posé la question sous cet angle-là, nous n'avons pas votre sens aigu des questions, de la nuance, vous auriez beaucoup à nous apprendre, mais parfois vous savez les choses sont plus simples que ça.

— Plus simples que quoi ? Dites ce que vous avez à dire, arrêtez avec vos sous-entendus.

— Nous ne faisons pas de sous-entendus.

— Alors donnez-moi ma déposition que je la signe, et laissez-moi rentrer chez moi, je suis épuisé.

— Ça va être difficile.

— Comment ça, « ça va être difficile » ? Parce que deux femmes qui passent leur soirée à voir défiler une forêt de visages ne se souviennent pas de moi ?

— Non, pas pour ça.

— Pourquoi alors ?

— Parce que ces deux femmes sont deux *hommes*, docteur Puig, et que nous sommes très étonnés que vous ne nous l'ayez pas fait remarquer, vous n'avez pourtant pas été, dans votre cas, soumis « au défilé d'une forêt de visages ».

— Depuis le début, vous me parlez de femmes, je n'ai fait que reprendre ce que vous disiez…

— Alors si depuis le début, nous vous disions que vous avez tué votre femme, vous nous diriez que vous avez tué votre femme ?

— Je ne me souviens plus de qui m'a vendu mon ticket, ni de qui me l'a déchiré, une femme ? un homme ? je n'en sais rien, moi, je ne me souviens plus…

— Il semblerait que les souvenirs de tout le monde soient très endommagés ce soir. Mais il nous faut bien commencer notre enquête d'une manière ou d'une autre, et à l'heure où nous parlons, les souvenirs des uns et les souvenirs des autres sont les seuls éléments concrets dont nous disposons. C'est comme vous, il vous faut bien commencer une psychanalyse quelque part, quelques souvenirs, même approximatifs, vous suffisent, et encore, vous, les témoignages vous ne les vérifiez même pas, vous n'avez toujours qu'un seul son de cloche, et vos coupables, c'est pas compliqué, ce sont toujours les mêmes : les parents, le père et la mère, mais rassurez-vous, nous, seul le souci de vérité nous anime, c'est pour cela que nous n'allons pas nous arrêter là. Et si ces quelques souvenirs ne parlent malheureusement pas en votre faveur, nous ne doutons pas un seul instant que la suite de l'enquête vous disculpe, ne vous inquiétez pas, ce n'est sûrement qu'une histoire d'heures, demain soir vous dormirez dans votre lit.

— Il est hors de question que je reste ici une seconde de plus, je rentre chez moi.

— Calmez-vous, docteur Puig. Il ne faut pas s'agiter comme ça. Pas dans un commissariat.

— Mais qu'est-ce que vous faites ? Qu'est-ce que ça veut dire ? Retirez-moi ces menottes.

— Ça ne veut rien dire du tout, vous vous énervez, on vous met des menottes, c'est normal. Tout ne veut pas toujours dire quelque chose dans la vie.

— Vous outrepassez votre pouvoir.

— Nous n'outrepassons rien du tout, tout suspect peut être placé en garde à vue, c'est la loi. Et disons que pour l'heure, malheureusement, vous êtes suspect.

— Vous faites une grossière erreur. Je veux un avocat. J'exige un avocat.

— Encore une fois, calmez-vous. Par contre, c'est très bien d'exiger la seule chose à laquelle vous avez dorénavant droit, vous voyez, ce n'est pas si difficile de se mettre d'accord. Mais d'abord, on va laisser passer la nuit, il paraît qu'elle porte conseil. Ah oui ! j'allais oublier, vous faites quelle taille ?

— Quelle taille de quoi ?

— Quelle taille de veste.

— Mais pourquoi vous me posez cette question ?

— Encore une fois, ici, c'est nous qui posons les questions, il va falloir vous y faire. Quelle taille de veste faites-vous ?

— 52.

— C'est bien ce que je pensais. Allez, passez une bonne nuit. Et peut-être que demain matin vous vous souviendrez de quelque chose, on sait jamais avec les rêves, il paraît que vous les analysez.

Eva Maria allume une cigarette. Vittorio lui avait tout raconté. Avec la précision d'un être accoutumé au tumulte des dialogues. Elle l'avait écouté parler pendant près d'une heure. D'habitude, c'était lui qui l'écoutait parler pendant près d'une heure. Eva Maria pense, comme les rôles s'inversent parfois dans le vin. Elle voulait dire dans la vie. Elle entend le son du bandonéon. Estéban a terminé de dîner. Il ne va pas tarder à partir. Eva Maria pose sa cigarette dans l'encoche du cendrier. Elle fouille dans la poche de son pantalon. Elle sort un trousseau de clefs. Trois clefs accrochées à un porte-clefs. Lui-même en forme de clef. Eva Maria regarde ces quatre clefs. Dont une imposture. Elle sourit. Vittorio n'en avait pas cru ses yeux quand il les avait vues de l'autre côté de la table. Du bon côté de la table de ce foutu parloir. C'était trop beau pour être vrai. Mais bon Dieu, comment avait-elle pu récupérer les clefs de chez lui ? Il en avait fait une de ces têtes quand elle lui avait raconté toute l'histoire.

— Bonjour maman. Bien dormi ?

Eva Maria ne répond pas. Abasourdie. Elle murmure.

— Ce n'est pas possible. Il doit y avoir une erreur.

Eva Maria ne peut plus quitter le journal des yeux. Quelques lignes à peine. Estéban se dirige vers le frigo.

— C'était une belle soirée hier... tu sais, tu devrais venir un jour... les gens qui dansent, c'est comme des volcans endormis, sauf qu'ils se sont réveillés... tu n'as qu'à te dire ça...

Eva Maria referme le journal. Brusque. Alors, du jour au lendemain, tout le monde peut se retrouver dans les faits divers. Eva Maria se lève. Elle se dirige vers le couloir. Elle enfile son manteau. Noue son écharpe. Prend son sac à main. Estéban s'approche d'elle.

— Tout va bien maman ?
— Oui, oui...
— Tu rentres à quelle heure ce soir ?

— Cinq heures.
— OK, je serai là.

Estéban se penche vers Eva Maria. Il l'embrasse. Elle est ailleurs. Alors, du jour au lendemain, tout le monde peut se retrouver dans les faits divers. La porte claque. Estéban se passe la main dans les cheveux, sur le côté d'abord, puis derrière. Il écarte le rideau de la fenêtre. Il regarde Eva Maria courir dans la rue, son sac dans une main, le journal dans l'autre. Elle le serre si fort. Les pages sont ratatinées dans son poing. Le bus s'apprête à partir. Eva Maria frappe au carreau. La porte s'ouvre, elle monte. Le bus démarre. Estéban laisse le rideau retomber. Il va s'asseoir à la table. À la place d'Eva Maria. Son visage s'est refermé. Eva Maria sort du bus. Son sac dans une main, le journal dans l'autre. Son étreinte s'est desserrée. Ses cheveux sont flous. La journée est passée. Eva Maria marche vite, elle doit vérifier. Elle longe un petit café. « Le Pichuco ». Le serveur l'appelle. Eva Maria lui fait signe sans s'arrêter. Elle doit vérifier. Elle arrive à la hauteur d'un immeuble. Entre. Monte cinq étages. Sonne à la porte de droite. Vittorio va lui ouvrir. Personne ne répond. Elle sonne de nouveau. Personne. Ce n'est pas possible. Elle tambourine contre le bois en faux lambris. Elle reste un long moment. Debout. Immobile. Devant la porte fermée, qui ne s'ouvre pas. Sa main se resserre autour du journal. Elle redescend les escaliers. Traverse la place. Entre dans le petit café. Le serveur arrive. Il pose un verre de vin sur sa table. Il est très agité.

— T'es pas la seule à te casser le nez. T'es pas au courant ? Elle est morte. Morte, tu te rends compte ? Il l'a tuée. Mais il va pas s'en sortir comme ça, je peux te le dire, il est dans de sales draps, toute la journée tu peux pas savoir le bordel ici, des flics partout... Un psy meurtrier, ça va jaser, je peux te le dire...

Eva Maria pose son verre. Brusque.

— Non, tu ne peux pas me le dire, justement ! ferme-la, Francisco, pour une fois, ferme-la, arrête de parler sans savoir.
— Mais je sais...
— Non, tu ne sais rien.

Eva Maria se lève. Elle jette quelques pièces sur la table. Son ton est tranchant.

— Ce n'est pas parce que tu meurs d'envie de dire à la terre entière que tu as servi à boire à un meurtrier que cet homme est un meurtrier.

Les clients des tables d'à côté se retournent. Eva Maria sort du café. Elle jette le journal dans la poubelle. Elle traverse la place, s'assoit sur un banc. Il fait froid. Eva Maria allume une cigarette. Elle regarde la fenêtre. Elle regarde par terre. Ça doit être à peu près là qu'on a retrouvé le corps. Le trottoir est aussi lisse que si rien ne s'était passé. Il n'y a pas de sang. Rien. Les lieux ne gardent pas la trace des cadavres qui s'y trouvent un jour. Les lieux n'aiment pas les souvenirs. Pas le moindre petit choc sur l'asphalte. Pas la moindre petite déformation du béton. Un homme qui tombe ne fait jamais bouger la terre. Eva Maria regarde la fenêtre. Elle regarde par terre. Du cinquième étage, c'eût été un miracle que cette fille survive. Son visage a-t-il cogné le premier, ou son corps ? Ses membres étaient-ils disloqués dans une posture qu'on ne peut avoir de son vivant ? Ses cheveux faisaient-ils écran ? Ou étaient-ils du même côté ramassés, laissant apparaître une pâleur qui, à elle seule, la rangeait déjà parmi les morts ? Était-elle défigurée ? Ou était-elle aussi belle morte que vive ? Eva Maria l'avait aperçue plusieurs fois dans leur appartement, silhouette gracile échappant à ses regards comme sûrement aux regards des autres patients. Quel était le pacte ? Les lieux lui appartenaient à elle comme à lui bien sûr, mais sauf quand un patient entrait, sauf quand un patient sortait. Le « secret professionnel », ça s'appelle. Eva Maria pense au journal dans la poubelle, dommage que cela ne vaille pas pour les journalistes, ce « secret professionnel », dommage que n'importe quel homme puisse apparaître à la face du monde à l'état de suspect, seul l'état de coupable devrait avoir le droit de cité dans les journaux. Eva Maria se raidit. Un jeune garçon, un adolescent se tient à quelques mètres d'elle, les yeux rivés au sol. Il lève les yeux vers la fenêtre, une main dans une poche, l'autre le long de son corps. Eva Maria l'observe. Intriguée. Aurait-il eu une autre attitude, peut-être l'aurait-elle soupçonné, mais son regard se résume à ce va-et-vient malheureux entre la fenêtre et le sol. Après un long moment, le jeune garçon se dirige vers l'immeuble pour entrer. Eva Maria se lève. Ce n'est pas parce qu'on a l'air malheureux qu'on n'est pas coupable. Eva Maria suit le jeune garçon. Elle entend ses pas dans l'escalier. Il monte. Elle monte. Il s'arrête. Cinq étages, elle s'en doutait. Un patient. Eva Maria fait mine de le dépasser. Le jeune garçon tambourine contre le bois en faux lambris. Combien ont-ils été à le faire aujourd'hui, ce pèlerinage incrédule ? Eva Maria se retourne.

— Tu cherches quelqu'un, mon garçon ?
— Je venais voir le type qui habite ici.
— Il n'est pas là.

Le jeune garçon reste immobile. Démuni. Eva Maria descend d'une marche. Elle cherche à le réconforter. Quitte à mentir.

— Je peux t'aider ? J'habite au-dessus.

Le jeune garçon sort la main de sa poche. Il semble ne pas savoir quoi en faire. Quelque chose brille dans sa paume.

— Je venais lui rendre ses clés, il les a perdues hier, dans la rue, à côté de… à côté du…

Le jeune garçon ne parvient pas à finir sa phrase. Eva Maria vient à son aide.

— À côté du cadavre ?

Le jeune garçon hoche la tête. Eva Maria tente de garder son calme.

— Tu étais là ?

Le jeune garçon baisse la tête.

— C'est ma copine et moi qui l'avons trouvée, c'était notre premier dîner tous les deux, en tête à tête j'veux dire, ça faisait bizarre, mais ça s'était bien passé, on rentrait, j'étais heureux car elle m'avait pris la main, c'était la première fois, on se disait pas grand-chose et je me trouvais un peu nul, c'est dingue parce que je priais pour qu'il se passe un truc, je vous jure, n'importe quoi pour nous retarder, j'avais un peu la trouille de la ramener en bas de chez elle. On s'est jamais embrassés. Je veux dire, là – il fait un geste vers sa bouche –, vous comprenez… alors je marchais pas vite, c'est ma copine qui l'a vue la première. « Regarde là-bas, sur le trottoir, on dirait un corps. » Au début, on a cru que c'était un clodo, mais c'est pas trop le genre du quartier, c'est en se rapprochant qu'on a vu que c'était une femme, dans une belle robe, et qu'on a vu la fenêtre ouverte. On a couru. À ce moment-là, son mari est apparu à la fenêtre et il nous a crié un truc, on n'osait pas s'approcher du corps, on n'osait même pas trop la regarder, moi en tout cas. Son mari est arrivé très vite, c'est lui qui a vraiment vu qu'elle était morte, il hurlait. Elle s'est suicidée, c'est ça ?

Le regard du jeune garçon est si désemparé. Eva Maria le sent. Il a besoin de mettre un point final à cette scène horrible à laquelle la vie, sans crier gare, l'a confronté : la mort sous ses yeux. Eva Maria n'hésite pas une seconde. Quitte à mentir.

— Oui c'est ça. Elle s'est suicidée.

Eva Maria descend les quelques marches qui la séparent encore du jeune garçon. Elle le sait. Dans ces conditions, les décisions physiques valent mieux que toutes les circonvolutions sentimentales.

— Donne-moi les clés si tu veux, je les rendrai à Vittorio.

Le jeune garçon n'hésite pas une seconde. Il tend le trousseau à Eva Maria. Et, comme si de s'en défaire soudain, il se détendait enfin, il se laisse tomber de tout son poids sur une marche de l'escalier. Il soupire. Son corps soulagé. Son âme pas tout à fait.

— Je n'avais jamais vu de mort avant.

Eva Maria a envie de lui prendre la main. Elle se ravise.

— Moi non plus, je n'ai jamais vu de mort.
— Vous avez de la chance.
— J'aurais préféré.

Le jeune garçon se tourne vers elle.

— Vous êtes bizarre vous de dire des trucs pareils.

Eva Maria serre ses mains l'une contre l'autre.

— J'avais une fille, elle s'appelait Stella. Elle avait à peu près ton âge. Un matin, je l'ai embrassée pour lui souhaiter une bonne journée, elle partait à ses cours. Depuis, je ne l'ai plus revue, ça a fait cinq ans la semaine dernière. Eh bien tu vois, je crois que j'aurais préféré la voir morte que de la savoir morte.

Le jeune garçon baisse la tête.

— Je suis désolé. Ils ont tué tant de gens[*].

Les deux se taisent, les yeux dans le vague. Eva Maria essaie de rire. Elle préfère faire diversion.

— Entre nous soit dit, ce baiser aurait pu être très réussi…

Le jeune garçon sourit du sourire de l'adolescence, mais il continue de penser.

— Cette femme, vous la connaissiez ?
— Je connais surtout son mari.

Le sourire du jeune garçon s'évanouit.

— Alors lui, le pauvre, il tournait autour d'elle comme un fou, il tapait contre le mur avec ses poings, il hurlait, il était dévasté.
— Tu l'as dit à la police ?

Le jeune garçon se raidit.

— La police ? Qu'est-ce que la police vient faire dans cette histoire ? J'ai rien à dire à la police, moi.

Le jeune garçon panique. Il se lève. Dévale l'escalier. Eva Maria ne peut pas l'arrêter. Elle ne cherche pas à l'arrêter. Le jeune garçon fuit comme un adolescent fuit au mot « police », pas comme un meurtrier. Si le meurtrier revient toujours sur les lieux du crime, ce n'est pas lui, il n'en a pas l'étoffe. Eva Maria en

_____
[*] Le 24 mars 1976, un coup d'État militaire fait basculer l'Argentine dans la dictature. La junte dirigée par le général Rafael Videla fait torturer et assassiner trente mille personnes. Le 30 octobre 1983, la démocratie est restaurée avec l'élection de Raúl Alfonsín.

est persuadée. Peut-être n'a-t-il tout simplement pas dit à ses parents qu'il dînait avec sa petite copine, il aurait alors dû tout leur expliquer et, à son âge, avouer à ses parents un dîner avec une fille relève de l'impensable. « Comme pour des parents d'avouer à leur enfant qu'ils ont fait l'amour la veille », aurait peut-être dit Vittorio. Eva Maria secoue la tête. Elle entend le jeune garçon disparaître dans l'escalier. De toute façon, son témoignage sur la douleur de Vittorio, sur son désarroi, les policiers l'auraient balayé d'un revers de main. « Simulation, comédie, auraient-ils professé, tous les maris qui tuent leurs femmes commencent par avoir l'air dévasté, par tourner autour d'elles comme des fous, par taper contre le mur avec leurs poings, par hurler. Avant d'avouer. » Eva Maria reste seule sur sa marche d'escalier. Elle regarde les clés couchées dans sa paume, couchées comme un corps sur le sol. Du cinquième étage. Le corps de cette pauvre fille devait présenter de multiples fractures, comme toutes les victimes d'une chute terrible depuis une grande hauteur. On les a retrouvées aussi, ces fractures, sur les cadavres des *desaparecidos* que la mer a rejetés il y a quelque temps, fracturés comme personne ne peut fracturer personne à main nue, ni à main armée. Même en s'en donnant à cœur joie[*]. Eva Maria ima-

---

[*] Les *desaparecidos* sont les victimes de disparition forcée, secrètement arrêtées et tuées en Argentine pendant la Guerre sale. On les appelle les *desaparecidos* [disparus] car, voulant cacher leurs exactions, les militaires racontaient que tous ces gens avaient simplement quitté l'Argentine.

gine Neptune rendre les corps pour prouver la culpabilité des tortionnaires arrogants et, jusque-là,
intouchables. Neptune le Sévère, Neptune le Juste
apportant la preuve des exactions de la junte. La
Nature aidant les hommes à juger les hommes. Une
partie d'Eva Maria est certaine que Neptune lui
aurait rendu le corps de Stella, par pitié pour son
cœur de mère qui meurt de ne pas savoir. L'autre
partie d'Eva Maria sait que Neptune n'existe pas et
se demande si le corps de Stella gît toujours au fond
de l'eau. Stella, sa chère enfant, se sont-ils débarrassés
d'elle comme des autres ? Un soir de mercredi, une
piqûre de Penthotal, un avion, la porte ouverte et
son corps vivant jeté de là-haut dans le rio
de la Plata, était-elle consciente ? Pleurait-elle ? les
suppliait-elle ? A-t-elle hurlé en tombant dans le
vide ? A-t-elle senti ses vêtements la déshabiller ? Ou
était-elle déjà nue ? Savait-elle que son corps allait
cogner contre la surface de l'eau dont elle n'avait jusqu'alors éprouvé que la douce pénétrabilité ? Elle qui
aimait tant l'eau. Comment une mère ne sent-elle
pas quand son enfant meurt ? Stella ne peut pas être
morte, ce n'est pas possible. Eva Maria secoue la tête
pour chasser cette insupportable vision du corps de
sa fille lesté au fond de l'eau. Les larmes glissent. Eva
Maria regarde les marches qui plongent devant elle.
Si les escaliers pouvaient parler, ils lui diraient, à elle,
qui a tué la femme de Vittorio. Elle donnerait tout
pour connaître l'identité du meurtrier. Eva Maria se
lève. Elle espère que dans quelques jours la lumière
sera faite sur ce meurtre et que Vittorio sera disculpé.
Elle espère surtout se retrouver bientôt seule avec lui,

comme avant, elle en a tant besoin. Elle ne pourra jamais continuer sans lui, continuer la vie. Eva Maria sort de l'immeuble. Les jours étaient passés. Elle avait décidé de se rendre au parloir. Elle avait craint que la prison ne lui refuse tout droit de visite. On ne lui avait fait aucune difficulté. Seule procédure : fouille obligatoire. C'était trop beau pour être vrai.

Eva Maria rouvre les yeux. Elle regarde ces quatre clés. Dont une imposture. Vittorio n'en avait pas cru ses yeux quand il les avait vues de l'autre côté de la table. Du bon côté de la table de ce foutu parloir. Les clés de son appartement entre les doigts d'Eva Maria. Enfin l'ombre d'un espoir. « Tout ça parce qu'un jeune garçon avait eu peur d'un baiser. » Vittorio avait ri. Avec trop de nervosité. « Vous allez m'aider ? n'est-ce pas ? je n'ai pas tué Lisandra, je n'aurais jamais pu la tuer, il faut me croire, Eva Maria, vous êtes ma seule chance, moi je ne peux rien faire, enfermé dans cette putain de cellule, les flics s'acharnent contre moi, maintenant ils sont définitivement persuadés que j'ai tué Lisandra, ils ont retrouvé sur la scène de crime un petit chat de porcelaine brisé, figurine bien inoffensive, ils ont remarqué la collection sur l'étagère de la bibliothèque, mais ils ont aussi retrouvé – indices plus compromettants pour moi – une bouteille de vin et deux verres brisés au sol : un tête-à-tête avec ma femme qui aurait mal tourné, cela arrive souvent, des soirées qui commencent bien mais qui se finissent mal, j'ai beau leur dire que ces verres pouvaient être là depuis plusieurs jours, que cela ne veut rien dire, j'ai beau tenter de me défendre qu'on n'était pas très ordonnés, ils me répondent que je ne serais pas le premier à me débarrasser de ma femme, dans leur bouche un mari qui tue sa femme, c'est une lapalissade, la routine, ils se délectent, ils ricanent que c'est dans la nature de l'homme, une pulsion qui, c'est vrai, s'empare de tout homme au moins une fois dans sa vie, mais je m'étais laissé dépasser par mes émotions, moi qui devrais pourtant si bien savoir les canaliser, les contraindre, les raisonner, je faisais honte à ma profession, ils n'étaient pas très fiers de moi, je les entends s'interroger à voix haute sur mon mobile, pourquoi je suis passé à l'acte ?, pas l'ombre d'un conditionnel dans leur raisonnement, je ne peux rien dire, ils ne me croient pas, ils ne cherchent pas le meurtrier de Lisandra, ils cherchent à m'inculper moi, *se faire un psy*, quelle aubaine, trop rare pour ne pas sauter sur l'occasion, pour une fois qu'on parle d'eux dans les journaux, ça change, ces flics sont dingues mais endurants, je suis seul contre tous, même mon avocat me regarde avec trop de défiance pour me rassurer, pas plus tard que cet après-midi il m'a dit que cela ne sentait pas très bon, même lui n'a pas l'air de croire à mon innocence, encore un comble dans toute cette histoire, de toute façon depuis mon arrestation, j'ai l'impression de me débattre dans un comble, vous êtes ma seule chance, et les clés de mon appartement, tout ce dont j'avais besoin, il faut retrouver l'assassin de Lisandra, les flics ne chercheront pas, vous, vous pouvez chercher, vous allez m'aider, n'est-ce pas ? vous êtes d'accord ? » Eva Maria n'entend plus le son du bandonéon. Estéban doit être parti à sa soirée. Eva Maria pose les clés sur son bureau. Elle regarde la cigarette droite, mais grise, en équilibre dans l'encoche du cendrier, le long tube de cendre encore compacte tient dans l'air avec la fragilité de l'altérable. Eva Maria pense à la fragilité de l'altérable. Elle se demande combien de temps ces particules resteront serrées ensemble. Elle prend garde à ne pas faire bouger le bureau. Une gorgée de vin. Deux gorgées. Eva Maria pense. Ces enquêteurs sont de parfaits idiots, bien sûr qu'on peut ne plus se rappeler que la personne qui vous a vendu votre ticket de cinéma est un homme, mais pas selon eux, l'arbitraire des souvenirs comme pièce à conviction, voilà leur point de vue, leur stratégie, et pour le reste, c'est tout bonnement un procès fait à la solitude, cela revient à dire qu'on ne peut jamais être seul, qu'on se doit de passer les moindres heures, les moindres minutes de sa vie en compagnie, pour être bien sûr d'avoir un alibi, au cas où un jour on serait accusé à tort, comme Vittorio aujourd'hui, c'est absurde, et impossible. Ces enquêteurs ne cherchent pas plus loin que le bout de leur nez, ils réduisent tout à l'aune du plus fréquent, avec eux, ce n'est pas la réa-lité qui nourrit les statistiques, ce sont les statistiques qui font plier la réalité, mais c'est normal, comme leur métier les empêche d'être rassurés par les hommes, ils tentent de se rassurer par les chiffres. « Déformation professionnelle », disent certains, « Erreur judiciaire assurée », pense Eva Maria. Non, tous les maris ne tuent pas leur femme. Eva Maria boit une gorgée de vin. On dirait que les policiers se servent de ce genre de drames pour y projeter leurs propres fantasmes, leurs propres envies de meurtre. En tout cas, si elle était la femme d'un de ces policiers, elle se méfierait. Soupçonner Vittorio, d'accord, ça fait partie de leur boulot, mais le condamner d'avance, c'est inacceptable. Les chiffres sont des objets d'étude, pas de généralisation. C'est comme si elle, au Centre, elle prenait des données ponctuelles pour des valeurs définitives, chaque volcan, chaque éruption a ses propres chiffres, mais ça s'arrête là. Pourquoi ne pas faire de même avec les hommes ? Tout simplement parce qu'on s'identifie à un homme ; enquêteurs, juges et jurés, commentateurs du dimanche ne font rien d'autre que projeter ce qu'ils sont sur un accusé, l'erreur a dès lors les coudées franches pour s'immiscer. Pas plus qu'on ne s'identifie à un volcan on ne devrait s'identifier à un homme. Ce n'est pourtant pas difficile de se rendre compte que cet homme aimait sa femme. Eva Maria repose son verre. La cigarette se brise, le long tube de cendre est tombé. Eva Maria soupire. Il faut qu'elle le sorte de là, se battre seule dans son coin, où les chiffres n'ont pas de place, où seules règnent les intuitions, parce qu'avant d'être logiques nous sommes instincts et elle le sent, Vittorio n'a pas pu tuer sa femme, comme avec les volcans, mener chaque jour une nouvelle enquête, chaque jour faire parler les nouveaux éléments quand il y en a, et s'y fier, tenter de les interpréter, et attendre que l'homme, comme le volcan, se livre chaque jour un peu davantage. Eva Maria attrape ses lunettes. Elle ouvre un petit carnet

de cuir noir. Rigide. Elle cherche une page blanche.
Elle écrit à la hâte.

porte de l'appartement ouverte
musique forte dans le salon
fenêtre du salon ouverte
fauteuils à terre
lampe tombée
vase à terre fracassé
l'eau du vase répandue
figurine cassée (chat de porcelaine)
bouteille de vin
deux verres brisés
allongée sur le dos
la tête sur le côté
front glacé, filet de sang
yeux ouverts, gonflés

Eva Maria referme son petit carnet noir. Elle se lève.
Remet les clés dans la poche de son pantalon. C'est
décidé. Elle va faire ce que Vittorio lui a demandé.
Elle frissonne. Un peu de peur.

— Estéban ? Estéban ?

Eva Maria pousse la porte de la chambre. Estéban
n'est plus là. Le clou auquel il accroche son vélo est
vide. Il a pris son bandonéon. Dans le couloir, elle
appelle de nouveau. Personne. Eva Maria hausse les
épaules. Encore sorti jusqu'au bout de la nuit. Elle
enfile son manteau noir. S'enroule dans son écharpe.
Le blanc tranche avec le noir. Son regard se pose sur
la table de la cuisine. Son dîner l'attend. Elle ajuste
ses gants. Noirs, eux aussi. Estéban lui a préparé une
assiette. Il l'a recouverte pour l'empêcher de refroidir.
Même recouverte, l'assiette doit être froide maintenant. Tout finit par refroidir, même les volcans. Eva
Maria entre dans la cuisine. Elle ouvre le placard. Se
sert un verre de vin. Elle le boit d'un trait. Éteint
derrière elle. Il fait froid dehors. Eva Maria remonte
son écharpe blanche sur ses cheveux. Voilà des mois
qu'elle n'est pas sortie la nuit. Elle monte dans le
bus. Elle regarde les lumières défiler par la fenêtre,
c'est quand même joli, les lumières la nuit, si calme.
Elle sent les clés dans la poche de son pantalon. Elle

pense au jeune garçon, elle le revoit faire son geste bref, là, sur sa bouche adolescente. Elle se demande s'il s'est enfin décidé à embrasser sa petite amie, elle se demande si c'était réussi. Son regard s'accroche aux lampadaires qui défilent. Son propre premier baiser lui revient. Il était raté. Elle sourit quand même. On sourit toujours au souvenir de son premier baiser. Quand il était consenti. Le mouvement de ses lèvres creuse quelques rides autour de ses yeux. Son écharpe blanche frôle ses pommettes. Un néon clignote. Quel choc quand même, ce cadavre, pour ces deux encore enfants qui ne pensaient qu'à l'éventualité d'un baiser. « C'est en se rapprochant qu'on a vu que c'était une femme, dans une robe, une belle robe. » Vittorio ne l'avait pas mentionné. Eva Maria sort son petit carnet de sa poche. Elle écrit à la suite de ses notes précédentes.

dans une belle robe

Le bus s'immobilise. Eva Maria sursaute. Encore deux arrêts. Elle se rapproche de la sortie. Elle pense à Vittorio. Le noir doit régner dans sa cellule et aucun moyen de le briser, aucun bouton sur lequel appuyer, aucune porte à ouvrir. Il avait tout de suite été étonné que la porte de leur appartement soit ouverte, Lisandra donnait toujours un tour de clé quand elle était seule et elle mettait le verrou, même dans la journée, elle avait peur, depuis toujours, même de l'impossible, que quelqu'un entre, se cache dans une armoire, dans un placard et la nuit venue lui fasse du mal, elle était si craintive, Lisandra, et la nuit la terrifiait, comme réunissant soudain toutes les conditions d'un éventuel drame ; si elle était plongée dans ses pensées et qu'il arrivait dans la pièce pour lui parler, elle sursautait, elle étouffait un cri, la première fois qu'il l'avait vue, il avait tout de suite été frappé par cette vulnérabilité, c'est vrai qu'elle pleurait mais ce n'est pas parce qu'une personne pleure qu'on la trouve fragile, on peut être triste sans être fragile, Lisandra n'aurait jamais ouvert à un inconnu, Vittorio en était certain, elle n'ouvrait jamais la porte quand on sonnait, il fallait toujours que ce soit lui qui y aille, il s'en moquait parfois, ils étaient si différents à cet égard, elle qui s'enfermait à tout-va, lui qui rêvait d'un monde sans porte, il n'aurait jamais dû en rire, finalement Lisandra avait eu raison d'avoir peur, savait-elle d'instinct comment, un jour, elle mourrait ? Et si on le savait tous, d'instinct, au fond de soi, comment, un jour, la mort viendra nous cueillir, et si nos névroses n'étaient pas relatives à notre passé, comme on le croit toujours, mais à notre avenir, des cris d'alarme. Le bus s'arrête. Il n'y avait pas de traces d'effraction, donc Lisandra avait ouvert, Vittorio n'arrivait pas à se défaire d'une idée terrible, d'une intuition, il ne voyait que cette piste-là : un patient. Un patient, Lisandra était habituée à ce que certains d'entre eux viennent parfois sonner tard le soir, rarement mais cela arrivait, Lisandra n'ouvrait jamais quand il n'était pas là, mais ce soir-là, il avait peut-être insisté, ou *elle*, après tout, il n'y a pas que les hommes qui tuent, et Lisandra avait fini par ouvrir, peut-être poussée par l'imminence de ses moqueries, quand il serait rentré il lui aurait sûrement reproché de ne pas avoir ouvert, Vittorio avait du mal à croire que cela puisse être un de ses patients, mais il ne voyait pas d'autre explication, c'en était fini des exactions de la junte, et un inconnu venant sonner chez eux pour tuer Lisandra, il n'y croyait pas non plus, au moins sur ce point les flics avaient raison, un meurtrier sorti de nulle part pour vous tuer chez vous sans raison, ça n'existe pas, ou si rarement, et rien n'avait disparu, il devait bien l'admettre, il avait fait le tour de l'appartement avec les policiers, et mis à part le désordre du salon, tout était en ordre, Vittorio l'avait constaté, rien n'avait été volé, la seule chose indéniable c'est qu'il y avait eu une bagarre, c'était certainement pour cela que la musique était si forte, pour masquer les bruits, les cris, mais qu'est-ce qui avait bien pu causer une dispute ? une question le taraudait, et si Lisandra avait été violée, il attendait les résultats de l'autopsie avec beaucoup d'angoisse, que quelqu'un puisse lui vouloir du mal jusqu'à la tuer lui semblait impensable, par contre elle pouvait avoir servi de bouc émissaire, c'était possible après tout, on ne peut empêcher personne de focaliser sur soi ses frustrations, son amertume, sa haine, en tout cas, il fallait vraiment la haïr pour la tuer, car ce n'était pas un accident, on n'ouvre pas impunément une fenêtre en plein hiver, un transfert, oui, un transfert sur lui, sur elle, si Lisandra était morte à cause de lui, ça, il ne se le pardonnerait jamais. Le bus s'arrête. Eva Maria descend.

une deux trois quatre cinq six sept huit neuf dix onze
elle les a comptées tant de fois ces marches depuis

douze treize quatorze quinze seize dix-sept dix-huit
qu'elle vient ici tous les mardis depuis plus de quatre

dix-neuf vingt vingt et un vingt-deux vingt-trois vingt-
ans ça fait au moins comme si elle avait gravi le

quatre vingt-cinq vingt-six vingt-sept vingt-huit
volcan Copahue peut-être même le Payun Matru

vingt-neuf trente trente et un trente-deux trente-
elle espère qu'elle ne fait pas une bêtise Estéban insis-

trois trente-quatre trente-cinq trente-six trente-sept
tait tellement il faut te faire aider maman il faut

trente-huit trente-neuf quarante quarante et un
te faire aider on m'a parlé de quelqu'un de bien

quarante-deux quarante-trois quarante-quatre qua-
va le voir maman va le voir je t'en prie fais-le

rante-cinq quarante-six quarante-sept quarante-huit
pour moi elle espère qu'elle ne fait pas une bêtise

Eva Maria trébuche.

quarante-neuf cinquante cinquante et un cinquante-
Vittorio c'était le bon elle l'a tout de suite senti

deux cinquante-trois cinquante-quatre cinquante-cinq
ses questions ses réponses et même leurs silences leurs

cinquante-six cinquante-sept cinquante-huit cin-
désaccords elle a toujours été à l'aise avec lui jamais

quante-neuf soixante soixante et un soixante-
niais ou arrogant ni jamais insidieux quand elle avait

deux soixante-trois soixante-quatre soixante-cinq
envie de rire c'était une envie de rire complice pas

soixante-six soixante-sept soixante-huit soixante-neuf
une envie moqueuse mesquine rire de lui de ses interpré-

soixante-dix soixante et onze soixante-douze
tations comme elle avait eu avec les autres un éclat qui

soixante-treize soixante-quatorze soixante-quinze
disait au fond d'elle tu n'as rien compris mon pauvre

soixante-seize soixante-dix-sept soixante-dix-huit
t'es complètement à côté de la plaque et c'est bien

soixante-dix-neuf quatre-vingt quatre vingt un quatre-
la dernière fois que tu me vois Vittorio a

vingt-deux   quatre-vingt-trois   quatre-vingt-quatre
toujours été pertinent si pertinent lui apprenant à voir

quatre-vingt-cinq   quatre-vingt-six   quatre-vingt-sept
les choses sous un autre angle un bel angle c'est drôle

quatre-vingt-huit   quatre-vingt-neuf   quatre-vingt-dix
elle compte toujours les marches en les montant

quatre-vingt-onze quatre-vingt-douze quatre-vingt-treize
jamais en les descendant elle espère qu'elle ne fait pas

quatre-vingt-quatorze
une bêtise

Eva Maria reprend son souffle. Quatre-vingt-quatorze marches. Il y en a toujours autant. Aucune ne s'est fait la malle vers un escalier mieux famé. Les lieux sont insensibles. Vite, personne ne doit la voir. Eva Maria suit les instructions de Vittorio. Elle introduit la plus petite des clés du trousseau dans la serrure en tirant la porte vers elle. La poignée tourne sous ses doigts. Eva Maria se faufile dans l'appartement. Vite. Elle ferme la porte derrière elle. La peur saccade sa respiration. Elle s'adosse à la porte. Ses yeux se font à l'obscurité. Elle étouffe un cri. Un individu est plaqué contre le mur. Eva Maria déglutit. C'est un portemanteau. On aurait vraiment dit un homme. Avec cette veste grise accrochée dessus. Eva Maria frôle la veste en passant. « Tu m'as foutu une sacrée trouille, toi. » Elle pousse la porte du bureau, c'est la première fois qu'elle la touche. D'habitude, Vittorio en était le seul maître, sa parenthèse à lui, qu'il ouvrait et refermait au rythme de ses patients. Elle s'assoit sur le canapé. Pour reprendre ses esprits. Elle la connaît si bien, cette assise moelleuse. Eva Maria regarde le grand paon devant elle. Elle n'aurait jamais imaginé Vittorio ailleurs qu'installé devant cet immense tableau. Eva Maria pense au beige sale des murs du parloir. Elle ferme les yeux. Elle les rouvre. Elle aurait voulu Vittorio en face d'elle, son sourire rassurant accroché au visage. À la place, le sourire d'un croissant de lune de dix-sept jours se reflète dans les plumes du paon. Eva Maria se lève. Elle suit les instructions de Vittorio. Le petit placard à côté du chauffage. Derrière son bureau. Eva Maria s'agenouille. Elle ouvre la porte. Elle se recule pour laisser la lumière de la lune entrer. Eva Maria ne peut plus suivre les instructions de Vittorio. Elle ne peut plus faire vite. Elle n'arrive pas à détacher son regard de ces deux étagères de cassettes. Hypnotiques. Alignées, les unes à côté des autres. Dans le sens de leur hauteur. Une étiquette blanche sur la tranche. Avec un prénom dessus. Eva Maria en prend une. « Bianca ». Une autre. « Carlos ». Vingt-trois cassettes en tout. Rangées par ordre alphabétique. Voici la sienne. Eva Maria est mal à l'aise. Enregistrer leur dernière séance, pour les réécouter seul, revenir sur chacun d'eux, à tête reposée, chercher dans ces cassettes la phrase, le mot qui lui auraient échappé pendant la séance et qui viendraient lui apporter un nouvel éclairage sur cette âme dont il tentait, semaine après semaine, mois après mois, de comprendre le fonctionnement, les névroses. C'est ce que Vittorio lui avait expliqué au parloir. Une cassette par patient. La dernière séance seulement, chaque séance effaçant la précédente. Il ne les réécoutait pas systématiquement, mais il voulait pouvoir le faire quand une idée, une phrase lui revenaient, il voulait la réécouter dans son contexte, il appelait ça : le « réveil tardif », le sien, son « réveil tardif », parce qu'il ne fallait pas se mentir, il n'était pas toujours attentif, ce niveau d'éveil extrême, d'ouverture d'esprit maximale, aucun être humain ne peut l'avoir des heures durant, il subissait des relâchements, des distractions, c'est hypocrite de dire qu'il était toujours attentif, une mauvaise foi d'analyste, nul homme ne peut se prévaloir d'une attention sans faille, le magnétophone lui permettait de pallier cette faiblesse. Eva Maria sursaute. Elle entend des voix. Elle se retourne vers la porte. C'est la télévision des voisins. Vite. Elle dépose toutes les cassettes dans son sac à dos. « Eva Maria ». Elle regarde sa cassette. Elle ne se souvient plus très bien de ce dont ils ont parlé lors de sa dernière séance, c'est déjà loin, elle ne supporterait pas de s'entendre, quelle horreur ! s'écouter déverser ses sentiments, commenter ses états d'âme, tourner autour d'elle-même, d'elle seule, ne pas se quitter trois quarts d'heure durant, déjà que le principe l'a toujours gênée, heureusement, elle n'aura pas à la réécouter celle-ci. Elle déteste entendre sa voix. Eva Maria regarde sa cassette. Elle grimace. Elle fait vite. Elle suit les instructions de Vittorio. Récupérer toutes les cassettes. Peut-être allaient-elles livrer un indice ? une piste ? quelque chose qui lui aurait échappé à lui, il ne pouvait plus se souvenir de tout ce que ses patients lui avaient dit ces dernières semaines, des milliers de mots, de silences signifiants, de lapsus, de sous-entendus peut-être, et si l'un d'entre eux l'avait prévenu ? menacé ? sans qu'il s'en soit rendu compte, jalousie, vengeance, après tout, c'était possible, en tout cas, c'était ce qui lui semblait, le plus probable parmi toutes les hypothèses qu'il ne cessait d'échafauder dans cette putain de cellule où il n'allait bientôt plus rien lui rester à faire que d'en compter les briques. Eva-Maria referme le placard. Elle regarde son sac à dos. Le trésor de Vittorio. Il ne fallait surtout pas que ces cassettes tombent entre les mains des flics, bien trop hostiles, bien trop capables de détruire des preuves, préférant visible-ment *se faire un psy* que d'enfermer le véritable cou-pable, il faisait suffisamment les frais de leurs raccourcis, de leurs raisonnements à charge, de leur manière de tirer des conclusions grotesques pour ne pas les craindre. Vittorio a sûrement raison. Eva Maria fronce les sourcils. Elle allait oublier. Encore une chose. Elle retourne la boîte de mouchoirs posée sur la petite table entre le canapé et le fauteuil en cuir où Vittorio se tenait toujours. Le magnétophone est bien là, caché dans un renfoncement à ses dimen-sions. Il n'y a pas de cassettes dedans. Eva Maria prend aussi la boîte de mouchoirs, pour plus de sécu-rité, de tranquillité. Vittorio avait insisté. Si les flics la trouvaient, ils ne manqueraient pas de l'interroger sur cet emplacement vide, en même temps, cela vou-drait dire qu'ils enquêtent, ce qui n'est pas demain la veille mais alors Vittorio devrait tout expliquer de ces enregistrements, s'en défendre surtout, et il voyait d'ici où ça le reconduirait : le procès du mari qui a tué sa femme se transformerait en procès du psycha-nalyste qui enregistrait ses patients. C'est vrai que ce n'était pas *déontologique*, mais il était sûr que c'était bon, utile pour son métier, il l'avait constaté à de nombreuses reprises cette pratique l'aidait, et c'était l'essentiel, il stockait – comme un archiviste parfait – comme une mémoire inaltérable de la mémoire altérée de ses patients et de sa propre mémoire, il mettait toutes leurs chances de leur côté, depuis quand le principe de conserver est-il préjudiciable ? mais bien sûr qu'il ne le disait pas à ses patients, savoir qu'ils étaient enregistrés les aurait entravés, gênés, intimidés, d'ailleurs aucun psychanalyste ne dit à ses patients ce qu'il consigne dans leur dossier pendant leur séance, mais ce secret-là, personne ne trouve rien à y redire, c'est vrai, c'est la Méthode avec un grand « M », eh bien lui sa méthode avec un petit « m », c'était d'avoir recours à ces enregistrements, cela faisait bien longtemps qu'il avait arrêté de noter pendant une séance, c'était parfaitement contreproductif, la prise de notes introduisait une distance immédiate, ses patients se rétractaient quand ils le voyaient écrire ou perdaient le fil de ce dont ils étaient en train de parler en se demandant ce qu'ils venaient de dire de suffisamment important pour qu'il le relève et la séance perdait alors de sa fluidité, de son efficacité, avec le magnétophone jamais. Un métier se définit en tant que but, pas en tant que méthode, les policiers ont tous des manières différentes de tirer des informations de leurs témoins, de leurs suspects, il en faisait lui-même les frais tous les jours, c'était la même chose pour les analystes. Il ne faut jamais enfermer une science dans une méthodologie. D'ailleurs, si le magnétophone avait été abouti, et discret, du temps de Freud, ce pionnier ne se serait sûrement pas privé d'un outil aussi précieux que celui-là. Mais Vittorio le savait, toutes les explications, toutes les justifications du monde n'auraient servi à rien, un psychanalyste enregistrant ses patients, ignominieux ! scandaleux ! le Watergate de la profession, il se mettrait tout le monde à dos, il les entendait déjà, tous ses confrères, dire leur outrage et le renier, on l'avait déjà démis de ses fonctions de mari, quelques dépositions suffiraient à le démettre de ses fonctions de psychanalyste, il deviendrait le fléau de la profession, et très sûrement, dans la foulée, par un sinistre jeu de vases communicants, le fléau de sa femme : son meurtrier.

— Bonjour maman. Bien dormi ?

Le journal est fermé sur la table. Eva Maria lève les yeux vers Estéban.

— Tu peux me prêter ton casque, s'il te plaît ?

Estéban se dirige vers le frigo.

— Quel casque ?
— Pour écouter de la musique.
— Mais avec quel appareil tu veux écouter de la musique ?

Eva Maria souffle sur son maté. Ses yeux naviguent dans le liquide.

— Ah oui tu as raison… tu peux me prêter ton magnétophone aussi.

Eva Maria pose sa calebasse. Elle se lève.

— Je peux les prendre alors ?
— Maintenant ?
— Oui.

— Tu vas pas travailler ?

— Je travaille à la maison.

— Comment ça ?

— J'ai des trucs à faire… des documents à reprendre. Je serai plus au calme ici.

— Ah bon… c'est nouveau ?

— Oui, c'est nouveau.

Estéban se passe la main dans les cheveux, sur le côté d'abord, puis derrière. Eva Maria s'impatiente. De la table à la porte. De la porte à la table.

— Je peux les prendre alors ?

— Je vais te les chercher.

Eva Maria lui emboîte le pas. Ils sortent tous les deux de la cuisine. Quelques minutes plus tard, Estéban réapparaît. Seul. Il s'assoit à la table. Se sert un verre de jus d'orange. Ouvre le journal. Il écoute. Il n'entend rien. À peine le claquement des touches de la machine à écrire. Estéban se tourne vers la fenêtre. L'ombre du bus passe sur les rideaux. Estéban sourit. Son visage est calme. Ses mains aussi. Il imagine le visage d'Eva Maria encerclé par son casque. Il se demande quelle musique elle peut bien écouter. Elle qui n'a pas écouté de musique depuis si longtemps.

ALICIA

VITTORIO

Bonjour Alicia.

ALICIA

Bonjour.

VITTORIO

Alors, comment allez-vous aujourd'hui ?

ALICIA

Ça va. Si ce n'est cet ennui. Toujours là. Désolée de manquer de nouveauté, je ne me désennuie pas comme ça.

VITTORIO

Ne vous excusez pas.

ALICIA

Pour venir ici, vous savez, je passe par la Place-de-Mai, c'est ma route. Bien sûr elles étaient toutes là, comme tous les jeudis après-midi, j'ai ralenti et vous savez ce que je me suis dit en les regardant marcher sans coquetterie sous leur immonde fichu blanc – parce qu'il faut bien avouer qu'il est immonde, leur foulard – eh bien je me suis prise à regretter de ne pas avoir perdu un enfant moi

66

aussi. Une mère qui aimerait avoir perdu un enfant vous vous rendez compte où j'en suis arrivée ? J'ai l'impression de devenir folle.

VITTORIO

Vous n'êtes pas en train de devenir folle, je vous rassure, mais pourquoi avez-vous eu une telle pensée ? Pouvez-vous préciser ?

ALICIA

Pourquoi ? Mais pour mettre tout ce qui me reste d'énergie dans cette perte, dans ce deuil. Je me dis que si j'arpentais la Place-de-Mai chaque jeudi après-midi au milieu de toutes ces femmes, réclamant aux yeux du monde l'enfant que la junte m'aurait pris, je serais tellement pleine de ce deuil, de ce désir de justice, que je ne me rendrais pas compte du reste.

VITTORIO

De quel reste ?

ALICIA

De comme je suis seule. Vous voyez, elles, quand elles se regardent dans la glace, elles fouillent leurs traits à la recherche de ceux qui leur rappellent leur enfant perdu, moi, chaque matin, je scrute la nouvelle ride, le nouvel affaissement de ma chair, le nouveau signe évident et glaçant de la vieillesse, je me dis qu'on s'ennuie peut-être moins quand on est endeuillé, qu'en tout cas on se regarde moins, et peut-être même – mon rêve – qu'on ne se voit plus. La tragédie de la perte d'un enfant prend le pas sur toutes les autres tragédies. Vous me trouvez immonde de penser ça, n'est-ce pas ? Vous vous dites que ça me remettrait les idées en place si ça m'arrivait.

VITTORIO

Non, je ne me dis pas ça du tout. Je me demande si vous n'avez pas simplement le sentiment d'avoir « perdu un enfant » depuis que votre fils s'est marié ? C'est votre fils unique et c'est très récent, ce serait normal que cela vous bouleverse. Un enfant qui part, ça change la vie d'une mère. C'est peut-être pour cela qu'inconsciemment vous faites le rapprochement avec les mères de la Place-de-Mai. C'est votre manière à vous de réagir au fait que votre garçon s'en va. Et, personnellement, cette explication me semble probable. Qu'en pensez-vous ?

ALICIA

Un enfant qui s'en va, « ça ne change pas la vie d'une mère », ça la tue. Depuis le départ de Juan, tout est décuplé, avant, il y avait un semblant de vie à la maison, il n'était pas toujours là, mais ses allées et venues me suffisaient. Un cache-misère. Excusez-moi, je peux utiliser votre téléphone ? Il faut que je l'appelle.

VITTORIO

En fait, mon téléphone ne marche plus, voilà trois fois que le réparateur vient et mon téléphone est toujours en dérangement.

ALICIA

Et vous n'en avez pas d'autre ? Dans la maison ? Pardon, mais il faut vraiment que je l'appelle.

VITTORIO

Attendez-moi quelques secondes. [Long silence] Allez-y, j'ai demandé à ma femme de vous laisser le salon pour que vous puissiez téléphoner. [Long silence] Votre fils va bien ? Rassurée ?

ALICIA

Je n'arrive toujours pas à comprendre comment il a pu passer, dans la même vie, d'un état de dépendance tel que bébé il ne pouvait pas vivre une seconde sans moi à cet état d'indépendance où même me parler deux minutes au téléphone semble lui coûter ?

VITTORIO

Donc, Juan va bien. Vous voyez, ce n'est pas parce qu'on se projette dans un drame qu'il arrive, ni qu'on le crée. Rassurez-vous, ça nous arrive à tous d'avoir des pensées qui nous semblent terribles, il ne faut pas les prendre au premier degré, il faut juste essayer de comprendre ce qu'elles signifient, profondément, pour soi.

ALICIA

Quel âge avez-vous ?

VITTORIO

Cinquante et un ans.

ALICIA

Et votre femme ? Je viens de l'apercevoir, elle est jeune, dites donc, je ne pensais pas ça de vous.

VITTORIO

Alicia... revenons à notre conversation, s'il vous plaît.

ALICIA

Et si on jouait aux devinettes ? Il paraît que jouer désennuie, voulez-vous toujours savoir pourquoi je porte ces gants ?

VITTORIO

Je me suis souvent posé la question, mais j'avoue que je ne sais pas.

ALICIA

Allez, devinez, proposez-moi quelque chose.

VITTORIO

Vraiment je ne sais pas.

ALICIA

Vous n'êtes pas très joueur dites donc, pourtant, quand
on a une femme aussi jeune que la vôtre, il faut encore
savoir jouer un peu. Vous n'avez vraiment aucune idée ?
Attention, c'est le grand jour ! Ta dam ! Et voilà. Vous ne
voyez rien ?

VITTORIO

Non.

ALICIA

Des mains somme toute normales, c'est ce que vous vous
dites, n'est-ce pas ? Des mains somme toute normales
pour mon âge, c'est bien là tout le problème : *pour mon
âge*. Regardez-les, toutes ces rides, toutes ces taches, je
pourrais les voir s'empiler en temps réel. Les mains, c'est
l'endroit de soi qu'on voit le plus, c'est pour ça qu'elles
sont là, ces rides, ces fleurs de cimetière, pour qu'on
n'oublie jamais qu'on est en train de vieillir, comme pour
les girafes, les couleurs de nos taches servent à estimer
notre âge.

VITTORIO

Vous exagérez, vos mains sont très belles.

ALICIA

Comme vous êtes charitable. Mais elles sont quand
même moins belles que celles de votre femme.

VITTORIO

Ne soyez pas bête...

ALICIA

Je ne suis pas bête, vieille d'accord, mais pas bête, alors ne m'affublez pas de tous les maux. Vous savez d'où vient le mot « ménopause » ?

VITTORIO

Je ne sais pas... du latin sûrement...

ALICIA

Du grec. Perdu. Vous aviez une chance sur deux. Comme moi de naître femme. « La ménopause », on dirait le nom d'une Muse, vous ne trouvez pas ? sauf qu'elle n'inspire personne, cette Muse-là, pas un poète pour en chanter les louanges, mais c'est vrai que les noms de maladie n'ont jamais inspiré personne.

VITTORIO

Voyons, Alicia, ce n'est pas une maladie...

ALICIA

Vous avez raison, ce n'est pas une maladie, c'est pire, c'est une maladie incurable. Meno : mois, pause : cessation. *La cessation des mois*, c'est clair non ? Mais pas assez expéditif. Vous savez ce que je pense ? Une femme ne devrait pas survivre à sa ménopause.

VITTORIO

Vous ne trouvez pas que vous dramatisez ?

ALICIA

Je ne dramatise pas, je théorise. Quand on ne peut pas poétiser, on théorise, il faut bien faire quelque chose, il faut bien en parler, non ? Et moi, ça me fait du bien d'en parler. Mais peut-être que ça vous gêne ? Ça vous dégoûte ?

VITTORIO

Je ne vois pas pourquoi ça me dégoûterait. Par contre, je pense à quelque chose : la « Place-de-Mai » / « Ménopause », vous ne voyez pas un lien évident ?

ALICIA

Aucun. Mais je suis impatiente de vous entendre.

VITTORIO

Vous m'avez bien dit que « ménopause » signifiait la « cessation des mois », n'est-ce pas ? « Place-de-Mai ». Dans ces deux occurrences, il est question de mois, cette association d'idées ne vous suggère rien ?

ALICIA

Vous n'avez qu'une envie, c'est de conclure cette conversation, n'est-ce pas ? de m'épater par une interprétation dont vous avez le secret, pour que je n'aille pas plus loin dans mon triste état des lieux, mais la vieillesse ne se psychanalyse pas, on ne peut rien faire contre elle, la vieillesse se décrit, un point c'est tout. Ça vous dégoûte ?

VITTORIO

Encore une fois, non, ça ne me dégoûte pas. Arrêtez de faire les questions et les réponses.

ALICIA

Alors je peux continuer ?

VITTORIO

Continuez.

ALICIA

Hier matin, je me suis mesurée, et devinez quoi ? j'ai rapetissé : déjà deux centimètres. Ça y est, le début du processus final est en cours. D'abord on se tasse, c'est bien fait la Nature quand même, on commence par prendre un peu moins de place dans l'espace, dans le champ visuel de l'autre, un indice physique, imperceptible à l'œil nu, par lequel on signale l'amenuisement de notre intérêt, le début de la disparition. Tout rétrécit maintenant. Je le vois bien avec mes seins. On dit que les seins des vieilles tombent, mais ce n'est pas ça, c'est qu'ils se vident, poches de peau molle, pendante, morte. C'est par la peau qu'on commence à mourir. Avant, j'avais une belle poitrine, vous savez, rebondie et pleine, si pleine, même après la naissance de Juan, mes seins remplissaient mes mains, j'aimais les ramasser ensemble, j'aimais cette sensation, maintenant le vide roule sous mes doigts, je peux tirer sur ma peau et elle s'étire, comme le plastique percé d'un ballon d'enfant qui, parfait, se serait envolé dans le ciel, mais qui, maintenant, reste cloué au sol, définitivement cloué au sol. Si un homme me touchait, il pourrait s'enrouler dans ma peau. Sans parler de ce poids que je prends même si je ne mange pas, on dirait que la ménopause mange à l'intérieur de nous, elle mange ce qui faisait nos formes pour nous déformer, elle nous dévore de l'intérieur, je prends tes seins et je les mets sur tes hanches, je prends ce qui faisait tes si jolies fesses et je l'étale sur ton ventre, sur ton dos, sur tes reins. Pourquoi regardez-vous sans cesse la pendule ? Vous n'avez qu'une envie, c'est que cette séance se termine, n'est-ce pas ? La beauté d'un corps de femme, un homme s'en repaît, sa décrépitude, il ne la supporte pas, pas plus en mots qu'en images, c'est pour cela que vous aussi vous avez choisi une femme plus jeune, pour vous mettre à l'abri de cette vision d'horreur. Vous me décevez. On a toujours envie que son psy soit différent des autres, meilleur, qu'il soit à l'abri des pires travers du genre humain. Mais en fait, tout le monde est comme tout le monde. Elle se rase votre femme aussi ? Il paraît que les filles maintenant elles se rasent, même à vingt ans, elles ont déjà la nostalgie de leur jeunesse. Elles n'ont pas fini, les pauvres, si elles savaient. Je les hais. Dans leurs corps, l'eau continue de circuler, l'eau vive d'un torrent alors que nous, dans nos membres, c'est l'eau stagnante d'une mare qui s'infiltre et les distord. Mais riez bien, mesdemoiselles, vous n'imaginez pas ce qui vous pend au nez, vous aussi vous allez y passer, alors allez-y, exhibez-les, vos gambettes, dévoilez-les vos poitrines et le rebondi de vos avant-bras, il vous faudra bientôt les cacher, les ensevelir sous des vêtements amples et longs qui garniront un jour vos garde-robes, été comme hiver, ils auront la peau de vos jolis corsages, de vos nuisettes, de vos bas et de vos jupettes, avant d'être enseveli sous terre, votre corps le sera sous le tissu, qui pèsera de plus en plus lourd sur vous, votre bouche qui fait la moue n'aura bientôt plus de pouvoir sur personne. Je les hais. Il ne faut plus que je sorte car de les voir, toutes fraîches et neuves, me rend folle. Hier je marchais derrière une silhouette ondulante, un bus roulait à toute vitesse en face, je n'avais qu'une envie : la pousser sous ses roues, et ce n'est pas la première fois que cela m'arrive. La vôtre aussi, elle fait ça ? Elle se rase, votre femme ?

VITTORIO
Arrêtez de parler de ma femme, Alicia.

ALICIA
Moi aussi je me suis rasée hier soir, le sexe bien sûr, c'est de ça que je parle, enfin ce qui m'en reste. Je donnerai tout pour retrouver une touffe de poils épaisse, drue, bombée, mais à la place seuls quelques poils disparates et grisâtres sont tombés dans la baignoire. Même la lumière de la nuit ne suffit plus à donner le change, même une petite bougie n'insuffle plus aucune charge érotique à mon corps, ni à mon sexe, lui aussi on dirait qu'il tombe, il pend, mes lèvres sont toutes molles, on aurait dit les petites sœurs des tresses que je m'étais faites, sur

les côtés, malingres, deux lobes d'oreilles qui me seraient tombés sur le sexe, et mon clitoris, oh ! mon Dieu, vous auriez dû voir ça... j'ai pris une photo... vous voulez voir ?

[Bruit d'un sac dans lequel on fouille.]

VITTORIO
Arrêtez, Alicia, non je ne veux pas voir de photo.

ALICIA
Je plaisante, je n'ai pas pris de photo... Vous avez eu peur, hein ? Vous verriez votre tête, ça y est, je vous dégoûte enfin, mais il faut bien que j'en parle à quelqu'un, tout rétrécit, sauf ma lucidité qui s'aiguise. C'est tellement injuste. Elle aime le tango, votre femme ? Je n'ai pas reconnu la chanson dans le salon, c'était un beau morceau, elle danse, elle aussi ? Moi aussi, avant, je me débrouillais bien, maintenant quand je danse, j'ai l'impression d'être déguisée, j'entends mon corps me supplier d'arrêter : « Arrête je te dis, tu vois bien que je n'ai plus aucune grâce, tu ne comprends donc rien, ma vieille ? Ta place, ma place, est désormais dans ce coin, sur cette chaise, il n'y a dorénavant plus que les chaises qui voudront bien de notre cul à toutes les deux, la danse, ma vieille, c'est comme les hommes, c'est seulement bon pour les jeunes filles. » Comme j'aurais dû me laisser aimer par tous ceux qui m'ont désirée un jour, au moins j'aurais la richesse de mes souvenirs nombreux pour me réconforter, de la baise, de la baise, ma tête serait pleine de baise. Et alors, tant pis si mon sexe n'était plus plein de rien. Peut-être que les souvenirs auraient suffi à remplir ce vide.

VITTORIO
Vous n'êtes pas vieille, Alicia, arrêtez avec ça, vous avez encore de belles années devant vous.

ALICIA

C'est bien ça le problème. Mais pour quoi faire ?

VITTORIO

Il y a plein de choses à faire sur terre.

ALICIA

« Il y a plein de choses à faire sur terre », vous m'avez habituée à mieux. Non, il n'y a pas « plein de choses à faire sur terre ». Il n'y a que des enfants à faire sur terre. La longévité est le pire drame des femmes, on nous a offert un sursis où on nous enlève tout, un sursis qui ne sert à rien qu'à nous réduire en bouillie, le progrès est le meilleur instrument de torture contre les femmes. Au moins, avant, on mourait sans avoir à subir cela, combien de femmes arrivaient à la ménopause ? Laquelle en a fait les frais la première ? Les femmes doivent apprendre à vivre sans procréer, un contresens. Les femmes, des eunuques. Une émasculation naturelle. Et comme la sexualité sert à la procréation, l'usure du désir sexuel, parce qu'on a beau dire que la sexualité n'a rien à voir avec l'enfantement, ce n'est pas vrai, plus de règles plus de sexe, entrée condamnée, c'est tout sec après, y a plus la place de rien. Donc se supporter des années durant en tant que morte-vivante ? C'est ça ? Alors que les hommes restent toute leur vie dans le pouvoir-procréer. Comment revendiquer l'égalité homme-femme dans ces conditions, nous avons perdu d'avance ? Peut-on reprocher aux hommes d'aller là où les femmes peuvent procréer, là où leur sperme servira à quelque chose, c'est un atavisme, ce n'est même pas vraiment de leur faute, c'est l'instinct de reproduction. Nul reproche à leur faire, ils n'y sont pour rien, c'est encore une question de Nature, c'est elle qui nous mène par le bout du nez, c'est elle Dieu, et personne d'autre. La Vie nous en veut, il ne peut en être autrement et aucune féministe ne pourra rien y faire. Le monde appartient aux hommes, et aux jeunes femmes.

VITTORIO

Les hommes sont soumis à d'autres problèmes, Alicia, à d'autres flétrissures.

ALICIA

Ah ! Enfin des mots à la hauteur, vous commenciez à me décevoir. « Flétrissures », vous voulez dire « quéquette molle », c'est ça ? Vous voyez, il n'y a même pas de mot scientifique quand la réalité est moins présente. Et alors, mais même ça, ça ne change rien, quéquette molle ou pas, vous pouvez encore. Pourquoi les hommes peuvent faire des enfants jusqu'à leur mort et pourquoi ce droit nous est-il retiré à nous des années avant ? Pourquoi cela ne s'arrête-t-il pas pour tout le monde en même temps ? N'est-ce pas la pire des punitions que de voir retirer à la femme le pourquoi de son existence ? Vous n'avez rien à répondre, n'est-ce pas ? L'euthanasie des femmes devenues infécondes me semblerait une bonne idée. Pour leur bien. Une année sans règles, et hop, direction l'abattoir. Et pour les convaincre, un film où l'on mesurerait le pouvoir d'érection de leur homme, mari, compagnon sur deux catégories de femmes, les jeunes et les vieilles. Et remplir leur verre d'un poison mortel, elles le boiraient goulûment, desséchées par l'image de ce pénis qu'elles n'avaient pas vu si raide depuis si longtemps. On ne saurait pas pourquoi, mais les femmes disparaîtraient, d'une pierre deux coups, on mettrait fin à leur malheur et cela réduirait le taux de vieillissement de la population qui, on le sait tous, va devenir le fléau de la planète. Vous savez, les loups tuent les membres malades de la meute, on devrait faire comme eux, il faudrait calquer notre comportement sur celui des animaux, c'est eux qui ont raison. Alors, comment comptez-vous me réconforter maintenant ? Une petite érection ? Vous en seriez bien incapable n'est-ce pas ? Comme je vous comprends. Mon corps me répugne. Comment ne répugnerait-il pas les autres ? Pardon.

VITTORIO

Ce n'est rien.

ALICIA

Ça faisait longtemps que je n'avais pas pleuré ici.

VITTORIO

C'est vrai.

ALICIA

Vous savez que les femmes possèdent quatre fois plus de larmes que les hommes, c'est biologique, c'est dire à quel sexe la Nature réserve le chagrin.

VITTORIO

Le chagrin n'est pas le seul lot des femmes, vous le savez très bien.

ALICIA

Je ne dis pas ça, je dis simplement que notre souffrance est inscrite dans la quantité de larmes que la Nature a mise à notre disposition, quatre fois plus que les hommes.

VITTORIO

Ce sont des sottises.

ALICIA

Non, c'est écrit dans les livres, si vous saviez comme je lis maintenant. On peut forcer un livre à être entre vos mains, pas un homme. Alors, dites-moi par quoi remplacer l'amour quand on ne peut plus l'inspirer, pas par les enfants, ils s'en vont, eux aussi, regardez Juan, il est parti. Il semblerait que tout le monde nous quitte en même temps, les hommes et les enfants, et je ne sais toujours pas pourquoi Luis m'a quittée, «Je ne te reproche rien, c'est comme ça», il n'a même pas eu le courage de l'avouer : « Parce que tu es trop vieille. Parce que tu ne ressembles plus à la jeune femme de notre photo de mariage », mais lui non plus il ne ressemble plus au jeune homme qu'il était sur cette photo, mais lui, il continue de plaire. Il paraît qu'une femme devient vieille pour un homme quand elle a dépassé l'âge que sa mère avait quand il était adolescent, je suis sûre que vous ne le saviez pas ça non plus. Mon ex-mari s'est bien gardé de me dire qu'il s'est installé avec une fille de trente ans, mais je le sais, c'est Juan qui me l'a dit, Juan estime que j'ai le droit de savoir, mon cher garçon qui ne vient pas me voir une fois par mois, et pour m'annoncer de telles nouvelles, en plus, son père a rencontré une fille de trente ans et j'ai le droit de le savoir ! tempête-t-il. Il ne m'a pas demandé si moi j'avais envie de le savoir, mais ce n'est pas de la méchanceté, c'est de la naïveté. Est-ce que seules les jeunes femmes peuvent bouleverser les hommes ? Dites-le-moi. En même temps vous êtes mal placé pour me dire le contraire. Avec votre jeune femme.

VITTORIO

Je comprends surtout que vous n'avez pas encore fait le deuil de la séparation d'avec votre ex-mari, voilà ce dont on est vraiment en train de parler, votre ex-mari est avec une autre femme, c'est ça ? et elle a trente ans. Répondez-moi, Alicia, votre ex-mari a rencontré une autre femme ?

ALICIA

La seule manière de bouleverser Luis serait que je commette un acte monstrueux, par exemple que je fasse du mal à sa nouvelle fiancée, je l'en ai menacé hier, il m'a dit : « Avise-toi seulement de lui toucher un cheveu et je te fais sauter la cervelle. » C'est tout ce qu'il est encore prêt à sauter chez moi, la cervelle. « Un jour, mon pauvre vieux, ces cheveux blonds ou bruns ou roux que tu caresses avec tant de passion, d'étonnement deviendront blancs eux aussi, elle n'y échappera pas, tu auras beau les caresser cela n'empêchera pas le blanc de prendre, à la racine, d'ailleurs pense à y regarder de plus près la prochaine fois, le mal est peut-être déjà en route, écarte ses cheveux au lieu de lui écarter les jambes, et regarde, attentivement. » Et vous savez ce qu'il m'a répondu ? Une phrase monstrueuse d'égoïsme : « Je ne serai plus là pour le voir. » C'est exactement pareil pour cet enfant, il ne sera pas là pour le voir grandir, mais ça aussi, il s'en fout, il...

VITTORIO

Attendez, attendez, Alicia, de quel enfant parlez-vous ? Quel enfant votre mari ne verra-t-il pas grandir ?

ALICIA

Mais celui qu'il a fait à sa putain. Comme ça, comme on offre un cadeau à Noël. Juan va avoir un petit frère ou une petite sœur, et je n'y suis pour rien, vous vous rendez compte ?

VITTORIO

Je suis désolé, Alicia, sincèrement désolé. C'est vrai que c'est injuste. Mais la vie est ainsi faite, on peut intervenir sur beaucoup de choses, mais certains paramètres sont figés, imposés, on ne peut pas les changer, mais essayez de voir les choses sous un angle positif, votre fils va sûrement avoir un enfant avec sa femme et alors vous verrez comme vous serez heureuse, vous pourrez vous occuper de ce petit bébé, le...

ALICIA

Mais vous ne comprenez donc rien ? Je ne veux pas être grand-mère, je veux encore pouvoir être mère ! On dirait que vous ne comprenez pas l'importance de la maternité pour une femme.

VITTORIO

Si, je la comprends.

ALICIA

Non, vous ne la comprenez pas. Vous n'avez aucune empathie, depuis le début de cette conversation. Je le vois bien, vous ne ressentez rien, vous êtes distant. Vous allez avoir des enfants avec votre femme, c'est ça ? Elle est enceinte, elle aussi ? C'est pour ça que vous êtes si gêné...

VITTORIO

Ma femme n'est pas enceinte, elle ne veut pas d'enfant.

ALICIA

C'est impossible, cette phrase c'est comme l'« obscure clarté » du poète, ça n'existe pas, ça n'existe pas une femme qui ne veut pas d'enfant... c'est...

VITTORIO

Vous avez tort, Alicia, ça existe.

ALICIA

Non, ça n'existe pas, et je serais vous, je m'inquiéterais, votre femme vous cache quelque chose, vous devriez...

VITTORIO

Ma femme va très bien, Alicia, je vous remercie, vous n'êtes pas le mètre étalon du genre féminin, d'ailleurs, commencez par arrêter de dire « nous » quand vous parlez, dites plutôt « je », ce sera moins confortable mais ce sera plus juste, là, vous avez l'impression d'avoir les pleurs collectifs, de défendre une cause, « les femmes », presque de faire de l'humanitaire. Mais permettez-moi de vous le dire, vous ne pleurez que sur vous-même, vos larmes vous appartiennent et ne sont le symbole de personne d'autre. Nombreuses sont les femmes heureuses à votre âge, toutes ne pensent pas comme vous, cessez de le croire, vous essayez de justifier votre colère par le nombre, mais c'est de votre colère qu'il s'agit, de votre chagrin à vous toute seule, je vous le répète : « Nombreuses sont les femmes heureuses à votre âge », vous ferez déjà un grand progrès si vous comprenez ça. La Vie, Alicia, ça ne s'arrête pas, ils sont toujours perdants, ceux qui veulent arrêter le cours de la vie, je suis désolé, mais il s'agit seulement d'une mauvaise période à passer, vous avez l'impression que tout est possible pour votre ex-mari et que plus rien ne l'est pour vous, mais ça va s'arranger, soyez simplement un peu plus patiente. Vous vous complaisez dans l'abattement, dans l'amertume. Mais regardez la réalité en face, pourquoi toutes les femmes ne s'ennuient pas comme vous. Pardonnezmoi, mais ce n'est pas votre enfant que vous devriez perdre pour vous désennuyer, Alicia, c'est votre argent.

ALICIA

Vous avez raison, c'est l'heure de payer ma séance, mais vous auriez pu me le faire remarquer d'une manière plus courtoise.

VITTORIO

Ce n'est pas ce que je voulais vous faire remarquer.

ALICIA

Bien sûr que si.

VITTORIO

Vous vous trompez, Alicia.

ALICIA

C'est sûr que je me suis trompée. Je n'aurais jamais dû avoir cette conversation avec vous, avec un homme. J'aurais dû y penser avant. On devrait toujours se choisir un psychanalyste de son sexe.

Eva Maria se regarde dans la glace. Elle se rapproche. Elle passe ses mains sur son visage. Sa fille avait son nez, la forme de ses yeux, pas leur couleur, mais leur forme. Stella avait aussi cette fossette au creux du menton. Le lit d'un noyau de cerise. Eva Maria ne l'avait jamais aimée sur elle, sur Stella, elle l'avait toujours trouvée jolie, adorable quand elle était enfant, belle quand elle avait grandi. Paradoxe de la maternité, c'était maintenant ce qu'Eva Maria préférait dans son propre visage. Eva Maria se rapproche du miroir. Ses doigts se déplacent. Ses joues. Son cou. Sa peau se flétrit, c'est vrai. C'est vrai qu'elle ne se regardait jamais. Et c'est vrai qu'elle ne se voyait plus. Eva Maria pose ses deux mains sur le rebord du lavabo. Elle ne se quitte pas des yeux. Eva Maria ouvre la glace du meuble de la salle de bain. Elle sort une petite trousse blanche, un peu jaunie. Par le temps. Elle prend son mascara. Elle tente de peindre ses cils. L'habitude de pleurer lui a fait perdre l'habitude de se maquiller. La pâte est sèche. Eva Maria abdique. Pas tout à fait. Elle dépose sur sa bouche un peu de rouge à lèvres. Elle se regarde dans la glace.

Pour une fois, elle ne regarde pas sa fossette. Ni son nez. Ni la forme de ses yeux. Mais elle ne juge pas pour autant le résultat, elle ne fait pas de moue avec ses lèvres, ni même ne sourit. On ne peut pas tout faire la première fois. Eva Maria ferme la petite trousse blanche. Un peu jaunie par le temps. Elle écoute le bruit de la fermeture éclair. Ses yeux sans mascara brillent. Eva Maria a rendez-vous avec Vittorio. Il allait être content de ce qu'elle avait trouvé.

— « J'aurais dû y penser avant. On devrait toujours se choisir un psychanalyste de son sexe. »

Eva Maria assène ces deux dernières phrases. Avec emphase. Comme une mauvaise comédienne en rajoute là où seul le texte suffit. Eva Maria a la bouche sèche d'avoir tant lu. Le rouge à lèvres ne se voit plus. Mangé par les mots. Eva Maria rassemble les feuilles dactylographiées. Elle regarde Vittorio de l'autre côté de la table. Comme un enfant attend des félicitations. Vittorio sourit, malgré lui. Les nerfs sûrement.

— Alicia est une femme désespérée. Pas une meurtrière.
— Tuer me semble pourtant le comble du désespoir.

Vittorio secoue la tête.

— Pas toujours. Et surtout pas dans le cas d'Alicia.

Eva Maria se redresse.

— Mais elle n'arrête pas de parler de sa haine des jeunes femmes et elle n'arrête pas de parler de votre femme. Cette dernière séance en dit long sur ce dont elle était capable.

— Le jour de cette séance, Alicia s'est servie de Lisandra comme d'un prétexte pour me dire tout ce qu'elle avait à me dire. Mais Lisandra, en elle-même, Alicia n'en avait strictement rien à faire, croyez-moi. Mais je comprends que cette cassette vous ait bouleversée, d'une certaine façon elle parle de vous, les mères de la Place-de-Mai, la perte d'un enfant…

Eva Maria se rapproche.

— Et si cette cristallisation n'était pas aussi circonstanciée que vous voulez bien le penser ? Et si cette femme avait décidé de se venger sur vous de ce dont elle s'estime victime. Dans un accès de folie. Si elle avait décidé de s'attaquer au symbole du drame de sa vie en s'attaquant à votre femme, si jeune, plus jeune que vous, en tout cas. Elle le dit elle-même qu'elle pourrait tuer.

Vittorio sourit. Cette fois franchement.

— Tous les gens qui disent pouvoir tuer ne tuent pas.

— Arrêtez de rire, Vittorio, cette femme est violente, on dirait que vous ne vous souvenez plus du son de sa voix ? J'en avais des frissons en retranscrivant sa cassette.

— La voix est traître, si vous connaissiez Alicia, vous ne diriez pas ça, c'est une toute petite chose.

— Et alors ? Même les petites choses peuvent tuer, même les « vieilles petites choses », elle était tellement furieuse contre vous quand elle est partie. On dirait que vous ne vous rendez pas compte de l'état dans lequel vous avez laissé cette femme, vous ne lui avez même pas dit un mot réconfortant pour désamorcer les choses.

Vittorio pianote sur le rebord de la table.

— Je ne l'ai laissée dans aucun état, c'est elle qui est partie dans cet état, et la manière dont une séance se termine n'est jamais un hasard, le patient en arrive là où il devait en arriver. S'il y a bien un endroit où le hasard n'existe pas, c'est dans un cabinet de psychanalyste, tout n'y est qu'histoire de volonté ou d'inconscient si vous préférez, et c'est très bien, même si le patient part en colère. Si vous saviez le nombre de fois où ça m'est arrivé.

Vittorio arrête de pianoter sur le rebord de la table.

— Tenez, même avec vous.

Eva Maria se recule.

— Avec moi ?
— Oui, souvenez-vous… le jour où l'on s'est opposés au sujet de votre fils, quand je vous ai dit que vous ne vous occupiez pas suffisamment de lui, que vous le délaissiez trop. C'était une séance tout à fait comparable à celle-là, vous ne vous souvenez plus ?

Eva Maria baisse la tête. Un voile passe devant ses yeux. Vittorio poursuit.

— Vous voyez, Alicia serait revenue, elle a laissé passer du temps, je vous l'accorde, mais elle serait revenue. Croyez-moi, les pauses telles que celle-ci sont souvent bénéfiques dans une analyse.

— Parce que c'était il y a longtemps, cette séance ?

— Je ne sais plus… à peu près deux mois.

— Vous voyez, j'ai raison ! j'en suis sûre, il y a quelque chose qui cloche, je vous le dis, cette femme était prête au pire. Peut-être était-elle amoureuse de vous ?

— Mais non, combien de fois va-t-il falloir que je vous le répète ? Cette séance était simplement très embarrassante, très impudique et, à l'heure qu'il est, Alicia doit être extrêmement gênée de m'avoir dit tout cela, mais cela ne va pas plus loin, Alicia n'a rien à voir avec le meurtre de Lisandra, c'est tout ce que vous avez trouvé ? Vous avez écouté toutes les cassettes ?

Eva Maria fait mine de rassembler les feuilles de papier déjà rassemblées. Elle regarde les rides sur ses mains. Elle les voit comme elle ne les a jamais vues. Elle croit même discerner deux taches brunes.

— Et vous ne l'avez même pas appelée quand vous avez vu qu'elle ne revenait pas la semaine suivante ?

— Ce n'est pas dans l'éthique.

— Mais je croyais qu'il fallait savoir prendre des libertés avec l'éthique ? Quand il s'agit de vos enregistrements, cela ne vous dérange pas. Par contre, transgresser l'éthique pour une pauvre femme aux prises avec sa vieillesse galopante, là, l'idée ne vous vient pas, même pas un petit coup de téléphone. Et si elle s'était suicidée, vous y avez pensé à ça ? Vous me décevez.

Vittorio se tait. Il regarde Eva Maria.

— Je vous « déçois ». Écoutez-vous. Vous parlez comme Alicia maintenant. L'idée n'est pas de s'identifier au malheur ou au désarroi d'un patient, et c'est précisément ce que vous faites. Ce n'est pourtant pas difficile de voir que cette femme ne m'en veut pas à moi, mais à la Vie, dans ce qu'elle a de plus essentiel, à la Nature, elle le répète assez, non ? Rien ne saurait la réconforter, la réconcilier avec elle-même que de se réveiller un matin avec son visage et son corps de vingt ans et là, pardonnez-moi si je vous « déçois », mais ce pouvoir, je ne l'ai pas. Mais que vouliez-vous que je fasse pour elle ? Allez-y, donnez-moi la solution ! Ça m'intéresse. Qu'auriez-vous voulu que je fasse pour Alicia ?

Eva Maria baisse la tête. Elle se tait. Vittorio pose ses deux mains sur la table. Il se rapproche.

— Que je couche avec elle, peut-être ? Pour lui rendre un peu de sa féminité, que séance après séance je m'évertue à la sauter pour qu'elle garde confiance en elle, et pendant qu'on y est, que je ne lui fasse même plus payer ses séances, pour ne pas qu'elle pense que je couche avec elle pour de l'argent, mais seulement par désir pur, ça suffit ! je n'ai pas la tête à faire de la psychanalyse de comptoir, on est dans une prison ici, ou plus exactement, « je » suis en prison et, quitte à faire du mauvais esprit, c'est une prison un peu moins naturelle que la vieillesse. Cette conversation n'a aucun sens, et puis vous n'êtes même pas en train de défendre Alicia, vous m'attaquez. Vous m'attaquez à cause de ce que je viens de vous rappeler.

— Vous ne m'avez rien rappelé !

— Si. Je vous ai parlé de votre fils. Et ça, vous ne le supportez pas. Mais ça ne date pas d'aujourd'hui. J'ai eu tort de vous entraîner dans cette histoire, vous êtes trop fragile, vous ne pouvez pas m'aider, personne ne peut m'aider, je suis fait comme un rat.

Vittorio lève sa main pour faire signe au gardien. Eva Maria intercepte son geste.

— Excusez-moi, Vittorio, pardon, restez là, vous avez raison, ce n'est pas Alicia qui a tué votre femme, si vous le dites, vous la connaissez mieux que moi, je ne sais pas ce qui m'a pris, excusez-moi. Mais je n'ai rien trouvé d'autre, rien du tout, et j'ai déjà écouté plus de la moitié des cassettes. Alors, quand j'ai entendu cette séance, je me suis emballée, j'ai cru que c'était la bonne, j'ai cru que j'avais trouvé une piste pour vous sortir de là, excusez-moi, Vittorio.

« Plus de la moitié des cassettes. » Vittorio se recroqueville sur sa chaise. Son dos se voûte.

— C'est à moi de m'excuser. Je n'aurais jamais dû m'emporter contre vous de la sorte, mais j'ai appris trop de mauvaises nouvelles aujourd'hui. Je suis à bout. Croyez-moi, Alicia n'a rien à voir avec la mort de Lisandra mais je comprends que vous ayez pu le penser, si j'avais été à votre place, j'aurais sûrement réagi comme vous.

— Alors parlez-en à la police. Si j'ai pu le croire, ils le croiront aussi, cette femme rassemble beaucoup d'éléments à charge : la dispute entre vous a commencé autour de votre femme, sa manière de revenir sans cesse à elle, de vous attaquer à son sujet, ils iront l'interroger, et même si ce n'est pas elle, même si, dès leurs premières questions, son innocence éclate, c'est leur apprendre à chercher ailleurs, éduquez-les à votre innocence, Vittorio, en suggérant la culpabilité de quelqu'un d'autre même si vous n'y croyez pas, je vous en prie, autrement ils ne chercheront jamais ailleurs, ils s'obstineront contre vous. Et puis ils peuvent se tromper d'innocent et l'enfermer à votre place.

— Ne dites pas n'importe quoi.

— J'exagère... mais au moins, en prison, cette femme n'aurait plus aucun miroir dans lequel se regarder, elle serait peut-être plus heureuse. Mais qu'avez-vous appris ? De quelles mauvaises nouvelles parliez-vous tout à l'heure ?

— Les derniers résultats de l'autopsie sont tombés : Lisandra est morte de sa chute. Sur le coup. Ses pieds ont frappé le sol les premiers. Si violemment. Les talons hauts de ses chaussures ont transpercé ses chevilles. Ses fémurs se sont brisés. Son corps a rebondi. L'arrière de son crâne a heurté le sol. Fracture de l'occiput. Hémorragie interne. L'autopsie ne révèle aucune trace de bagarre. Pas de marque de strangulation. Pas de griffures ou de bleus. Elle n'a pas reçu de coups. Du moins pas de coups qui laissent de trace. Les examens de sang ne présentent aucune anomalie. Aucune trace d'alcool, ni de drogues, ni de médicaments. Mais surtout, l'autopsie est formelle : Lisandra n'a pas été violée. J'ai été tellement soulagé quand mon avocat m'a dit ça, je n'arrêtais pas d'y penser, cette idée me terrifiait, je n'aurais pas supporté qu'elle ait subi ça. Mais pendant que je me tranquillisais – au moins à ce sujet –, mon avocat me soufflait que ce n'était pas une bonne chose. Je ne comprenais donc pas ce que cela voulait dire pour moi ?

— Revenez sur terre, Vittorio. Arrêtez de penser comme si vous étiez en liberté et essayez de penser comme eux, comme les enquêteurs. Maintenant, la question est très simple, « leur » question est très simple : « Qui peut éventuellement tuer sans violer ? » Beaucoup de monde, évidemment. Mais qui aussi ? Qui surtout ? « Un mari », bien sûr. Logique, un mari n'aurait pas pris par la force ce qu'il pouvait obtenir quand bon lui chantait. Et puis, un mari qui tue sa femme, a priori, n'a plus très envie d'elle. Les résultats de l'autopsie corroborent parfaitement leurs soupçons. L'étau se resserre autour de vous. Ils n'ont pas de preuves, mais tout devient preuves dans leur raisonnement, le moindre soubresaut de leurs déductions vous accuse. Secouez-vous, Vittorio, je vous le répète, « Revenez sur terre ». Je suis votre avocat, oui ou non ? vous devez me faire confiance.

— Je ne m'en sortirai jamais. S'ils avaient retrouvé mon sperme sur Lisandra, ils en auraient déduit que ce n'est pas parce qu'on vient de faire l'amour à sa femme qu'on ne l'a pas tuée. Je les entends d'ici, ils auraient déroulé une version des faits qui, de nouveau, aurait parlé contre moi, parce que c'est la seule histoire qu'ils ont envie d'écrire, une histoire dont je suis le coupable, le meurtrier. Ils en sont presque arrivés à ce que je regrette que Lisandra n'ait pas été violée, qu'on n'ait pas retrouvé sur elle le sperme d'un autre, comme ça au moins j'aurais été tranquille, non pas tranquille ce n'est pas ce que je veux dire, mais disculpé, d'office dis-cul-pé. J'en suis même à m'imaginer avoir voulu tuer Lisandra, à vouloir leur dire comment j'aurais fait, jamais je n'aurais poussé ma femme par une fenêtre... je l'aurais peut-être empoisonnée... ou Dieu sait quoi, j'aurais manigancé un accident de voiture... en tout cas, je me serais arrangé pour avoir un alibi d'une solidité à toute épreuve... jamais je ne me serais trouvé sur les lieux du crime, bête et stupide, comme je l'ai été... je suis plus intelligent que ça, j'aurais fait disparaître des choses pour faire croire à un cambriolage... mais en tout cas, je ne me serais pas laissé prendre les deux mains dans le sac...

— Je vous arrête, Vittorio, vous parlez d'un assassinat, eux parlent d'un meurtre. Et, dans un meurtre, rien n'est prémédité. Ce qui laisse toute latitude à la folie, aux maladresses, aux imprudences, et ce qui donne souvent lieu à une culpabilité évidente et indéfendable, c'est de cela qu'ils vous accusent : *un meurtre*. Rien de plus, rien de moins. Une dispute qui aurait mal tourné. Pourquoi ne m'avez-vous pas dit que vous vous êtes disputés avec votre femme ce soir-là ?

— De quoi parlez-vous ?

— À moins que la déposition de votre voisine ne soit qu'un tissu de mensonges ? C'est la dernière fois que je vous le demande, pourquoi ne m'avez-vous pas dit que vous vous êtes disputés avec votre femme ce soir-là ?

— Je ne pensais pas que ce soit important.

— Vous ne pensiez pas que ce soit important ? Que vous vous soyez disputés avec votre femme le soir de sa mort ? Alors de deux choses l'une, soit vous me dites réellement ce qui s'est passé ce soir-là entre votre femme et vous, soit, je vous le dis comme je le pense, changez d'avocat, ça vaudra mieux pour vous. Et pour moi, je n'aime pas perdre mon temps.

— Vous imaginez ce que j'éprouve ? Que ma vie avec Lisandra s'est arrêtée sur une dispute. Ma culpabilité d'être parti comme ça. Je ne peux pas le supporter, alors c'est vrai, moins je pense à cette dispute, mieux je me porte.

— Sauf que là, il va falloir y penser. On ne choisit pas ses voisines.

— La garce… ça ne m'étonne pas d'elle, ça a dû être son heure de gloire, des vrais policiers, une vraie morte, voilà qui la changeait des petits crimes ordinaires, de qui laisse couler ses poubelles dans les escaliers, de la poussette du deuxième qui traîne toujours dans le hall, alors, là, une morte, elle a dû y mettre toute son énergie, toute sa hargne de sale bonne femme, un témoin qui ne peut qu'être à charge, qui ne sait que charrier de la merde, la merde qu'elle invente pour coller à sa vision hideuse de la vie. Alors qu'a-t-elle dit ? Qu'a-t-elle bien pu entendre, son oreille de peste collée contre le mur ?

— Ne retournez pas la question, c'est votre version des faits qui m'intéresse : encore une fois, Vittorio, pourquoi vous êtes-vous disputés avec votre femme ?

— Pour trois fois rien.

— Si vous voulez mon avis, les enquêteurs ne se satisferont pas de cette réponse.

— Je n'avais pas remarqué qu'elle portait une nouvelle robe, je ne remarquais plus rien, je ne la regardais plus, je ne l'aimais plus, voilà pourquoi nous nous sommes disputés, ça vous va ?

— C'est vrai ?

— Que je n'avais pas remarqué qu'elle portait une nouvelle robe, oui, mais pour le reste, non, bien sûr que non.

— C'est pour cela que vous êtes allé au cinéma ? Pour échapper à cette dispute.

— Non, j'étais déjà en train de partir quand Lisandra a commencé à me faire des reproches.

— Votre voisine dit que vous vous disputiez souvent.

— Mais ma voisine s'applique à traquer les signes que la vie des gens est aussi ratée que la sienne. Que voulez-vous que je vous dise ? Cette femme est un poison, ses médisances m'ont toujours fait rire, je ne me serais jamais imaginé qu'elles puissent un jour se retourner contre moi. Une mauvaise langue comme il y en a des milliards sur cette terre, une hystérique. Chaque fois que nous faisions l'amour avec Lisandra, cette cinglée cognait contre le mur, on aurait dit qu'elle nous suivait dans les pièces, qu'elle se déplaçait chez elle selon nos déplacements à nous, elle cognait, cognait, on aurait dit qu'elle voulait nous

97

tuer de nous aimer, mais ça, elle ne l'a pas dit, non bien sûr, car cela aurait prouvé qu'on s'aimait – quoique les enquêteurs se seraient empressés de nuancer que des tas de gens font l'amour sans s'aimer.

— Justement, détrompez-vous, elle en a parlé, mais ce n'est pas exactement sa version des faits.

— Ah non ?

— Non. Elle dit qu'au moins vos disputes à répétition lui évitaient vos « cris d'amour déplacés », vos « cris de bêtes en rut » – je cite –, et qu'à tout prendre il est vrai qu'elle préférait vos disputes, elle trouvait ça moins obscène, elle dit que depuis quelques mois vos cris se bornaient à des cris de haine, et qu'aucune autre sorte de cris ne laissait supposer une réconciliation quelconque, mais elle n'aurait bien sûr jamais imaginé que cela puisse déboucher sur un crime, elle pensait que vous étiez juste le énième couple qui, après avoir épuisé le plaisir qu'il pouvait prendre dans le corps de l'autre, se détestait, se déchirait de ne plus se désirer. « Après les cris du corps, les cris de l'âme lassée », voilà exactement ses mots, et je peux vous dire que sa déposition a fait son effet auprès des enquêteurs.

— Les mauvaises langues peuvent être poétiques.

— Le problème, c'est quand elles sont convaincantes.

— Mais ce n'est pas parce qu'on se dispute avec sa femme qu'on la tue. C'est vrai que nous nous disputions souvent ces derniers temps, elle était irritable et moi préoccupé, ou le contraire, on ne sait jamais à qui la faute dans ces moments-là, on espère simplement que cette dispute sera la dernière et que les jours heureux reviendront, mais vous devez connaître ça, des disputes comme celles-ci on m'en raconte au moins une par jour à mon cabinet, et des plus corsées, croyez-moi, tous les couples en traversent.

— Je sais. Mais quand l'un des deux membres du couple est retrouvé mort, la dispute ne fait plus partie de la nature même d'une histoire d'amour, elle devient pièce à conviction.

— Sauf que je n'ai pas tué Lisandra comme ces dingues l'insinuent, mais qu'a-t-elle entendu d'autre, ma chère voisine, ce soir-là ? J'espère qu'au moins ils lui ont posé la question ?

— Bien sûr.

— Et alors ?

— Rien. Sa déposition est catégorique. Elle dit n'avoir rien entendu après votre dispute, sinon de la musique forte, c'est tout ce qu'elle dit avoir entendu, de la musique forte.

— Ce n'est pas possible.

Eva Maria regarde Vittorio. Vittorio se prend la tête entre les mains.

— Voilà les mauvaises nouvelles du jour, vous comprenez que je sois à bout de nerfs. Ne me regardez pas comme cela, Eva Maria.
— Et pourquoi ce ne serait pas votre voisine qui aurait tué Lisandra ? ce qui expliquerait pourquoi elle n'a pas été violée, une femme ne peut pas violer une autre femme.

Vittorio laisse échapper un sourire triste.

— Au moins, vous, on peut dire que vous êtes de mon côté. Malheureusement, on ne peut pas se précipiter sur tout le monde comme s'il s'agissait de meurtriers potentiels, et les enquêteurs ont quand même fait leur boulot : elle avait un alibi, elle était avec sa fille. Et non… ne me dites pas que cela pourrait être elle et sa fille. Il faut regarder les choses en face, mon avocat a raison, tout conspire contre moi, progressivement, définitivement, les circonstances, les horaires, et maintenant les résultats de l'autopsie et les témoignages. Je me réveille la nuit en sueur, j'ai l'impression d'être enfermé dans un orage qui n'en finit pas de claquer, tout est déréglé… Et le pire dans tout ça, c'est l'enterrement de Lisandra…

— Quoi, l'enterrement de Lisandra ?

— C'est demain. Et ils ne veulent pas que j'y assiste. « Légalement, je n'ai pas le droit d'être présent. » Vous vous rendez compte jusqu'où ils vont ? Ce n'est pas possible de ne pas pouvoir aller à l'enterrement de sa femme. Elle n'avait pas fait de testament. Elle recevra le « traitement ordinaire » appliqué dans ces cas-là, une messe « type » et je n'ai rien le droit de dire, rien le droit de demander, pas une chanson, pas un texte, pas une prière, je ne peux prétendre à rien, ils se comportent comme si j'étais un dangereux criminel et que j'allais profiter de l'enterrement de Lisandra pour m'évader. La seule chose qu'ils m'accordent, c'est un bouquet de fleurs. Ils acceptent de déposer pour moi un bouquet de lys, c'étaient ses fleurs préférées, je lui en offrais toujours le jour de l'anniversaire de notre rencontre…

— Qu'est-ce qu'il y a, Vittorio ? Ça ne va pas ?

— Si si, ça va. Je suis épuisé c'est tout. Le commissaire me hait, il m'a pris en grippe, on dirait qu'il en fait une affaire personnelle, vous savez ce qu'il m'a balancé ? Que quand je serai blanchi, je n'aurai qu'à faire déterrer ma femme et refaire un enterrement qui me conviendra mieux, mais que, maintenant tout de suite, je ferais mieux de me concentrer sur ma défense. J'ai beau le supplier, lui dire que j'accepte d'y aller sous escorte, il ricane, « il faut être un peu logique, on ne va pas laisser un suspect assis-

ter à l'enterrement de celle qu'il est soupçonné
d'avoir tuée, pour un psychanalyste, je manque un
peu de bon sens populaire, mais ça ne l'étonne pas,
tous les psychanalystes manquent de bon sens
populaire ».

Eva Maria est arrivée la première. Elle regarde les lys sur les marches. Elle a choisi la couleur toute seule. Blanche. C'est l'idée qu'elle se fait de Lisandra, ou peut-être de la Mort. Il n'y a pas beaucoup de monde. Personne ne devait savoir, il aurait fallu lire le journal. Il y a un autre bouquet de lys. Rouges. Celui de Vittorio. Eva Maria le devine. C'est l'idée qu'il se fait de Lisandra, ou peut-être de leur amour. La couleur qu'il lui offrait chaque année pour l'anniversaire de leur rencontre. Vittorio ne sait pas qu'Eva Maria est là. Un adjectif lui échappe. *Insolite*. Une église commise d'office. Un prêtre commis d'office. La police en faction à l'entrée dans leur voiture aux vitres teintées. Eva Maria est arrivée la première. Elle s'est assise au fond. Elle les a tous regardés entrer. On ne se repaît pas d'un enterrement comme d'un mariage. On ne parle ni des tenues, ni des chapeaux, ni de la beauté des unes, ni du mauvais goût des autres. On ne commente pas les invités ailleurs que dans son for intérieur. D'ailleurs, il n'y a pas d'invités, vient qui veut, vient qui sait. Eva Maria essaie de percer dans leurs attitudes les liens qui unissaient

103

chacun à la morte. Certains visages sont marqués par la tristesse, d'autres impénétrables. Elle devine les parents de Lisandra tout devant, en pleurs. Mais les autres ? Des amis ? D'autres patients comme elle ? La voisine ? Aujourd'hui, les cris ne doivent pas beaucoup la gêner, l'écho peut-être, les mauvaises langues trouvent toujours à s'exercer. Eva Maria regarde tous ces corps réunis, tous ces corps qui ont fini de grandir. Elle pense, comme l'enfance manque aux enterrements. Eva Maria se sent étrangère. N'importe qui peut se glisser dans le cortège d'un enterrement et c'est précisément pour ça qu'elle est là, le meurtrier est peut-être là aussi, caché parmi les proches, venu assister à l'ultime conséquence de son acte. Fou. Invisible deus ex machina. Eva Maria les regarde tous défiler près du cercueil. Elle voudrait qu'une lumière rouge s'allume au-dessus de lui. Un couple âgé s'attarde un long moment, ils se tiennent la main, ils sont beaux. Les parents de Vittorio peut-être ? Eva Maria se demande si elle aurait vieilli aux côtés de son mari si Stella n'était pas morte. La disparition de leur fille avait entraîné la disparition de leur amour, dans une terrible simultanéité, de son amour à elle en tout cas. Eva Maria regarde ce cercueil, « commis d'office ». Comme il lui semble confortable, rassurant, par rapport au nulle part où son enfant se trouve. Stella. On assagit le corps d'un mort, on l'ordonne, on le maquille, on lui rend une part de son humanité avant de l'y soustraire pour toujours. Sa fille, elle, est restée dans l'inhumaine posture dans laquelle la mort l'a prise. Comme toujours, Eva Maria pense à ceux surpris par la lave, aux hommes, aux femmes, aux enfants, à ce chien qui tire sur sa laisse mais ses maîtres ont fui. Tous pris dans le mouvement de leurs gestes, des statues vivantes, la lave, leur sarcophage. L'eau, le sarcophage de Stella. Un sarcophage liquide qui la berce peut-être un peu mais qui ne la rend pas. À l'idée que sa fille ait encore les yeux ouverts quelque part au fond du rio de la Plata, Eva Maria ferme les siens. Elle voit encore plus cette image les yeux fermés alors elle les rouvre vite. Les larmes glissent. Eva Maria fait partie des usurpateurs de chagrin d'enterrements. Ceux qui ne pleurent pas la mort qui repose en face d'eux, mais la mort qu'elle leur rappelle, ou celle qu'elle leur fait craindre. Elle aurait tant aimé enterrer sa fille. Elle se demande ce que Vittorio imagine, lui, en ce moment enfermé dans sa cellule. Lisandra allongée entre quatre planches de bois. Il ne peut rien imaginer. Il ne sait même pas comment elle est habillée. Qui a choisi ses vêtements ? Ses parents sûrement. Eva Maria n'est pas la seule à penser à Vittorio. Tout le monde pense à lui. Il reste même une place vide au premier rang, au plus près du cercueil. Comme si chacun s'attendait à le voir arriver. La gêne est perceptible dans cette église, peut-être plus que le chagrin. Comme s'il manquait le plus autorisé au chagrin, Vittorio, le mari éploré, le tueur présumé. Le monde à l'envers. L'enterrement d'une morte c'est une chose, d'une tuée c'en est une autre. La douleur de ne pas savoir comment est morte celle qu'on enterre contrarie le deuil, et il ne faut jamais contrarier le deuil ou il ne se fera jamais. Quelqu'un ici imagine-t-il Vittorio pousser sa femme par la fenêtre ? Quelqu'un ici y croit-il dur comme fer ? Eva Maria est arrivée la première, elle sort la première. Les policiers attendent. Ils parlent. Ils rient. Eva Maria se cache derrière un arbre. Elle regarde la sortie de l'église. On ne prend pas de photos aux enterrements. Le bruit de son appareil photo lui fait penser au chant d'un oiseau malade. Elle ne veut rater personne. Eva Maria retrouve le goût du soupçon, cette étouffante sensation que tout le monde peut avoir tué Stella. Elle voulait dire Lisandra. Elle mélange. Elle confond. Dans son esprit désormais ces deux mortes se recouvrent. Celle qui la fait tant souffrir qu'elle ne peut y penser, celle sans souffrance sur laquelle elle peut tergiverser des heures. Et le mendiant qui fait la quête à l'entrée, le mendiant à qui elle a offert un peu de monnaie contre la promesse de dire à toutes les femmes gantées qu'elles sont belles, on ne sait jamais, si Alicia est là, elle repartira heureuse, réconfortée, peut-être réconciliée. Et si c'était lui ? Ce mendiant, le fou, l'invisible deus ex machina venu se mêler au cortège. Eva Maria veut qu'une lumière rouge s'allume au-dessus de lui. L'appareil photo pendu à son cou l'oppresse. Elle serre très fort l'écorce de l'arbre dans sa main. Trop fort. Quelques gouttes tombent sur ses chaussures. Rouges. Son sang saigne. La douleur ne peut s'apaiser tant que règne la colère.

Eva Maria boit une gorgée de maté. Le journal est fermé sur la table. Estéban entre dans la cuisine pour se préparer son petit déjeuner.

— Bonjour maman. Pas trop fatiguée ?

Estéban se dirige vers le frigo.

— Excuse-moi pour cette nuit… d'être entré comme ça dans ta chambre… mais comme j'ai vu de la lumière, j'ai cru que…

Estéban s'interrompt. Gêné. Il se passe la main dans les cheveux, sur le côté d'abord, puis derrière. Eva Maria lève les yeux vers lui.

— Tu as cru que quoi ?
— Que rien.

Eva Maria boit une gorgée de maté.

— Je travaillais.
— J'ai vu. Tu as beaucoup de travail en ce moment.
— Oui.

Estéban s'affaire près du grille-pain. Eva Maria se lève.

— J'y vais.

Estéban se retourne.

— Mais on est samedi.
— Et alors ?
— Tu ne travailles pas le samedi…
— Je vais faire des courses.
— Des courses ?
— Oui, j'ai envie de faire un tour.
— Ah, bonne idée… je viens avec toi ! moi aussi j'ai envie d'aller faire un tour.
— Je préfère y aller seule, excuse-moi… je… je vais m'acheter des vêtements. Et tu vas t'ennuyer à m'attendre.
— Des vêtements ? Mais ça fait une éternité que tu ne t'es rien acheté.
— Eh bien tu vois, tout arrive.

Eva Maria sort de la cuisine. La porte claque. Estéban se retourne. Il écarte le rideau de la fenêtre. Il regarde Eva Maria marcher dans la rue. Un sac à dos sur une épaule. Il ne le connaissait pas, ce sac. Mais si. On dirait le sac à dos de Stella. Estéban regarde Eva Maria monter dans le bus. Il n'en revient pas. Pour la première fois depuis des années, ce n'est pas pour aller à son travail. « Eh bien tu vois, tout arrive. » Estéban sourit. L'ombre du bus passe sur son visage. Estéban est beau.

Eva Maria pose son sac à dos sur la table. Vittorio s'assoit de l'autre côté.

— Comme je suis heureux de vous voir.
— Vous allez être déçu, je n'ai rien trouvé.

Eva Maria sort une épaisse chemise.

— J'ai écouté toutes les cassettes, même les plus neutres, même les plus amicales, mais je n'ai rien trouvé, je suis désolée, peut-être que je suis passée à côté de quelque chose, ce n'est pas évident, tout peut être interprété, et surtout je ne connais pas suffisamment vos patients, on en a déjà fait les frais une fois avec Alicia. Je vous ai apporté toutes les retranscriptions, vous êtes le seul qui puissiez voir clair dans toutes ces séances, vous trouverez peut-être quelque chose, je vais les laisser au gardien pour que vous puissiez les relire tranquillement.
— Surtout pas, ils les liraient et ne manqueraient pas de me poser des questions, faites-les passer plutôt par mon avocat, mais vous avez bien dit que vous les avez toutes ?

Eva Maria hésite. À peine. L'ombre d'une seconde.

— Oui.

Vittorio joint ses mains. Dans un geste de prière exaucée.

— Vous avez celle de Felipe, alors ?
— Felipe ?

Eva Maria réfléchit.

— Le type qui a des problèmes avec sa femme.
— On peut dire ça comme ça, vous l'avez, n'est-ce pas ? Il faut que je vérifie quelque chose, j'y ai pensé il y a deux nuits et depuis ça me hante, il faut que je vérifie si j'ai raison.

Eva Maria ouvre la chemise. Elle cherche parmi les nombreuses feuilles dactylographiées. Elle se rappelle en effet cette séance, un peu tendue, mais rien de bien méchant. Vittorio a pourtant l'air sûr de lui.

— Ça ne vous dérange pas de me la lire, je suis toujours plus efficace dans l'écoute que dans la lecture. Lisez-moi tout, je veux tout entendre, du premier au dernier mot.

Eva Maria commence à lire. Vittorio ferme les yeux. Le visage de Felipe lui apparaît. Son corps aussi. Ses gestes. Comme quand il réécoutait les cassettes seul le soir dans son bureau. Instinctif. Vittorio referme sa main sur la forme d'un verre, un verre de cognac auquel il ne pense même pas. Son attention tout entière tendue vers la voix d'Eva Maria.

FELIPE

VITTORIO

Bonjour.

FELIPE

Bonjour.

VITTORIO

Je me trompe ou vous avez l'air contrarié ?

FELIPE

Comme disait Borgès, « Un gentleman ne peut s'intéresser qu'à des causes perdues ». Nous nous sommes
encore disputés.

VITTORIO

Avec votre femme ?

FELIPE

Avec qui d'autre voulez-vous ?

VITTORIO

À quel sujet ?

FELIPE

Au sujet de tout, ce n'est pas difficile, elle me reproche tout.

VITTORIO

Mais, précisément, lors de cette dernière dispute ?

FELIPE

Je vous dis, je ne sais même plus comment ça a commencé. Tout ce que je sais, c'est que ça se termine toujours de la même manière.

VITTORIO

C'est-à-dire ?

FELIPE

Elle se met à pleurer, hurle et m'accable d'injures.

VITTORIO

Et vous, que faites-vous ?

FELIPE

Rien. Je vais dans mon bureau et j'attends que ça passe. Il n'y a rien à faire.

VITTORIO

Vous devriez peut-être parler, vous défendre, si vous estimez qu'elle vous attaque à tort.

FELIPE

Bien sûr qu'elle m'attaque à tort ! Mais il n'y a rien à lui dire. Vous avez déjà essayé de parler à une femme qui hurle ?

VITTORIO

Pas vous ?

FELIPE

Que voulez-vous dire par là ?

VITTORIO

Cette dispute, était-ce encore au sujet de votre petit garçon ?

FELIPE

Je ne sais plus, peut-être.

VITTORIO

Oui ou non ?

FELIPE

Elle ne voulait pas l'emmener au parc. Je lui ai dit qu'un garçon ne pouvait pas rester enfermé toute la journée. Un garçon a besoin d'exercices physiques. « Un esprit sain dans un corps sain. »

VITTORIO

Elle n'a pas apprécié ce reproche.

FELIPE

Visiblement non.

VITTORIO

Comment a-t-elle réagi ?

FELIPE

Je vous l'ai dit. Comme d'habitude. Elle s'est mise dans tous ses états, à pleurer, à me hurler dessus et à me traiter de tous les noms. Devant le petit, en plus.

VITTORIO

Donc vous êtes allé dans votre bureau.

FELIPE

Non. Je lui ai demandé de se taire. À cause du petit. Mais elle a crié encore plus fort. Je l'avais prévenue. Elle n'avait qu'à se taire.

VITTORIO

Vous l'avez prévenue de quoi ?

FELIPE

Que j'allais la gifler.

VITTORIO

Vous avez giflé votre femme ?

FELIPE

Elle l'a cherché.

VITTORIO

Ça, c'est votre point de vue. On y reviendra. Racontez-moi d'abord la suite.

FELIPE

Je n'ai rien à vous raconter. Elle est partie.

VITTORIO

Vous ne l'avez pas rattrapée pour vous excuser ?

FELIPE

Le petit a eu si peur quand je me suis levé, mais je me suis excusé. Je lui ai expliqué que ce sont des choses qui arrivent quand les grands se disputent très fort.

VITTORIO

Et auprès de votre femme, vous vous êtes excusé ?

FELIPE

Elle passe à côté de moi comme si je n'existais pas. Elle
a pris ses affaires. Elle dort dans l'autre chambre. Si elle
croit que je vais céder.

VITTORIO

C'est la première fois ?

FELIPE

Oui. On a toujours dormi ensemble.

VITTORIO

Je voulais dire, c'est la première fois que vous la giflez ?

FELIPE

Qu'est-ce que vous croyez ? Que je bats ma femme ?

VITTORIO

Je ne crois rien du tout, je voulais simplement savoir si
c'était la première fois que vous en veniez aux mains. Je
me trompe peut-être, mais j'ai vraiment l'impression que
les choses ne vont plus entre votre femme et vous depuis
la naissance de votre fils.

FELIPE

Vous avez raison, vous vous trompez.

VITTORIO

Comment s'est passée la grossesse de votre femme ?
Vous ne m'avez jamais parlé de cette période.

FELIPE

Sa grossesse s'est très bien passée, merci docteur ! Après
tout, comme dit saint Jérôme, « la grossesse n'est qu'une
tuméfaction de l'utérus ».

VITTORIO

De grâce, arrêtez de parler par citations, je vous l'ai déjà dit cent fois, ce sont vos mots à vous que je veux entendre.

FELIPE

Qu'est-ce que vous voulez que je vous dise ? Vous m'accusez de ne pas vous avoir parlé de la grossesse de ma femme, je vous en parle comme je peux.

VITTORIO

Je ne vous accuse de rien. Je me permets simplement de remarquer que vous vous disputez souvent au sujet de votre enfant.

FELIPE

Je vous le répète, vous faites fausse route.

VITTORIO

Je ne fais pas fausse route, je cherche une explication.

FELIPE

Il n'y a pas d'explication, on se dispute, on se dispute, c'est tout.

VITTORIO

Pourquoi ne voudriez-vous pas que ce soit à cause de votre enfant ? Cela arrive souvent dans un couple.

FELIPE

Elle le voulait, cet enfant, il n'y a pas de raison qu'on se dispute à cause de lui.

VITTORIO

« Elle le voulait, cet enfant. » Pourquoi ? Pas vous ?

FELIPE

Bien sûr que si.

VITTORIO

L'ombre d'un instant, on aurait pu comprendre le contraire.

FELIPE

Il ne faut jamais se fier à « l'ombre d'un instant ».

VITTORIO

Ici, si. Vous ne vouliez pas de cet enfant ?

FELIPE

Arrêtez avec cette question ! Je vous répète que si.

VITTORIO

Vous voyez, ce n'est pas très agréable quand on essaie de vous arracher les vers du nez.

FELIPE

Je n'aime pas votre ton, docteur.

VITTORIO

Ce n'est pas mon ton que vous n'aimez pas, c'est ma question, vous ne vouliez pas d'enfant, c'est bien ça ? Vous avez accepté d'avoir un enfant à contrecœur, peut-être pour faire plaisir à votre femme. Et aujourd'hui votre femme se rend compte qu'elle vous a forcé à avoir cet enfant et elle ne le supporte pas. Elle vous fait payer le prix de votre tiédeur et de ses remords.

FELIPE

Bien sûr que je voulais un enfant, peut-être moins qu'elle, mais bien sûr que je voulais un enfant, qui ne veut pas d'enfant ?

VITTORIO

Et pourquoi ne l'avez-vous pas emmené au parc, vous ?
Est-ce que vous vous occupez de votre fils ?

FELIPE

Mais bien sûr que je m'occupe de mon frère.

VITTORIO

Votre frère ?

FELIPE

Quoi, mon frère ?

— Moins vite, Eva Maria.

VITTORIO

Vous venez de me dire : « Mais bien sûr que je m'occupe de mon frère. »

FELIPE

J'ai dit « mon fils ».

VITTORIO

Non, vous avez dit « mon frère ».

FELIPE

Eh bien, je voulais dire mon fils, je me suis trompé, ça arrive à tout le monde.

VITTORIO

Non, ça n'arrive pas à tout le monde, vous voyez, séance après séance, d'où que l'on parte, on en revient toujours à votre frère.

FELIPE

Non, on n'en revient pas toujours à mon frère, je me suis trompé, on ne va pas en faire toute une histoire.

VITTORIO

Il vous manque ?

FELIPE

Qui ?

VITTORIO

Votre frère.

FELIPE

Pas du tout.

VITTORIO

À quand remonte sa mort maintenant ?

FELIPE

Je ne compte pas les jours.

VITTORIO

Votre fils vous fait penser à votre frère ?

FELIPE

Pas du tout, pourquoi dites-vous ça ?

VITTORIO

Quel âge a votre fils maintenant ? Dans les quatre ans, c'est ça ? Quand votre frère avait quatre ans, vous en aviez six, l'âge des premiers souvenirs. Peut-être qu'inconsciemment votre petit garçon vous fait penser à votre frère.

FELIPE

Non, il ne me fait pas penser à mon frère. Pas du tout.

VITTORIO

Vous reprochiez à votre mère d'aimer plus votre frère que vous. Peut-être trouvez-vous que votre femme aime plus votre enfant que vous ?

FELIPE

Si ça vous fait plaisir.

VITTORIO

Ça ne me fait pas plaisir, Felipe. Comment voulez-vous que je vous aide, si vous ne me dites pas tout ? J'ai l'impression que vous me cachez des choses.

FELIPE

Je ne vous cache rien.

VITTORIO

Vous ne me cachez rien ?

FELIPE

Non.

VITTORIO

Alors, si vous ne me cachez rien, je vais vous dire ce que je pense. Je pense que votre femme veut vous quitter et qu'elle n'ose pas vous le dire. Que ces disputes à répétition sont une manière de vous le faire comprendre. Elle n'ose pas prendre la responsabilité de votre rupture et elle attend que cela vienne de vous, elle essaie de vous pousser à bout.

FELIPE

Vous croyez qu'elle veut partir ? Et le petit alors ?

VITTORIO

Et je crois que ce n'est pas facile pour une femme d'abandonner son enfant. Peut-être qu'elle n'arrive pas à se faire à cette maternité, à trouver sa place. Cela peut arriver qu'une femme n'accepte pas son enfant. Du moins pas au point de lui sacrifier sa propre vie. Elle n'est peut-être plus heureuse avec vous. Elle a peut-être un amant.

FELIPE

Elle n'a pas d'amant.

VITTORIO

Comment le savez-vous ?

FELIPE

Je le saurais.

VITTORIO

Le principe même d'un amant, c'est que le mari n'en connaisse pas l'existence.

FELIPE

Ce n'est pas possible. J'ai tout fait pour qu'elle ait cet enfant, elle ne peut pas partir à cause de lui.

VITTORIO

Vous avez tout fait pour qu'elle « hait » cet enfant, qu'elle le « haïsse », vous voulez dire ?

FELIPE

Non, qu'elle l'« ait », qu'elle l'obtienne si vous préférez, arrêtez avec vos jeux de mots, c'est insupportable !

VITTORIO

Et quand vous dites « qu'elle l'obtienne » – ce sont vos mots cette fois –, qu'est-ce que je dois comprendre ?

FELIPE

Rien. Vous ne devez rien comprendre.

VITTORIO

Pardonnez-moi d'insister, mais « qu'elle l'obtienne », c'est quand même une drôle d'expression pour parler d'une grossesse.

FELIPE

Qu'est-ce que vous voulez que je vous dise ? Qu'on a adopté notre enfant, eh bien voilà, je vous le dis, on a adopté notre enfant, ce n'est pas un crime.

VITTORIO

Mais vous m'aviez dit que votre femme était enceinte.

FELIPE

Elle n'était pas enceinte. On a essayé pendant deux ans et on a fini par adopter.

VITTORIO

Pourquoi ne m'en avez-vous jamais parlé ?

FELIPE

Je vous parle de mes problèmes et ce n'était pas un problème.

VITTORIO

Peut-être que cette adoption n'a pas été aussi évidente pour elle.

FELIPE

Mais elle était folle de joie quand elle a vu ce petit bébé. Elle voulait tellement un enfant. C'est après qu'elle a changé. Plus tard. Après quelques mois.

VITTORIO

Vous devriez vraiment en parler avec elle. Ce n'est pas pareil un enfant à soi et l'enfant d'un autre, ce n'est pas la même chose, quoi qu'on veuille bien en dire. Pour que cela devienne pareil, il faut le vouloir. Cela passe par une acceptation psychologique. Une grande sérénité. Votre femme ne sait toujours pas que vous venez me voir.

FELIPE

Non.

VITTORIO

Pourquoi ne lui dites-vous pas ?

FELIPE

Ça ne la regarde pas.

VITTORIO

Vous devriez lui dire, vous pourriez même venir avec elle.

FELIPE

Vous voulez rire ? Elle n'a rien à faire ici.

VITTORIO

Vous savez, il m'arrive de recevoir des couples. Vous devriez venir avec elle. Au moins une fois. Peut-être qu'en ma présence des choses se diront, se dénoueront.

FELIPE

C'est ça ! Elle en profitera surtout pour vous poser des questions sur moi.

VITTORIO

Quelles questions ?

FELIPE

Je ne sais pas, elle cherchera à savoir des choses. Mais elle n'a rien à savoir. Je l'aime, je ne l'ai jamais trompée, je ne lui ai jamais fait de mal.

VITTORIO

À part cette gifle.

FELIPE

Elle l'a cherchée, elle hurlait sous mon nez, je ne pouvais pas la faire taire, et puis il y avait le petit, on aurait dit qu'elle n'attendait que ça.

VITTORIO

Peut-être.

FELIPE

Comment ça, peut-être ?

VITTORIO

Peut-être qu'elle n'attendait que ça. Peut-être voulait-elle se prouver que vous pouviez être violent.

FELIPE

Comment ça ?

VITTORIO

Vous devriez vraiment lui parler.

FELIPE

Vous croyez qu'elle veut me quitter.

VITTORIO

Je ne sais pas, j'ai surtout dit ça pour vous pousser dans vos retranchements.

FELIPE

Vous aussi.

VITTORIO

Moi aussi. Vous devriez lui poser la question, tout simplement. Il n'y a que par le dialogue que cela peut s'arranger.

FELIPE

Elle ne me parle plus.

VITTORIO

Vous avez réussi à en faire parler d'autres.

FELIPE

Qu'est-ce que vous dites ?

VITTORIO

Rien. C'est l'heure, Felipe, j'ai un autre patient qui arrive dans cinq minutes. Réfléchissez à tout ce qui vient de se dire et on en reparle la prochaine fois. Vous connaissez le chemin.

FELIPE

Oui, je le connais. Je peux vous faire confiance, n'est-ce pas ?

VITTORIO

Me faire confiance ?

FELIPE

Vous ne direz rien.

VITTORIO

Je ne dirai rien de quoi ?

FELIPE

Eh bien, de ça.

VITTORIO

De « ça », quoi ?

FELIPE

De l'adoption.

VITTORIO

Eh bien, dites-le ! Appelez les choses par leur nom. Une adoption, comme vous dites, « ce n'est pas un crime ». Non, je ne dirai rien. C'est mon métier de savoir me taire.

— La porte de votre bureau se referme et on vous entend murmurer : « Sale type. »

Eva Maria a la voix blanche. Comme quelques-uns de ses cheveux. Elle se demande si c'est ça le secret – la raison –, parler d'une voix blanche qui fait blanchir les cheveux. La partie poétique de son cerveau s'active. Eva Maria a besoin de se terrer derrière l'absurde quand l'inhumain se rapproche. Ou de boire. Mais là, elle ne peut pas boire. Elle froisse les feuilles. Elle n'arrive plus à les tourner. Son doigt est sec. Eva Maria n'a plus de salive. Les phrases résonnent dans sa tête. Dans sa gorge tarie.

Vous avez déjà essayé de parler à une femme qui hurle ? Pas vous ?

Vous voyez, ce n'est pas très agréable quand on essaie de vous arracher les vers du nez.

Peut-être qu'elle n'attendait que ça. Peut-être voulait-elle se prouver que vous pouviez être violent.

Vous avez réussi à en faire parler d'autres. Sale type.

Eva Maria a le regard brouillé. Vittorio a le regard rivé sur la table. Sa tête entre les mains. Ses cheveux sont si noirs, pense Eva Maria. Elle a peur de comprendre. Elle lui pose la question. Vittorio ne répond pas. Plongé dans ses pensées, il répète : « J'avais raison. J'avais raison. » Eva Maria lui repose alors sa question. Plus fort, plus blanc encore.

— Ce type a fait partie de la junte, n'est-ce pas ?

Vittorio relève la tête. Il acquiesce. Eva Maria recule.

— Et vous vous occupez de lui ?
— Oui.
— Mais comment pouvez-vous recevoir une ordure pareille ?
— Parce qu'il est venu me voir.
— Parce qu'il est venu vous voir ? Mais vous auriez dû lui cracher à la gueule, le virer à coups de pied, à coups de poing, c'est tout ce qu'il mérite. Et vous me receviez après ? Comme si de rien n'était. Et vous tentiez de me réconforter de la disparition de Stella, alors que, quelques minutes auparavant, vous réconfortiez peut-être son meurtrier.
— Chaque patient est un être unique, indépendant de mes autres patients, il arrive avec ses problèmes et j'essaie de l'aider, c'est mon métier. Il travaillait à l'ESMA[*], c'est tout ce que je sais, le sujet a été clos à peine abordé.

---

[*] ESMA. *Escuela superior de Mecánica de la Armada.* [École supérieure mécanique de la marine]. Cette École militaire était le plus important des trois cent quarante centres de détention utilisés sous la dictature de Videla. Plus de cinq mille personnes y furent torturées et assassinées.

— L'École de la marine, mais c'étaient les pires...

Vittorio agite sa main dans le vague.

— Le pire était partout à cette période, et vous le savez très bien. De toute façon, Felipe ne me parlait pas plus de son travail à cette époque que de son travail aujourd'hui.

Eva Maria se trouble davantage.

— « De son travail à cette époque »... je ne comprends pas... depuis combien de temps le voyez-vous ?
— Ce n'est pas la peine de compter, si c'est ce que vous voulez savoir, oui je le voyais déjà pendant... pendant ces années...

Eva Maria se lève. Elle crie.

— Vous êtes comme eux.

Le garde s'approche d'Eva Maria.

— Si vous ne vous calmez pas, madame, je vais devoir interrompre la visite.

Eva Maria se rassoit. Le garde s'éloigne. Eva Maria s'effondre.

— En vous occupant d'un bourreau, vous faisiez partie de leur système meurtrier. Et vous en voyiez combien d'autres ?

Vittorio se rapproche.

— Qu'est-ce que vous croyez ? Que Felipe venait me demander de l'aider à tuer ? Ne soyez pas caricaturale. Ses seuls problèmes ont toujours été son enfance, son frère et sa femme. Je vous le répète, il ne me parlait jamais de son travail.

— Cet homme ne vient pas vous voir parce qu'il a mauvaise conscience de torturer, de tuer, mais parce que ça ne va pas avec sa femme, et ce tortionnaire, cette merde, trouve quelqu'un à qui se confier, et ce quelqu'un, c'est vous ! Ma fille a été tuée par un type comme lui, peut-être même par lui, et vous voudriez que j'accepte l'idée que vous êtes son psy ?

— Qui vous dit que Felipe n'aurait pas fait plus de mal si je ne l'avais pas reçu en séance ? J'ai toujours espéré le changer, mais pas en l'attaquant de front, sur ce qui, comme à vous, me paraît inacceptable. Une fois j'ai essayé de lui ouvrir les yeux, mais la conversation a très vite mal tourné. Il est entré dans une colère froide, sa façon de penser était d'une solidité à toute épreuve, ses convictions, inébranlables, il disait agir pour la « Sécurité nationale », les communistes, et tous les *subversifs* étaient dangereux, il fallait les empêcher de nuire, les neutraliser. Felipe estime avoir fait son travail grâce à ces méthodes. Il n'a aucun remords. Felipe donne et intègre les ordres sans état d'âme, seul le succès compte. Depuis toutes ces années, j'ai compris comment il fonctionne. Je me disais que si je parvenais à l'aider sur ses traumatismes d'enfant, j'aiderais l'homme qu'il était devenu. J'avais l'impression d'avoir une sorte de contrôle sur lui, mais je me suis bien trompé. Jamais je n'aurais imaginé qu'il puisse faire une chose pareille. Mais comment ai-je pu ne pas faire le lien plus tôt, ça me semble tellement évident maintenant. Et je n'ai rien vu, je ne me suis douté de rien. Il aura fallu que je sois en prison pour comprendre.

Eva Maria se redresse.

— Comprendre quoi ?
— Je ne peux pas l'affirmer, mais tout me porte à le croire. On sait qu'ils les réservaient aux officiers.
— Mais de quoi parlez-vous ?
— Cet enfant. Son petit garçon. Il ne l'a pas adopté. C'est un enfant volé.

Eva Maria réprime un cri. Vittorio a le regard fixe.

— Et si ce que j'imagine est juste, c'est pire encore.

Eva Maria regarde Vittorio. Vittorio regarde Eva Maria. Il ne la voit plus. Il se sert d'elle. Comme d'un support visuel de réflexion. Son raisonnement n'est pas en place, il a besoin de parler pour raisonner. De prononcer. Vittorio ne parle pas à Eva Maria. Il réfléchit.

— Felipe détestait son frère depuis toujours, une jalousie larvée qui remontait à l'enfance, un cas assez fréquent, l'aîné envers le cadet, une nouvelle naissance mal acceptée. Selon lui, ses parents préféraient son frère, une préférence imaginée ou réelle, ça je n'en sais rien. Cela faisait déjà un certain temps que Felipe et sa femme essayaient d'avoir un enfant, sans y parvenir, ça je m'en souviens très bien, il m'en parlait souvent. Un jour, il était arrivé au cabinet très perturbé, il venait d'apprendre que la femme de son frère était enceinte, encore une fois, son frère réussissait là où lui échouait. Il n'a pas dû le supporter.

Quelques mois plus tard, je ne me rappelle plus combien de temps exactement, il m'a annoncé leurs décès, le décès de son frère et de sa belle-sœur. Brutal. Dans un accident de voiture. « La sélection naturelle », avait-il justifié, froidement c'est certain, mais vu le peu d'amour qu'il portait à son frère, ça ne m'avait pas étonné. Jamais je n'aurais pu imaginer qu'il puisse y être mêlé. Quand, très peu de temps après cet accident, il m'a annoncé que sa femme était enceinte, je n'ai pas pensé à mal, comment aurais-je pu deviner ? C'est l'imminente paternité de son frère qui a dû le pousser à agir, l'aveugler. Par souci de compétition avec lui, il aurait pu tout faire. C'est trop sordide, et pourtant cela se tient. D'où son lapsus. « Mais bien sûr que je m'occupe de mon frère. » Cet enfant, l'enfant qu'il a soi-disant adopté. C'est l'enfant de son frère. Il lui a pris. Après l'avoir tué ou l'avoir laissé se faire tuer, ça je n'en sais rien. Et sa belle-sœur a sûrement dû accoucher dans leurs cellules spéciales, comme la plupart des soi-disant *subversives*, dans leurs cellules réservées aux femmes enceintes, et après ils l'ont fait disparaître, elle aussi, comme les autres mères des autres bébés volés. Après s'être approprié l'enfant. C'était trop facile, trop tentant de profiter du système mis en place, de l'organisation existante pour régler des problèmes personnels, Felipe n'a sûrement pas été le seul à agir de la sorte. La violence était devenue une réponse à tous ses problèmes. Il a giflé sa femme et ce n'était pas une histoire de convictions idéologiques non plus, simplement de colère. Il n'aura pas voulu que son frère ait un bébé et pas lui. Une jalousie d'enfant avec des armes d'adulte.

Eva Maria n'a rien à dire. Son esprit d'analyse est paralysé. Celui de Vittorio tourne à plein régime.

— Alors voilà ce qui a pu se passer ce soir-là. Lorsque Felipe quitte mon cabinet, il regrette déjà de m'avoir révélé son secret et, surtout, il croit que j'ai compris ce qui se cache réellement derrière cette soi-disant *adoption* : que son fils est un enfant volé, peut-être même pense-t-il que j'ai compris que c'est l'enfant de son frère. Quand on craint d'être découvert, on pense l'être complètement, on ne se dit pas que la vérité éclate rarement tout entière. Peut-être aussi qu'il m'a entendu le traiter de « sale type » à travers la porte, les oreilles des bourreaux sont habituées à traquer le moindre murmure, cette insulte le pique au plus vif, et puis tous mes sous-entendus aussi, c'était plus fort que moi, certaines réflexions m'échappaient parfois, il savait très bien ce que je pensais de lui au fond de moi.

Vittorio ferme les yeux.

— Donc. Admettons. Felipe considère que je suis devenu dangereux. Son ennemi, en tout cas l'ennemi de son secret. Il décide alors de m'éliminer. Mais ce soir-là, je ne suis pas à la maison.

Vittorio ouvre les yeux.

— Voilà ce qui s'est passé. Felipe est tombé sur Lisandra. C'était peut-être un accident ? Un raté.
— Non, Felipe n'est pas un amateur.

— Et s'il avait envoyé quelqu'un faire le sale boulot à sa place ? Pour ne pas se salir les mains. Avec ce quelqu'un, les choses auraient pu mal tourner.

— Non, Felipe n'aurait mêlé personne à ce crime, prendre un complice, c'est prendre le risque un jour d'être trahi, et ce risque, Felipe ne l'aurait pas pris, il sait trop comme la trahison est impulsive. « Dans chaque ami dort la moitié d'un traître », avait-il coutume de répéter.

Vittorio formule les questions et les réponses. Comme lors d'une séance. Mais aujourd'hui, l'enjeu n'est pas un patient, mais lui-même. Lui seul. Sa propre liberté. Vittorio le sait. Mais il ne l'a jamais expérimenté comme en cet instant. Toute la difficulté de raisonner pour soi. Pour soi en danger.

— Et si Felipe avait préparé son coup pour me faire accuser ? En prison, accusé du meurtre de ma femme, je ne lui nuirai plus.

— Non. Rien ne dit qu'en prison je ne lui nuirai plus. Et puis, c'est trop compliqué, encore une fois, c'était plus simple de me tuer.

Vittorio n'a qu'une seule piste pour s'en sortir. Il ne peut pas l'abandonner. Il la broie. Il l'égruge. Vittorio perd toute lucidité. Pressé de trouver un autre coupable, son raisonnement l'égare. Il n'est plus taraudé par la soif de vérité mais par la peur d'y rester. Son raisonnement s'emballe.

— Et s'il avait parlé à sa femme comme je lui conseillais de le faire ? S'il lui avait dit qu'il m'avait avoué que leur enfant n'était pas le leur ? Que savait-elle d'ailleurs exactement au sujet de cet enfant ? Sûrement Felipe ne lui avait-il rien dit. Sûrement l'avait-elle compris toute seule, quelques semaines, quelques mois après l'arrivée de cet *enfant prodige*, elle avait soupçonné la terrible vérité. Car elle doit savoir, cela seul explique son comportement à l'égard de Felipe, sa colère permanente, elle sait que leur fils fait partie des cinq cents enfants volés pendant la junte, des cinq cents enfants que l'État recherche pour les rendre à leurs parents biologiques. Alors elle lui a demandé de m'éliminer, par peur de perdre son enfant. Quand on a appris à tuer par idéologie, on peut tuer par amour. Il avait l'habitude de fonctionner sur ordres. Il rentre. Il parle à sa femme. Sauf qu'elle lui demande de nous tuer tous les deux. Lisandra et moi. Je l'entends d'ici lui suggérer, avec sa psychologie féminine aiguisée par la paranoïa maternelle de perdre son enfant – donc définitivement criminelle –, que ça ne suffisait pas de m'éliminer, moi, que j'en avais obligatoirement parlé à ma femme, c'était sûr, cette histoire était bien trop belle pour un mari souhaitant divertir sa femme le temps d'un dîner d'habitude trop silencieux, pour la désennuyer, une histoire terrible avec un enfant dedans, personne ne résisterait à la raconter, psy ou pas psy, secret professionnel ou pas. Me supprimer moi ne suffisait pas, il fallait aussi supprimer ma femme. Ils ne pouvaient pas se permettre que quelqu'un sache. Donc, admettons. Felipe arrive chez nous, il sonne, insiste, Lisandra finit par ouvrir, Felipe effectue tous les gestes dont il est spécialiste, jusqu'à pousser Lisandra par la fenêtre, il pense me trouver dans mon bureau ou quelque part dans la maison – j'aurais dû être là, le mardi soir je suis toujours là d'habitude, c'est le jeudi que je sors –, et il s'apprête à me régler mon compte à mon tour, à l'aune de je ne sais quelle funeste mise en scène : la fameuse dispute de couple qui aurait mal tourné, elle a l'air de plaire à tout le monde, celle-là, il n'y a pas de raison qu'ils n'y aient pas pensé, eux aussi : « Un homme se suicide après avoir poussé sa femme par la fenêtre. » Parfait. Le crime parfait. C'est un scénario imparable. Sauf que je ne suis pas là. La suite, on la connaît.

Eva Maria regarde l'épaisse chevelure noire se balancer de droite à gauche. Elle la regarde si fort qu'il lui semble que c'est elle qui parle. D'où sinon pourrait venir cette voix si sombre ?

— Je ne sais plus… je ne sais plus ce que je dis… ce n'est pas parce que Felipe mériterait de finir sa vie en prison qu'il a tué Lisandra.

Vittorio se tait. Non parce qu'il a fini mais pour mieux rassembler ses esprits. Il reprend.

— Vous avez raison : il faut que j'éduque ces salauds de flics à mon innocence. Je ne peux pas leur donner la cassette, ça non, définitivement, cela se retournerait contre moi. Mais mes souvenirs peuvent être très précis, je peux leur laisser entendre que j'ai des doutes concernant Felipe et, alors, ils mèneront leur enquête, et même s'ils n'y mettent pas la meilleure volonté du monde, au moins ils vérifieront son emploi du temps cette nuit-là, le soir du meurtre, ils seront obligés, mon avocat y veillera. Après, on verra.

Vittorio se tait. Pour de bon. Comme après un effort physique intense. Une mince couche de transpiration perle sur son front. Eva Maria se tient silencieuse. Exsangue, elle aussi. Sans avoir rien dit. Sans avoir rien fait. Exsangue d'avoir découvert une vérité inimaginable. *Vittorio, psy de tortionnaires.* Vittorio la regarde. Il le sait. Quelque chose s'est cassé entre eux aujourd'hui. En elle. Il entend le garde se rapprocher derrière lui. Fin de la visite. Vittorio se lève. Il fait un petit signe à Eva Maria. Pour lui dire au revoir. Eva Maria ne lui rend pas. Ses poings sont serrés sur la table. Son corps a les raideurs d'un automate. Sa main droite s'ouvre et se ferme. Elle ne s'en rend pas compte. Vittorio pense à la langue des signes. Il se souvient du jour où Lisandra s'était écriée, malheureuse : « Les sourds ne peuvent pas danser. Quelle tristesse. Pourquoi n'apprends-tu pas le langage des signes, mon amour ? Les sourds aussi ont le droit d'avoir un psy, et puis, ça te changerait d'avoir toujours à écouter ou à parler, regarder, simplement regarder, c'est si bon mon amour parfois. » Lisandra était comme une enfant, quand elle croyait avoir une bonne idée, elle insistait toujours. « Dis-moi, tu le feras mon amour ? » Et lui, comme avec une enfant, il laissait le rêve possible. « J'y penserai. – Promis ? – Promis. » Vittorio se dit qu'elles ont été nombreuses, les promesses faites à Lisandra qu'il n'a jamais tenues. Mais Lisandra en attendait trop du genre humain, elle avait le défaut de le vouloir meilleur qu'il ne pourrait jamais l'être. Parce que le genre humain est mauvais, c'est comme ça, et il n'aurait jamais dû lui laisser croire le contraire. Peut-être qu'alors rien de tout cela ne serait arrivé. La porte du parloir claque derrière Vittorio. Vittorio a tort. Vouloir le genre humain meilleur qu'il ne l'est ne signifie pas qu'on ne sait pas qu'il est mauvais. Si Vittorio pouvait imaginer à quel point Lisandra sait que le genre humain est mauvais.

Eva Maria recouvre ses esprits. Elle ne se souvient pas d'avoir quitté le parloir. Elle ne se souvient pas d'être arrivée là. Elle regarde les passagers autour d'elle. Felipe pourrait se trouver parmi eux. Aujourd'hui les tortionnaires prennent le bus. Felipe. Peut-être l'avait-elle déjà croisé chez Vittorio ? Elle s'était assise à la même place que lui. Sur le canapé. Ses vêtements ont touché ses vêtements. Sans surprise, Eva Maria accueille une nausée. Sans surprise, cette nausée ne se transforme en rien. Depuis toutes ces années, le corps d'Eva Maria lui refuse même seule-ment le soulagement de vomir. Une ultime marque d'orgueil ? elle n'en a plus, ce n'est pas plus mal qu'il en reste à son corps. Felipe. Ce type continue sa vie, quand la sienne, à elle, s'est arrêtée, peut-être à cause de lui. Felipe comment d'ailleurs ? Vittorio avait refusé de lui donner son nom de famille. Il regrettait déjà de lui en avoir tant dit, il ne courrait pas le risque qu'elle aille trouver Felipe, si elle croyait qu'il n'avait pas compris ce qu'elle avait en tête. C'était trop dangereux. Elle voulait faire la loi ? Devait-il lui rappeler qu'il était absous par la justice, lui comme tous les autres ? Elle ne pouvait plus rien contre lui. Vittorio avait raison. Eva Maria regarde les passants sur les trottoirs. Aujourd'hui, les tortionnaires se promènent dans les rues. Felipe pourrait se trouver parmi eux. Ces tortionnaires qui n'ont eu qu'à se fondre dans la masse pour continuer de vivre. Impossible désormais de séparer le bon grain de l'ivraie. De l'ivresse. Eva Maria grimace. Ils ne seront plus jamais inquiétés. Ce dernier Noël, le pire de toute de sa vie. Le cinquième Noël sans Stella. Et surtout cette loi. Honte nationale. « Loi 23 456 » votée comme ça, la nuit du 24 décembre, comme les pires lois, celles auxquelles on veut que personne ne s'oppose, celles dont on veut qu'elles passent vite, et inaperçues. Les poursuites au pénal interdites. Contre tous les crimes commis sous la dictature militaire. Amnistiés ! Les détentions arbitraires. Les tortures. Les assassinats. *Punto Final*. Une nouvelle classe de citoyens est née cette nuit de Noël en Argentine. Ceux qui jouissent de l'impunité parce qu'ils sont militaires. Et maintenant l'*Obéissance due*, qui absout aussi les militaires de rang inférieurs au nom du principe hiérarchique. Alfonsín. Salopard[*] ! Avoir donné aux bourreaux la tâche de se juger eux-mêmes. Auto-assainissement de soi-même par soi-même. Hypocrisie. Sophisme. L'amnistie, décidée par les bourreaux : comble de l'inhumanité admise. En Argentine, on boit du maté et on avale l'impunité, en Argentine, on danse le tango, les tortionnaires aussi. Mais ça, on ne l'écrit pas dans les guides touristiques. Eva Maria regarde

---

[*] Raúl Alfonsín, Président argentin à l'initiative de ces deux lois d'impunité du « Point Final » et de l'« Obéissance due ».

la femme assise en face d'elle. Dans quel camp était-elle ? L'impunité ne résout rien. L'impunité impose une cohabitation impossible entre les meurtriers et leurs victimes, elle excite les suspicions et les haines. Dans le plus profond des âmes. Dans ce renfoncement secret où la bile s'amoncelle, s'accumule. Le cœur d'un volcan. Dans cette cachette où se terrent les plus violentes colères, celles qui ravagent tout quand elles éclatent. Car elles ne manqueront pas d'éclater. À la lueur peut-être d'un autre contexte historique, mais elles éclateront. Et si ce n'est pas cette génération qui réclame justice, ce sera la suivante. Stella, ma chère enfant, les tortionnaires se promènent bel et bien dans les rues aujourd'hui, et toi, non, tu ne vis pas très heureuse à Paris, à Londres ou à New York, non, tu n'es pas « soi-disant » disparue, tu l'es bel et bien*. Eva Maria veut hurler. Elle se tait. Elle n'est pas la seule. L'impunité, camisole de force du peuple argentin. Eva Maria pourrait accuser, mais personne pour arrêter. Eva Maria porte ses mains à sa bouche. Un liquide chaud coule entre ses doigts, son orgueil tout entier vient de céder. La femme assise en face d'elle lui tend un mouchoir. Eva Maria ne le voit pas. Elle regarde le sol maculé entre ses pieds. Elle pense aux éruptions volcaniques et se dit qu'elles rendent les terres plus fertiles. Elle se demande si demain, sur le sol de ce bus, un pied de vigne aura poussé.

------

* « Croyez-moi, il y a beaucoup de soi-disant disparus qui vivent très bien à Paris, Londres, New York ou à Washington. » C'est avec cette phrase que le général Videla avait l'habitude de balayer les milliers de *desaparecidos* massacrés sous son régime.

Eva Maria claque la porte. Elle croit marcher. Elle court. Elle se cogne contre le meuble du couloir. Elle se retrouve nue sous la douche sans y avoir pensé. Elle tourne le bouton. L'eau brûle. Eva Maria emplit sa bouche. Elle crache. Pour ôter ce goût infâme. Elle crache. Comment Vittorio a-t-il pu s'occuper d'une pourriture pareille ? Elle ne lui pardonnera jamais. Il aurait pu tout lui dire, elle aurait tout compris, qu'il avait été lâche, qu'il avait eu peur des représailles, qu'il avait craint pour sa vie s'il n'acceptait pas de recevoir Felipe en séance, tout le monde le savait, le pouvoir de nuisance des militaires était immense. Mais Vittorio n'y avait jamais pensé. Eva Maria l'avait lu dans ses yeux qui assumaient sans ciller. Elle aurait tout compris. Tout sauf s'entendre dire qu'il se devait de recevoir Felipe comme il la recevait elle, qu'il ne devait pas faire de différence, c'était son métier. La belle couverture ! Ce qu'il appelait son métier, c'était du voyeurisme, une curiosité malsaine, une attirance pour la part sombre de l'humanité, s'occuper seulement de braves gens n'a finalement aucun intérêt pour les psychanalystes, il faut bien le dire, plus ils plongent profondément dans la mauvaise nature, dans les mauvaises herbes, plus ils se sentent exister. Elle-même ne s'occupait-elle pas que des volcans endormis, laissant de côté les volcans éteints ? Surveiller le nuisible, laisser de côté le tranquille, elle connaissait ça aussi après tout, elle pouvait comprendre, non ? Oui, elle pouvait comprendre. Mais pas lui pardonner. Comprendre ne suffit pas toujours à pardonner. Eva Maria frotte son corps de toutes ses forces. Comment avait-elle pu laisser Vittorio lui dire ça ? Le bruit de l'eau sur le carrelage ne l'empêche pas de l'entendre encore. Avec clarté. « Vous vous érigez en juge suprême, Eva Maria, vous m'avez dit le fond de votre pensée, je vais vous dire le fond de la mienne. Parce que vous vous croyez utile, vous, le nez rivé sur vos petits diagrammes, sur vos petits carnets, sur vos petites courbes ? Laissez-moi rire. Si les volcans doivent se réveiller, ils se réveillent et vous ne pouvez pas les en empêcher, pas plus que moi je ne peux empêcher mes patients d'être avant tout des êtres autonomes et agissants. Nos deux métiers se ressemblent beaucoup, finalement. Préventifs, voilà ce que nous sommes tous les deux, préventifs. Et la prévention n'a jamais empêché les tragédies d'éclater. Vous avez beau être là, vous et tous les analystes de la Terre, quand elle veut se mettre en colère, elle se met en colère. Alors, s'il vous plaît, Eva Maria, ne venez pas me parler d'utilité. J'échoue, moi aussi, aussi sûrement que vous, on échoue tous sur la parcelle d'objectifs dont relève notre travail, il m'arrive de m'y prendre mal, c'est certain, mais je pense avoir aidé plus d'individus que vous sur cette terre, alors ne venez pas me chanter les refrains de l'humanité, retournez lire vos graphismes, étudier vos photos, sans être même seulement capable de vous occuper de votre fils, qui est bien plus vivant que n'importe lequel de vos volcans, au cas où vous ne l'auriez pas remarqué, et qui a bien davantage besoin de vous. » Eva Maria est assise par terre sous la douche. La tête entre les genoux. « Que cela vous plaise ou non, je continue de penser que j'ai fait ce qui était le mieux avec Felipe. Ne vous trompez pas, cette période me répugne autant que vous, mais j'ai choisi mon camp, celui de la neutralité, celui de la volonté d'aider sans a priori, en essayant du moins d'en avoir le moins possible, le seul camp qui me semble tenable par rapport à mon métier. Que cela ne vous semble pas convaincant, je le comprends, mais c'est mon métier et c'est comme cela que j'entends l'exercer, du moins que j'entendais l'exercer, parce que maintenant que je suis ici je ne peux plus aider grand monde. Mais voilà qui doit vous réjouir, non ? Vous devez être bien contente, maintenant ? » Eva Maria coupe l'eau. Elle reste debout les talons ancrés dans le sol ruisselant. Oui, parfaitement, elle est bien contente, si ce Felipe a tué Lisandra, alors, comme pour Frankenstein, sa créature se sera retournée contre Vittorio. La leçon est bonne. Il ne faut pas jouer à l'apprenti sorcier. Ni avec les corps. Ni avec les âmes. Eva Maria enroule ses cheveux mouillés dans une serviette. La colère ne se nettoie pas. Elle sort les photos de son sac. Elle avait complètement oublié de les montrer à Vittorio. Eva Maria est hors d'elle. Pas une seconde, Vittorio n'avait envisagé cet enfant volé comme un drame en soi, pas une seule seconde, il ne s'en était ému. Tout ce qui l'intéressait, c'était que cet enfant soit le mobile éventuel de Felipe dans le meurtre de Lisandra. Eva Maria ne reconnaît plus Vittorio. Elle qui s'est toujours sentie si proche de lui à cet instant le hait, le méprise. Un rire lui échappe. Sournois. Sarcastique. Vittorio n'a peut-être pas voulu lui donner le nom de ce Felipe, mais cet individu paiera quand même. Le cas des « bébés volés » sort du cadre des lois d'impunité. Sous la dictature militaire, on pouvait torturer, tuer, mais pas voler des bébés. Quand même. Un soupçon de justice dans ce marécage d'injustices. Ces adoptions forcées, truquées, Felipe sera rattrapé par là. Dès que Vittorio parlera de ses doutes à la police, une enquête sera ouverte. Felipe ne paiera peut-être pas pour tous ses crimes, mais il perdra cet enfant. On lui retirera cet enfant pour le rendre à ses parents biologiques et, si la version de Vittorio est fondée, si ses parents biologiques sont morts, alors on le confiera à ses grands-parents, qui sauront le protéger contre leur Caïn de fils. Eva Maria étale les photos de l'enterrement sur son bureau. Elle cherche. Un couple avec un enfant. Un homme avec un enfant. Un petit enfant. L'éducation, pour un bourreau, commence sûrement par apprendre à l'enfance à se confronter à la mort. Très tôt. Le plus tôt possible. Normaliser la mort pour un jour pouvoir la distribuer sans états d'âme. Radicaliser la mort. *FELIPE : Tu vois, mon garçon, dans la caisse en bois là-bas, il y a une dame qui est allongée, ses yeux sont fermés, elle est morte, on va la mettre dans de la terre. L'ENFANT : Mais maman m'a dit*

qu'on allait au ciel quand on mourait… FELIPE : Ta
mère invente des sornettes pour filles, il ne faut pas
l'écouter. Quand on est mort, on va dans la terre, mon
garçon, et on n'en sort plus, et cette dame, c'est même
très bien qu'elle soit morte, crois-moi, bon débarras,
parfois des gens doivent mourir, c'est comme ça. Mais
il n'y a pas de petit garçon sur ces photos. Eva Maria
le sait. Elle s'en souvient maintenant. Elle s'en était
fait la réflexion. Comme l'enfance manque aux
enterrements. Et puis, ces photos, elle les connaît par
cœur. Elle les a tellement regardées. Sans y avoir
jamais vu un enfant. Elle les avait même fait agrandir, espérant que, dans un changement de format, le
meurtrier surgisse. À cet instant, Eva Maria espère
pourtant encore. Une lumière rouge. La pensée
magique ne se dérobe pas. Tenace. Eva Maria attend
de ces photos, comme des films d'horreur, qu'elles
lui révèlent soudain la présence d'un individu qu'elle
n'avait pas vu sur le moment. Un couple avec un
enfant. Un homme avec un enfant. Un petit enfant.
Elle irait alors porter la photo compromettante aux
Mères de la Place-de-Mai et ce serait la première
pièce apportée à l'enquête. Mais la vie n'est pas un
film d'horreur. Malheureusement. Eva Maria
repousse toutes les photos avec rage. On frappe à la
porte. Elle sursaute.

— Deux minutes !

Eva Maria range les photos à toute vitesse dans le
tiroir de son bureau.

Eva Maria tourne la tête vers la porte de sa chambre.
Estéban se tient sur le seuil de la pièce. Guilleret.

— Alors ces vêtements ? Je peux voir ?
— Quels vêtements ?
— Tes achats…

Estéban fait un pas vers sa mère. Eva Maria se raidit.

— Je n'ai rien trouvé.

Estéban se fige. Il se passe la main dans les cheveux,
sur le côté d'abord, puis derrière.

— C'est pas grave, ce sera pour une autre fois.
— C'est ça. Pour une autre fois.
— On dîne pas trop tard ?
— J'en ai encore pour une petite heure.
— OK. Je t'attends. Je pensais faire des empañadas,
ça te va ?
— Très bien.

Estéban sort de la pièce. Eva Maria regarde la porte.
Fermée. Silencieuse. Elle se lève, traverse le bureau.
À toute vitesse. Elle ouvre la porte.

— Estéban ?

Estéban se retourne. À l'autre bout du couloir.

— Quoi ?
— Tu crois qu'elle pouvait être enceinte ?

Le visage d'Estéban se dessine dans la pénombre du couloir. Comme tout finit par se dessiner dans la pénombre. On dirait un masque.

— Qui pouvait être enceinte ? De qui tu parles ?
— Stella.

Estéban ne répond pas. Il ne bouge pas. Ce n'est pas la question qui le brusque. Il pense avoir mal compris. Cela fait cinq ans qu'Eva Maria lui a interdit de prononcer le prénom de Stella devant elle. Le ton d'Eva Maria se ranime. C'est celui de la répétition.

— Tu crois qu'elle pouvait être enceinte ?
— Pourquoi tu dis ça ?
— Je ne sais pas… toutes ces histoires de « bébés volés », je me dis que peut-être…

151

Estéban se précipite. Dans la légère suspension de cette phrase hésitante. Son ton est catégorique. Sa voix est ferme. Il se rapproche d'Eva Maria.

— Non. Bien sûr que non. Stella n'était pas enceinte. Qu'est-ce que tu vas imaginer ?

Eva Maria s'agace.

— Comment tu peux en être sûr ?

Estéban réfléchit.

— Elle… elle n'avait pas de petit ami.
— Comment tu le sais ?
— Elle me l'aurait dit.
— Tu crois vraiment qu'une sœur dit tout à son frère ?

Estéban ne répond pas. Eva Maria en profite.

— Tu sais bien qu'il est un âge où les secrets éclosent, là où avant ne régnait qu'une fraternelle connivence, là où le mot « secret » n'existait que quand il était partagé. Stella avait deux ans de plus que toi, cela change tout. Elle pouvait avoir des secrets, des secrets que tu ne soupçonnais pas.

Estéban l'interrompt. La voix comme soudain plus âgée.

— Si elle avait des secrets, ce n'était pas pour moi.
— Que veux-tu dire ?
— Je veux dire que Stella n'était pas enceinte, c'est tout.
— Eh bien moi, je pense qu'elle aurait tout à fait pu être enceinte.

— Non. Arrête d'imaginer n'importe quoi.

— Je n'imagine pas n'importe quoi.

— Si, tu imagines n'importe quoi, et il y a une raison très précise pour laquelle Stella ne pouvait pas être enceinte.

— Laquelle ?

— Une raison toute simple.

— Laquelle ?

— Tu veux vraiment savoir ?

— Oui.

— Stella aimait les filles. Voilà. Tu voulais savoir.

Eva Maria accueille cette révélation comme une révélation qui ne change rien. Un doux sourire se lit sur son visage. Un peu surpris. Stella aimait les filles. C'est drôle, elle n'aurait jamais pensé ça, elle aurait bien aimé le savoir. Le deviner. Mais ce n'est pas grave, ce n'est vraiment pas grave, cela prouve combien sa fille était libre, et ça, elle le savait. Eva Maria passe son pouce sur sa fossette. Au creux de son menton. Le lit d'un noyau de cerise. Un lit pour filles, elle pense. D'apprendre soudain quelque chose sur Stella lui donne un peu l'impression qu'elle est encore en vie. Eva Maria referme la porte derrière elle. Estéban s'adosse au mur. De soulagement. Eva Maria avait accueilli cette révélation comme une révélation qui ne change rien. Lui savait combien, au contraire, cette révélation changeait tout. Elle empêcherait Eva Maria de faire ce que, sans ça, elle n'aurait pas manqué de faire. Regarder tous les enfants de quatre ans comme s'ils étaient les enfants de Stella. S'abîmer dans des conjectures. Et se perdre.

Sa mère ne pouvait pas passer le reste de sa vie à courir après le vide. Ni après les morts. Ni après les fruits de son imagination. Estéban se passe la main dans les cheveux, sur le côté d'abord, puis derrière. Son corps se relâche dans un sourire. De soulagement. De soudaine conscience de ce qu'il vient de dire. D'espièglerie aussi. Si Stella l'avait entendu, elle aurait bien ri. Il s'était accroché à la première chose qui lui était venue à l'esprit. Quand on est cerné par la folie, il est important de savoir mentir. Estéban venait de l'apprendre.

Eva Maria se sert un autre verre de vin. Elle baisse la tête vers son bureau. Ses yeux glissent vers le magnétophone. Quelle musique Stella aimait-elle ? Il faudra qu'elle le demande à Estéban. Son regard suit le fil noir qui relie le magnétophone au casque. On dirait un cordon ombilical. Un cordon ombilical de Playmobil. On dirait le rio de la Plata qui se jette dans la mer. Eva Maria griffonne sur la page de son carnet ouvert. Elle pose son stylo. Elle entoure le fil noir autour de ses doigts. Elle retire l'embout du magnétophone. Elle le remet. Elle le retire. Elle le remet. Elle le retire. Depuis combien de temps n'a-t-elle pas fait l'amour ? Eva Maria se lève. Elle se dirige vers son armoire. Elle l'ouvre. Elle s'agenouille. Elle fouille derrière ses chaussures. Elle prend son sac à dos marron. Elle cherche parmi les cassettes. Elle vérifie la tranche. « Miguel ». C'est bien ça. *Miguel*. Elle ne se souvient pas des prénoms de tous les patients, mais celui-ci, elle s'en souvient. Alors même qu'elle ne l'a pas écouté jusqu'au bout. La seule cassette qu'elle n'a pas retranscrite. Elle n'avait pas eu le courage, c'était au-dessus de ses forces, elle n'avait pas pu s'y confronter. Eva Maria secoue la tête. Elle doit l'écouter. En entier. Que restera-t-il du devoir de mémoire si les bourreaux ne paient pas, si les victimes se taisent, et si elle n'écoute pas Miguel. Elle doit agrandir son courage. On doit toujours agrandir son courage. Boire va l'aider. Eva Maria se sert un autre verre de vin. Elle met le casque sur sa tête. Elle prend une feuille blanche. Elle l'insère dans la machine à écrire. Elle rembobine la cassette dans le magnétophone. Elle appuie sur *Play*. Elle pense, ce n'est pourtant pas un jeu.

MIGUEL

VITTORIO

Miguel ? Mais qu'est-ce que tu fais là ? Je suis désolé, Lisandra n'est pas à la maison. Et j'ai un patient qui va arriver d'une minute à l'autre.

MIGUEL

M. Bach ?

VITTORIO

Comment le sais-tu ?

MIGUEL

Parce que c'est moi !

VITTORIO

Comment ça, c'est toi ?

MIGUEL

C'est moi aussi, si tu préfères, c'était mon nom à l'époque et comme je suis venu te parler de cette époque, je t'ai donné mon nom de l'époque. Je peux entrer.

VITTORIO

Dans mon bureau ?

MIGUEL

Oui. J'ai rendez-vous, je te rappelle.

VITTORIO

Bien sûr, entre, entre, je t'en prie. Ton nom de l'époque ?
Je ne comprends pas.

MIGUEL

Numéro « 2137 », c'était ça mon véritable nom de
l'époque, mais transposé en lettres, ça fait : « BACH ».
Incroyable, non ? À moins qu'ils ne l'aient fait exprès.
Mais je crois davantage à un clin d'œil de la Providence,
un signe pour tenir le coup, qu'à une preuve de leur intelligence, malheureusement, leur intelligence, ils n'avaient
pas choisi de la mettre au service de la poésie. C'est drôle
que tu n'aies pas reconnu ma voix au téléphone. J'étais
sûr que tu me reconnaîtrais.

VITTORIO

Tu m'inquiètes, Miguel, je ne t'ai jamais vu si nerveux.
Que se passe-t-il ? Pourquoi viens-tu me voir en te faisant
passer pour un autre ? Tu aurais dû me dire que c'était
toi.

MIGUEL

J'ai pensé que ce serait plus facile si c'était M. Bach qui
venait te le dire.

VITTORIO

Me dire quoi ?

MIGUEL

Tout ce qui s'est passé là-bas. Au moins une fois te le
dire. À toi. Pour m'apprendre à le raconter. Je me le suis
déjà raconté à moi-même – dans ma tête d'abord, et puis
à haute voix –, tout ça je l'ai déjà fait, transformer la

terreur en récit, lui imposer les formes obligatoires à toute narration, trouver les bons mots, enfin les plus justes pour exprimer ces images et même retrouver une certaine chronologie, c'est ce qui a été le plus dur, introduire l'ordre du temps dans la peur, mettre bout à bout des éléments, des gestes, des événements qui jusque-là se superposaient dans un millefeuille d'effroi, tout existait en dehors du temps, violemment, il m'a fallu le réintroduire, le temps, cette notion propre à l'humanité qui disparaît dès que l'inhumanité entre en action – mais j'ai réussi, tout ça je l'ai déjà fait, tout seul. Maintenant il faut que je le prononce devant quelqu'un, ce récit rempli de mots, pétri de chronologies, devant quelqu'un, et après, enfin, cela deviendra plus naturel, c'est ce que je me dis, c'est comme une musique qu'on a en tête, il faut d'abord les notes, chercher celles qu'on entend, les trouver, et enfin que quelqu'un les écoute, autrement cela ne sert à rien, excepté nous enfermer dans le ressassement. La crainte, l'incapacité de le déverser dans une autre oreille demeurent, j'ai longtemps cherché à qui le dire et soudain j'ai pensé à toi. Tu es mon ami, et puis c'est ton métier. Je suis sûr que tu peux m'aider, Vittorio. Il faut que je puisse le raconter, tu comprends ? Je veux passer ma vie à le raconter. Pas pour m'enfermer, mais pour me délivrer. Tu m'entends ? Réponds-moi. Tu veux bien qu'on fasse comme si j'étais un patient ? Pour une fois. Une seule fois. Tu es d'accord ?

VITTORIO

Bien sûr, bien sûr. Je vais annuler mes prochains rendez-vous, je vais prendre mon après-midi, on sera plus tranquilles.

MIGUEL

Surtout pas ! Cette conversation ne doit rien changer, elle ne doit surtout pas être plus importante que les conversations de tes autres patients, sinon on l'aggrave. Tu comprends ? Je me suis entraîné, ce ne sera pas plus long qu'une autre de tes séances, je te promets.

VITTORIO

Très bien, comment veux-tu que nous procédions ? Tu veux que je commence par une question ?

MIGUEL

Surtout pas. Je veux me débrouiller seul. Sans élan. Parce que si j'attends qu'on me pose des questions, je ne le raconterai à personne. C'est incroyable, le nombre de gens qui ne posent jamais de questions, on dirait que la curiosité est un don réservé à l'enfance. Tu ne trouves pas ? Non c'est vrai, tu ne peux pas trouver avec ton métier, toi tu poses des questions, tu passes même ta vie à poser des questions, mais réfléchis bien, les gens, les autres, tu trouves qu'ils te posent des questions ? Moi pas. Sincèrement, ce mutisme, cette manière d'acter tout ce qui nous entoure sans question me stupéfie. Et les questions indisposent, même ! Comme les sourires, on se dit mais qu'est-ce qu'il me veut celui-là ? On le prend mal, on le soupçonne de je ne sais quelle mauvaise intention, on soupire à l'intrusion. Au moins, toi, ton métier se nourrit de questions, c'est bien, ça. C'est une bonne chose. Tu aimes ton métier, Vittorio ?

VITTORIO

Oui.

MIGUEL

Moi aussi j'aime mon métier, c'est même ce que j'aime le plus au monde. C'est bien d'aimer son métier plus que tout au monde, mais c'est toujours mauvais signe. Moi, c'est Mélina que je voudrais aujourd'hui pouvoir aimer plus que tout au monde.

VITTORIO

Je sais.

MIGUEL

Les filatures sont d'abord devenues de plus en plus pressantes, ils étaient par groupes de quatre ou cinq, des jeunes, vingt-deux vingt-quatre ans, je me retournais parfois dans la rue pour leur montrer que je n'étais pas dupe, je leur demandais l'heure ou même carrément je leur demandais s'ils n'avaient pas autre chose à faire, je n'avais pas peur, je pensais que le fait que je sois un personnage public les empêcherait d'agir, les implications politiques auraient été trop lourdes à assumer. Mais ce soir-là, j'ai remarqué sur le toit de la maison voisine des gens habillés en civil qui s'activaient et j'ai compris qu'il allait se passer quelque chose de grave. J'ai téléphoné à des amis pour leur dire que si, demain matin à 7 heures, je ne donnais pas signe de vie, il fallait s'inquiéter de mon sort, ma ligne a été coupée. Tous mes autres appels, j'ai dû les passer de chez une voisine qui a bien voulu m'aider, j'ai contacté en urgence les ambassades, de France, d'Allemagne, du Canada, des États-Unis, du Brésil. Aucune n'a souhaité prendre le risque d'intervenir, ils m'ont tous dit que la seule ambassade qui puisse intervenir était l'ambassade argentine. Autant dire faire appel à mes bourreaux. Pendant tous ces coups de téléphone, deux Fiat s'étaient positionnées devant chez moi avec des gens armés. Finalement l'assaut a eu lieu, je n'ai pas opposé de résistance, ils m'ont traîné dans un camion de l'armée qui attendait au coin de la rue. Déjà, alors qu'ils me transportaient, ils ont commencé à me torturer. Là-bas, ils m'ont emmené dans une pièce, sur la porte il y avait écrit *Servicio de Informaciones del Estado*, les seuls mots que j'ai lus durant tous ces longs mois. Ils m'ont arraché mes vêtements et bâillonné, ils m'ont ficelé à la table, aspergé d'eau, puis ils ont appliqué la picana, ils s'acharnaient sur mes mains, ils n'arrêtaient pas de répéter : « Tu ne joueras plus du piano, tu seras une loque en sortant d'ici. Tu es pire qu'un guerillero, parce qu'avec ton sourire et ton piano, tu fais croire à la *negrada*[*] qu'ils ont le droit d'écouter Beethoven. Tu es un traître à ta classe. Beethoven est pour nous. C'est ce que nous allons te faire payer très cher. Nous allons te détruire complètement. » Quand ils ont eu fini, ils m'ont détaché et laissé par terre, ils ne voulaient pas me donner d'eau, le sang de ma bouche coulait dans ma gorge tellement je m'étais mordu, mais le sang ne désaltère pas. Ils m'ont parqué au sous-sol dans une cellule sans lumière, sans nourriture. Nous étions deux par lit. Il faisait froid et humide. Il n'y avait pas de couverture. Il y avait un banc en béton. Nous devions uriner et faire le reste par terre. Ils m'ont torturé tous les jours. On aurait dit qu'ils mettaient un point d'honneur à ce que ce soit toujours différent, mais c'étaient toujours les mêmes mots : « Tu ne pourras plus jamais jouer de piano, jamais. » Ils continuaient de se concentrer sur mes mains, sur mes bras. Quand ils pendaient les autres par les pieds, moi, ils me pendaient par les poignets. « Tu aimes écouter de la musique, hein ? tu aimes la musique ? Alors écoute celle-là. » Et ils me frappaient très fort les oreilles, ils s'y mettaient à plusieurs, je croyais que mes oreilles allaient se déchirer, j'entendais mes cartilages craquer, ils me menaçaient de me percer les tympans. Je ne pouvais rien faire pour qu'ils s'arrêtent. Ils ne cherchaient pas à m'extirper une quelconque information, je n'en avais pas, je n'avais rien pour eux, ils voulaient me faire du mal comme une punition, ils voulaient m'anéantir. Je n'ai jamais vu personne. J'avais du coton sur les yeux, un bandeau et une cagoule. Je ne voyais jamais rien. J'entendais, j'écoutais, j'ai compté à peu près vingt-quatre voix différentes. À l'oreille. Je reconnaissais les voix – les timbres des ténors,

---

[*] Classe défavorisée d'Argentine.

des barytons, des sopranos... Il y avait de tout, des filles aussi. Des accents français et allemands. Ils indiquaient aux bourreaux les questions à poser, c'étaient vraisemblablement des experts en psychologie, spécialisés dans l'interrogatoire des détenus politiques. Il y avait tout le temps des références au nazisme. Un jour, deux jeunes officiers m'ont forcé à répéter peut-être cinq cents fois : « Le nazisme est la plus belle doctrine inventée par l'être humain. » « Plus fort. Plus fort. Chante-la, cette phrase. Allez ! Mets-la en musique. » Parfois, ils me torturaient comme un cas d'école, pour apprendre aux autres, aux nouveaux, comment on torturait, parce que tout le monde torturait, ça faisait partie de leur formation. Alors là, c'étaient les brûlures de cigarettes, les poils de sexe arrachés par poignées, j'entendais : « Allez, vas-y la cigarette, appuie, bordel, appuie, tu dois pas le faire jouir, espèce de lavette, regarde, allez, sur le dos. » Et la cigarette s'abattait sur ma joue. Ils m'arrachaient la peau des mains à la pince à épiler. Tous les jours la plaie s'élargissait, purulente, je la léchais comme un chien, j'espérais la désinfecter. « Vous n'êtes qu'un paquet de merde chez nous ! » Ils voulaient m'anéantir, mais j'avais découvert que quand je me concentrais très fort, je ressentais moins la douleur, alors j'essayais de penser à des problèmes techniques de piano ou de reconstruire une œuvre ou d'écouter la voix de Mélina chantant cette œuvre – si tu savais comme la pensée de ma femme m'a aidé à tenir –, et j'ai tenu bon dans les séances de torture grâce à ces ruses qu'on apprend dans cet enfer, quand ça me faisait moins mal, je hurlais comme un fou, et quand ça me faisait mal, je gardais le silence, donc, ils insistaient là où j'avais crié davantage, avec l'électricité ou avec les coups. Mais très vite, je n'ai plus eu de sensibilité ni dans les mains, ni dans les bras. J'avais les doigts morts. Mon angoisse de musicien était d'avoir perdu à jamais la sensibilité de mes doigts et de mes bras. Et c'était une angoisse jour et nuit. Jour et nuit, je faisais des exercices. Je ne sentais pas mes doigts mais je ne voulais pas perdre la mémoire digitale, les distances entre les notes, alors je dessinais les touches du piano au sol, dans la terre, et je regardais mes mains sans les sentir se déplacer lourdement, et j'effaçais mon clavier de fortune dès que j'entendais la porte s'ouvrir. J'avais des trous de mémoire immenses. Quand j'essayais mentalement de récupérer les partitions, je me souvenais très bien, mettons de vingt-quatre mesures, et tout d'un coup, il y avait une lacune, un océan, et je me souvenais de la partition de façon fragmentaire, mais pas de tout le développement par exemple. La mémoire digitale m'a aidé à récupérer ces trous. Le pire c'est que le sens qui était chez moi le plus développé participait de toutes ces tortures, j'étais plein de sons, les voix, ces voix… je ne peux m'en défaire, les cris de douleur, les cris de haine, les cris demandant grâce, les cris d'injures, les cris des uns et des autres pour s'exciter à la torture. Les images, je n'en ai pas. Les sensations s'estompent. Mais les voix, ces voix ne me quittent pas. Le bruit était la pire des tortures pour moi. Toutes les nuits, ils tapaient contre les tuyaux et les sons résonnaient en moi, j'entendais des notes, des notes discordantes, toujours les mêmes notes, brutales, sans âme, des notes de métal, je suis sûr que cela faisait partie de leur plan, m'étourdir de bruit, me tuer par le bruit, par l'insoutenable, l'affolant vacarme. Un calcul, une logique de psy. Tu ne peux pas savoir mais les psys étaient partout. Assimilés à l'armée. Nos surveillants étaient des psys, nos censeurs étaient des psys. Désolé, je ne dis pas ça pour toi, Vittorio, mais ta profession n'est pas toujours reluisante. Mais après tout, les psys sont des êtres humains, eux non plus n'ont pas toujours envie de faire le bien. Ils savaient comment nous détruire, ils nous bourraient de médicaments. J'avais appris à faire semblant de les prendre, j'en demandais même pour éteindre leurs soupçons. Et puis je les donnais à ceux qui en voulaient, chacun sa manière de supporter ce calvaire, certains avaient besoin des médicaments pour tenir dans cet enfer. Moi pour tenir il fallait surtout que je reste en contact avec la réalité, le sentiment de perdre la notion du temps m'était insupportable. Ils nous privaient de nourriture plusieurs jours de suite, on entendait le chariot dans le couloir mais il ne s'arrêtait pas pour nous, et un jour il s'arrêtait, on ne savait pas pourquoi aujourd'hui et pas la veille, ou pas le lendemain. Toujours le même riz moisi et à demi cru, avec de la « viande », ils nous disaient qu'elle provenait du cuir chevelu de victimes exécutées. De temps à autre ils venaient me voir, ils m'enlevaient le bandeau des yeux et me donnaient des cigarettes mais d'autres fois, ils dégainaient leurs armes et tiraient juste à côté de moi, pour me faire peur. Encore une idée de leurs psys. On ne pouvait pas avoir d'amis, diviser pour mieux régner, à ce jeu-là, ils étaient très forts, on ne savait jamais réellement qui se cachait derrière un prisonnier. Un ami ou un ennemi. Ils achetaient certains prisonniers, à coups de nourriture, de privilèges ou de promesses, pour en dénoncer d'autres. Parfois on était dénoncé pour des choses qu'on n'avait pas commises. Leurs méthodes carcérales étaient très sophistiquées. C'était un véritable laboratoire, les procédés étaient incroyables. Il y avait des politiques individuelles et de groupes pour chaque étage. Je ne sais toujours pas comment ce système tenait debout. Les psys étaient là pour ça. Moi, ils voulaient me détruire par ma passion, par mon métier. Les mains, les mains, toujours les mains. Je sais qu'ils faisaient subir à peu près les mêmes châtiments à un chirurgien. Tuer la possibilité d'une passion pour tuer un homme. Derrière chaque séance de torture il y avait un psy. J'en ai compté cinq en tout, en dehors des Français et des Allemands, leurs voix m'étaient devenues familières, et au-delà même de leurs voix, leur respiration. Quand on écoute bien, Vittorio, toutes les respirations ont un son particulier, tu sais. Je peux reconnaître des tas de gens à leur respiration. Tu entends les respirations, toi ? Bouche tes oreilles, voilà, tu entends ta respiration, n'est-ce pas ? Eh bien moi, quand je me concentre, j'entends toutes les respirations comme tu entends la tienne quand tu te bouches les oreilles. Quand ils m'ont dit qu'ils avaient arrêté Mélina, ça a été pire que toutes les tortures. J'essayais de me dire que c'était un ultime coup de bluff. Pour m'anéantir définitivement. Ils me menaçaient de la torturer devant moi. Pendant toute cette période, j'ai cessé de m'entraîner en secret, j'avais peur qu'ils ne mettent leurs menaces à exécution, je prenais même les médicaments, je faisais tout pour être une victime exemplaire. Et j'essayais d'imaginer Mélina à la maison, en sécurité. Mais je n'aurais rien pu faire pour les empêcher d'aller au bout de leurs fantasmes sadiques. Je n'aurais rien pu faire. « 2137 ! Debout ! » Ils m'ont emmené dans la pièce. *Servicio de Informaciones del Estado*. Ils m'ont assis sur une chaise et m'ont enlevé mon bandeau. Soudain, j'ai entendu de la musique. Très forte. C'était le *Concerto pour la main gauche* de Ravel. Ils m'ont laissé là tout le temps du concerto, à cet instant précis j'ai senti un immense bonheur m'envahir et puis le concerto s'est achevé. Ils m'ont donné une cigarette, ils m'ont demandé si ça m'avait plu, ce concerto pour main gauche, ils m'ont demandé si je fumais de la main gauche ou de la main droite, ils portaient tous une cagoule, en tout cas eux, ils avaient envie de l'entendre de nouveau, ils ont remis le concerto, plus fort encore, ils m'ont attaché le bras droit à la table, mon corps à la chaise, ils ont dressé un tissu noir entre mes bras et moi, je ne voyais plus mes mains, et puis, ils ont actionné une scie électrique, tu m'entends, Vittorio ? une scie électrique. « On va te couper les mains, comme on l'a fait avec Victor Jara* et après on te tuera. » Tu ne peux pas imaginer l'horreur de ce bruit quand il se rapproche de tes mains. J'ai senti la mort me traverser.

---

* Célèbre guitariste chilien enlevé et assassiné. Mort sous la dictature chilienne.

L'un des psys s'est mis à crier : « Tu ne seras plus le pianiste que tu étais, tu ne pourras plus être le père de tes enfants, ni l'amant de ta femme, tu ne seras plus qu'une loque. » Je réussissais à me contenir encore, mais lorsque j'ai entendu le bruit de la scie électrique se rapprocher j'ai hurlé, un cri comme je n'ai jamais entendu : « Non Seigneur ! Mon Dieu par pitié. » C'est alors que tout s'est arrêté. Le silence. Miraculeux. Ils m'ont délié, ils riaient. Ils m'ont demandé si leur blague m'avait plu. Bon, ce n'était pas tout à fait une blague car effectivement je ne pourrai plus jamais être l'amant de ma femme, mais c'était un moindre mal. Ils riaient. Ils m'ont dit qu'ils étaient sympas, chics, ils auraient pu me couper la main, ils avaient préféré tuer ma femme. Un moindre mal, n'est-ce pas ? Une femme, on peut en retrouver une, une main, c'est plus compliqué. Et puis c'était sa dernière volonté à elle après tout, « que je reste vivant, pianiste, que je puisse continuer à jouer », ils l'avaient respectée, ils n'iraient pas brûler en Enfer, ils lui avaient bien demandé ce qu'elle préférait, « soit on vous tue, soit on coupe les mains de votre mari », c'est elle qui avait voulu qu'ils la tuent, elle les avait même suppliés, ils ne pouvaient quand même pas lui refuser ça, ils étaient galants ici, j'avais vraiment de la chance d'avoir eu une femme comme elle. Ils riaient. Et ils m'ont laissé partir. Rentrer chez moi. J'ai cru que Mélina serait encore là. J'espérais de toute mon âme qu'ils m'avaient menti, une blague de sale gosse soufflée par ces sales psys. Je priais, je jurais que je ne me plaindrais plus jamais de rien, que jamais plus je ne me sentirais las, fatigué, que je n'oublierais plus jamais de dire à Mélina comme je l'aimais. Mais quand je suis entré dans la maison, j'ai senti que cela faisait des semaines que plus personne n'y vivait. C'est une chose qui se sent, un sentiment immédiat, la disparition de l'Amour par l'Espace. C'est fulgurant. La nourriture restée sur la table de la cuisine, ils avaient dû la surprendre pendant qu'elle dînait. En regardant la couche de moisi se mêler aux tomates, j'ai su que Mélina était morte. Et là je me suis effondré, comme jamais je ne me suis effondré en prison. Tout devait avoir été pensé, scénarisé par leurs psys. Eux l'avaient compris, que ce serait le pire pour moi. De perdre ma femme. Voilà, Vittorio, je te l'avais promis, moins d'une heure, c'est incroyable, non ? La somme de ces onze mois tient en moins d'une heure. On a beau dire, les mots réduisent tout, la parole a beau tenter d'être précise, elle ne pourra jamais rendre compte du dilatement du temps, son débit devrait varier comme un métronome pour respecter l'espace-temps d'une action. La seule chose de bien avec la parole, c'est qu'elle délivre la voix, pour le reste, elle n'est pas fiable. Tu ne peux pas savoir ce que c'est de perdre sa femme, Vittorio, si tu savais comme Mélina me manque. Mais au fait, comment va Lisandra ? Je l'ai trouvée lointaine la dernière fois qu'on s'est vus.

VITTORIO

Elle va bien.

MIGUEL

Je t'assure, je l'ai vraiment trouvée absente, préoccupée, tout va bien entre vous ?

VITTORIO

Très bien.

MIGUEL

Tu as tellement de chance de l'avoir, j'espère que tu te le dis tous les jours. Vittorio ?

VITTORIO

Oui.

MIGUEL

Je suis aussi venu te dire que je vais quitter le pays.

VITTORIO

Comment ça, tu vas quitter le pays ? Qu'est-ce que tu racontes ?

MIGUEL

Je vais m'installer à Paris.

VITTORIO

Paris ?

MIGUEL

Je reviendrai, mais là je dois partir, il le faut, j'ai besoin de m'éloigner, je ne peux pas rester ici.

VITTORIO

Mais pourquoi ? C'est fini maintenant tout ça.

MIGUEL

Une fois j'ai reconnu une voix. À une soirée. J'ai fermé les yeux, c'était lui, la même voix. J'en aurais mis ma main à couper, sans mauvais jeu de mots. Je n'ai pas pu parler de tout le dîner. J'avais les yeux rivés sur mes mains. D'entendre la voix de cet individu réveillait les douleurs, mes mains me lançaient, me brûlaient, c'était terrible. J'ai voulu prendre la parole, je n'ai pas pu, aucun mot ne sortait, c'est là, à cet instant, que j'ai décidé d'apprendre à le raconter. Mais j'ai quand même pu faire une chose, j'ai demandé au pianiste de me laisser sa place. Je n'ai pas attendu la fin du dîner. Je ne pouvais pas me retenir, il fallait que je le fasse. Et j'ai joué. Le *Concerto pour la main gauche* de Ravel. J'ai joué. Comme un possédé. Et à la fin du morceau, je suis retourné m'asseoir à la table et je me suis remis à manger. J'étais calme dorénavant. Plus calme. Je ne pouvais pas le regarder dans les yeux, mais je voulais lui montrer qu'il n'avait rien réussi du tout. Qu'il n'avait rien détruit. Mais tu ne t'en souviens pas ? Vous étiez là à cette soirée, Lisandra et toi.

VITTORIO
Si, en effet, je me souviens de cette soirée.

MIGUEL
Tu ne me demandes pas qui c'était ?

VITTORIO
Si tu veux me le dire, tu peux me le dire.

MIGUEL
Je comprends. Ton métier vise à poser des questions. Mais pas toutes les questions.

VITTORIO
Effectivement, pas toutes.

MIGUEL
Et surtout pas celles qui auraient comme seul motif de satisfaire ta curiosité personnelle.

VITTORIO
Exactement.

MIGUEL
C'est quand même traître, la voix. C'est incroyable que tu ne m'aies pas reconnu au téléphone. J'étais sûr que tu me reconnaîtrais. Moi, ta voix, je la reconnaîtrais entre mille. Ce doit être une histoire de contexte, je ne vois que ça, tu ne t'attendais pas à me voir faire irruption parmi tes patients, alors tu ne m'as pas reconnu, et puis ton métier, ce sont les mots, pas les sons. Moi je t'aurais

tout de suite reconnu, mais bon, moi les sons, c'est mon métier, chacun son métier, on en revient toujours là. Ah oui, c'est ça, j'ai une dernière chose à te dire, j'allais oublier...

Eva Maria appuie sur tous les boutons. Plus rien. La cassette est arrivée à la fin. Cette séance avait fini par durer plus longtemps que les séances habituelles de Vittorio. Et Miguel n'avait pas terminé. Eva Maria finit son verre de vin.

— Mais quoi ?… qu'avait-il encore à dire à Vittorio ? qu'avait-il oublié ?…

Eva Maria retourne la cassette. Elle veut que la suite soit sur l'autre face. Elle ne réfléchit pas que c'est impossible. Que Vittorio n'aurait jamais retourné la boîte à mouchoirs. Qu'il n'aurait jamais ouvert le magnétophone pour changer la cassette de face avant d'inviter son ami à poursuivre. Poursuis, mon cher Miguel, je t'en prie. Eva Maria tourne la cassette dans tous les sens. On dirait une folle. Elle s'y reprend à cinq fois. Rien. Pas un son. Pas une voix. Il n'y a rien sur cette autre face. Rien qui lui donne le fin mot de cette séance. Eva Maria appuie sur tous les boutons. De rage. D'incompétence. D'avoir trop bu. La bouteille est vide. Eva Maria se lève. Elle se dirige dans sa salle de bain. Elle ouvre tous les placards à la recherche d'une autre bouteille. Comment ne l'avait-elle pas deviné toute seule ? Elle pense à voix haute. Elle éructe.

— Ces cassettes... bien sûr que c'était une idée de psychopathe... vouloir enregistrer ses patients la rémanence d'une méthode de cette époque... vittorio puig en fait je ne connais rien de lui de son passé de sa vie un nom un prénom toute ma confiance il faudrait toujours connaître les gens qu'on connaît... mais miguel avait tout découvert miguel l'ami de toujours miguel le torturé miguel le veuf il avait reconnu sa voix à cette fameuse soirée il avait reconnu ta voix vittorio puig le baryton... avec tes petites fins de phrase traînantes maniérées d'esthète d'intellectuel attention vittorio puig va parler que cesse le silence et que règne l'entendement la raison pure... voyons eva maria réfléchissez bien eva maria mais enfin eva maria mais là t'as rien compris vittorio puig oh non t'as rien compris du tout... tu croyais que votre ami miguel venait te faire l'aumône du récit circonstancié de ses malheurs mais miguel avait tout découvert... il avait reconnu ta voix tu faisais partie des psychiatres de là-bas et miguel le savait il l'avait découvert il venait te prévenir attention vittorio puig ça va te tomber sur la gueule c'était la première étape de sa vengeance venir te voir t'avertir... mais toi t'as pas cherché à lire entre les lignes même pas une toute petite minute c'était pourtant clair pour qui veut voir mais on n'avertit pas vittorio puig on le révère on le vénère on

174

l'écoute on se tait… médiocre vittorio puig
tellement centré sur tes paroles que tu ne te rends
pas compte qu'on parle de toi… on ne choisit pas
d'être victime on le devient et tout le monde de
quelqu'un alors la deuxième étape de sa vengeance
a sonné ding dong vittorio puig miguel va te rendre
la monnaie de ta pièce… il va te faire ce que tu lui
as fait toi ou un de tes acolytes c'est pas le
problème tu vas payer il va te prendre ta femme
comme toi ou un de tes acolytes lui a pris la
sienne… la violence est arbitraire ding dong l'heure
de la vengeance a sonné lisandra puig a ouvert elle
n'a pas peur de votre ami miguel tiens miguel !
quelle bonne surprise ! mais qu'est-ce que tu fais
là ? entre ! non vittorio n'est pas là… au cinéma…
tu veux boire quelque chose ? un bon vin blanc ils
allaient papoter un peu en t'attendant vittorio
puig… en attendant que tu reviennes du cinéma où
tu étais allé parfaire ta superbe culture générale au
lieu de faire l'amour à ta femme pour t'excuser de
ne pas avoir vu sa nouvelle robe la rassurer la faire
rire un peu pour lui montrer qu'après tout ce n'est
pas toujours grave de se disputer… mais tu as
préféré t'en aller les disputes c'est vulgaire surtout
quand on ne peut pas tuer n'est-ce pas vittorio
puig ?… comment vas-tu chère lisandra ? miguel lui
avait demandé de mettre un peu de musique c'est
dommage si elle avait eu un piano il lui aurait joué
son dernier morceau… pour avoir son avis la soirée
était passée douce son tango préféré ? bonne idée
plus fort lui aussi il l'adorait ce tango et puis il
n'avait pas eu de mal à ce qu'elle s'approche de la

fenêtre et à l'ouvrir peut-être pour te regarder arriver tiens ! voilà vittorio puig qui revient on va lui faire coucou ! coucou vittorio puig coucou ils s'étaient penchés ah non ce n'était pas lui… alors il lui avait dit à l'oreille qu'il était désolé de devoir faire cela parce qu'il l'aimait bien mais le problème c'est qu'elle était la femme de vittorio puig et que vittorio puig avait tué sa femme à lui peut-être pas lui exactement mais un de ses collègues la violence est arbitraire la vengeance aussi alors lui il allait lui montrer ce que ça faisait de perdre sa femme elle s'était alors retournée parce qu'elle ne pouvait pas croire que vittorio puig soit le monstre dont lui parlait miguel ou peut-être qu'elle le savait que vittorio puig était ce monstre mais que ça la dérangeait que miguel le dise comme ça sans prendre de pincettes… d'habitude personne n'osait le dire de toute façon on s'en fout de ce qu'elle pense la femme de vittorio puig pouf par la fenêtre la femme de vittorio puig par la fenêtre trois petits tours la marionnette ainsi fait fait fait dans le noir de la nuit et dans le vide de l'air le dernier qu'elle respire… l'air immortel depuis des millénaires qui aux abords de ses narines va la voir s'écraser paf et hop s'exhaler pour aller se recycler dans d'autres narines dans d'autres trachées poumons bronches bronchioles dans les narines du jeune garçon qui avait peur d'un baiser dans les narines de la jeune fille qui aurait mieux fait de lui donner au lieu de lui donner la main… l'air qui fait vivre et l'air qui voit mourir et puis s'en va voir ailleurs la petite marionnette stella ô stella ma fille chérie comme tu

176

l'aimais cette chanson… qu'est-ce qu'ils t'ont fait à toi ces ordures ? comment massacre-t-on une belle jeune fille comme toi ? comme j'ai mal stella où sont tes petits pieds grandis si vite… ah les voilà donne-moi tes chaussettes ah parfait merci je vais te faire les petites marionnettes trois petits tours et puis s'en vont… trois petits « toureu » comme tu disais toujours « toureu » reu- reu- stella re-viens re-faisons re-commençons re-vivons stella re- re- re-mais re-quelque chose… ne me laisse pas comme ça chante avec moi stella chante rechante rechante avec moi pourquoi je ne t'entends pas stella chante chante plus fort

— Maman !

Estéban ouvre la porte de la chambre. Eva Maria est allongée par terre. Ses cheveux collés. Estéban revient de la salle de bain avec une serviette mouillée. Il ranime Eva Maria. Il la prend dans ses bras. Il la porte jusqu'à son lit. Lui redresse la tête avec un oreiller. Il lui retire les chaussettes enfilées sur ses mains. Estéban ne s'étonne pas. Il lui nettoie le visage. La bouche. Estéban ne s'étonne plus de rien. Il lui ôte son pull. Estéban se baisse. Il ramasse les deux bouteilles de vin. Il nettoie. Il essuie le fil du casque. Trempé lui aussi. Le magnétophone tourne dans le vide. Il l'arrête. Il sort de la chambre. Son magnétophone sous le bras. Estéban ne se retourne pas sur la scène. Estéban est comme tout le monde. On se retourne la première fois. Pas la centième. Tout se normalise à force de se répéter. Même le plus terrible. Demain, comme toujours, Eva Maria ne se souviendra plus de rien. Elle ne se souvient jamais de rien. Estéban aussi préfère oublier. Non, il ne culpabilisera pas. Non, il n'y est pour rien. Ce qu'il a inventé sur Stella n'a rien à voir dans tout ça. Eva Maria n'a besoin de personne pour se mettre dans cet état. Depuis toutes ces années, soir après soir, Eva Maria en arrive toujours là.

Eva Maria boit une gorgée de maté. Le journal est fermé sur la table. Estéban entre dans la cuisine pour se préparer son petit déjeuner. Il pose une cassette à côté d'elle.

— Tiens, c'est à toi.

Eva Maria pose sa main sur la cassette de Miguel. Comme si elle voulait la cacher. Mais c'est trop tard. Cela n'a plus de sens. Estéban se dirige vers le frigo. Eva Maria lève les yeux vers lui. Gênée. Agressive aussi.

— Où l'as-tu trouvée ?

Estéban s'interrompt.

— Dans le magnétophone.
— Tu fouilles dans mes affaires ?
— *J'utilise mes affaires.*
— Tu as repris le magnétophone ?
— Oui.
— Quand ?
— Cette nuit.

— Je ne t'ai pas entendu.
— Pas étonnant.

Estéban désigne les deux bouteilles. En évidence près de l'évier.

— J'ai aussi trouvé ça à côté.

Eva Maria se lève.

— Et alors ? Je fais ce que je veux.

Eva Maria sort de la cuisine. La porte de sa chambre claque derrière elle. Elle ouvre son armoire. S'agenouille. Elle fouille derrière ses chaussures. Elle sort son sac à dos. Range la cassette de Miguel avec les autres cassettes. Elle soupire. Elle reste un long moment. À genoux. Eva Maria sursaute. Elle se relève. Brusque. Elle n'avait pas entendu Estéban entrer.

— Quoi encore ? Qu'est-ce que tu fais là ?
— Téléphone. Pour toi.

Eva Maria raccroche. C'était l'avocat de Vittorio. « Felipe est disculpé. Mon client m'a demandé de vous appeler pour vous tenir informée. » Eva Maria fait les cent pas dans le couloir. *Disculpé*. Il n'aura pas fallu longtemps. « Felipe était à une soirée de charité le soir du meurtre de Lisandra. Avec sa femme. Il a tout l'effectif de l'Armée de terre et de la Marine comme alibi. » Un comble. Mais peu importe l'alibi pourvu qu'on en ait un. Et quand on en a 324, c'est la panacée, le nombre d'individus l'emporte sur la moralité des individus, c'est comme ça. Felipe et sa femme étaient arrivés au commissariat aussi soudés qu'un bloc. Eva Maria avait tenté. De nouveau.

— Felipe comment déjà ?

En vain. Les avocats, les psychanalystes, même combat, ils parlent, ils se répandent et soudain, à la faveur d'une curiosité efficace, réelle, intelligente, ils se taisent, se rembrunissent et se réclament du secret professionnel. « Il n'est pas de mon ressort de vous communiquer cette information. » La voix de l'avocat avait cependant poursuivi à l'autre bout du téléphone.

— Par ailleurs...
— Oui ?
— Mon client m'a dit de vous informer pour... pour l'enfant.
— Oui ?
— Il leur a tout raconté. Le commissaire Pérez a promis d'ouvrir une enquête, malgré tout, indépendamment du meurtre de Lisandra, il a promis de tirer cette affaire au clair, cela ne relève pas de son département, mais il va faire passer le dossier.
— Et s'il ne faisait rien passer du tout ? On ne peut pas s'en remettre à lui. Pas complètement. Il y a une solution beaucoup plus simple, beaucoup plus rapide, vous qui connaissez l'identité de Felipe, allez voir les grands-parents et racontez-leur les soupçons de Vittorio au sujet de cet enfant.
— Ce n'est pas de mon ressort, je refuse absolument d'entrer dans l'intimité de ce drame.
— Alors prévenez les Mères de la Place-de-Mai, il faut confier les combats à ceux qui veulent les mener, elles, elles l'ouvriront, l'enquête, ça on peut en être sûrs, et puis comme ça, si un jour cet enfant se pose des questions, il y aura un dossier sur lui quelque part, il pourra avoir accès à la vérité.
— Ce n'est pas de mon ressort. Mais mon...
— Mais enfin qu'est-ce qui est de votre ressort ?
— Merci de me laisser terminer. Ce n'est pas de mon ressort mais mon client a tellement insisté, je viens de poster une lettre qu'il a préparée à leur

183

intention. À l'intention des Mères de la Place-de-Mai. C'est chose faite maintenant.

Eva Maria sent son cœur s'amollir. Elle retrouve le Vittorio qu'elle connaît. Le Vittorio qu'elle aime, intelligent et prévenant, altruiste. Eva Maria fait les cent pas. Elle aurait pu le faire chanter, le menacer de tout raconter aux flics pour les cassettes s'il ne lui donnait pas le nom de Felipe. Lui aurait pu la faire marcher, lui promettre qu'il irait trouver Felipe s'il parvenait à sortir de prison, agiter une carotte sous le nez de l'âne bâté qu'elle était devenue, pour qu'elle continue de l'aider. Mais ils n'en avaient rien fait. Ni lui, ni elle. Quand on a été victime de la bassesse humaine, on se doit toujours de rester au-dessus du vulgaire, au-dessus de la mêlée, c'est ce qu'ils avaient fait. Tous les deux. Eva Maria est réconfortée. Quelque part au fond d'elle. Mais triste, sincèrement triste. Avant de raccrocher, l'avocat lui avait laissé entendre que Vittorio avait clairement baissé les bras. Depuis quelques jours, il n'était plus que l'ombre de lui-même. Une reconstitution doit avoir lieu demain. Vittorio est terrifié à l'idée de se prêter à cet exercice sordide. Il est persuadé que le commissaire Pérez va en profiter pour asséner les derniers éléments qui le condamneront définitivement. Eva Maria secoue la tête. D'impuissance. Elle ne sait plus comment aider Vittorio.

Eva Maria entre dans la chambre d'Estéban. Des milliers de cent-pas ont été faits. La journée est passée. Estéban est assis sur son lit. Il nettoie son bandonéon. Eva Maria se plante devant lui. Elle regarde le magnétophone à côté de lui. Estéban surprend son regard.

— T'en as encore besoin ?
— Non. Je peux prendre ton vélo ?

Estéban pose son bandonéon.

— Mon vélo ? Mais pour quoi faire ? Où tu veux aller ?

Eva Maria essaie de décrocher le vélo du mur. Estéban se lève de son lit. Il s'avance pour l'aider. Eva Maria le repousse.

— Laisse, je vais y arriver toute seule.

Estéban force Eva Maria à s'écarter.

— Non, tu ne vas pas y arriver toute seule.

Estéban décroche le vélo. Il le pose devant Eva Maria.

— On ne peut pas toujours tout faire tout seul dans la vie.

Eva Maria le regarde. Elle prend le vélo. Elle le cogne dans la porte en sortant de la chambre. Elle le cogne dans le meuble du couloir. Estéban l'arrête.

— Passe devant. Je te le sors.

Eva Maria lâche le vélo. Estéban le hisse à bout de bras au-dessus de sa tête.

— Des années d'expérience pour ne pas te réveiller la nuit. Admire.

Eva Maria ouvre la porte de la rue. Estéban pose le vélo devant elle.

— Où tu vas ?
— Je reviens.
— À quelle heure ?
— Je ne sais pas.

Eva Maria monte sur le vélo. Elle est maladroite. Elle pose le pied à terre plusieurs fois. Estéban crie.

— Le frein est à gauche.

Eva Maria finit par trouver son équilibre. Estéban regarde sa silhouette s'éloigner dans la nuit. Un voisin passe avec son chien. L'homme dresse le pouce en l'air en direction de la rue désormais vide. Estéban lève aussi son pouce parce qu'il faut bien faire pareil pour transformer le tragique en idéal. Estéban rentre dans la maison. Il regarde le portemanteau. Il secoue la tête. Eva Maria n'a pas pris son manteau. Ni son sac à main. Mais qu'est-ce qu'elle fabrique en ce moment ? « J'ai besoin de ton vélo. » Estéban murmure. « J'ai besoin de toi. » Estéban pense à la cassette. « Miguel ». Il ne l'a pas écoutée, par respect. Estéban se demande à quoi sert le respect. Qui peut bien être ce Miguel ? Qu'est-ce que cela signifie ? Estéban se demande à quoi Eva Maria joue en ce moment. Estéban rectifie. Il y a bien longtemps qu'Eva Maria ne joue plus. Estéban pense à leurs parties de truco autrefois si gaies. Pourquoi la vie fait-elle cela ? Estéban se dirige vers la chambre d'Eva Maria. Elle l'accuse toujours de fouiller dans ses affaires, au moins maintenant ne l'accusera-t-elle plus à tort. Il veut savoir. Il n'y a qu'en sachant qu'on peut protéger.

Eva Maria pédale. Elle n'a pas fait de vélo depuis des années. Elle ne se souvenait plus de cette sensation, le jeu du vent dans ses cheveux. Sur son visage. Sur ses mains. Elle ouvre la bouche pour prendre de l'air. Elle ne sait plus comment aider Vittorio. Eva Maria est arrivée là sans y penser. D'habitude, elle fait toujours un détour pour éviter cet endroit. Pas aujourd'hui. Eva Maria imagine les Mères de la Place-de-Mai, attristées cheminantes, figurantes de leurs malheurs, interchangeables. La photo sur une pancarte à leur cou. Eva Maria ne viendra jamais perdre Stella au milieu de toutes ces photos. Elle ne réduira jamais sa fille à une photo, une photo révèle l'apparence d'un être, pas son importance. Elle ne veut pas discuter de son malheur, elle ne veut jamais se réconforter au son d'un : « C'est comme moi. – Non ! C'est pas comme toi, ma vieille ! » Il n'y avait qu'avec Vittorio qu'elle pouvait en parler. Eva Maria baisse les yeux, les roues du vélo tournent vite, elles tournent sur cette place, autour de cet obélisque, le pneu glisse comme la Lune autour de la Terre, s'éloignant chaque année de 3,8 centimètres. Un seul pas sur la

Lune, des centaines de pieds martelés chaque jeudi sur cette place. Eva Maria roule sur leurs pas, l'idée même de perdre l'équilibre et de devoir mettre un pied par terre fait se rétracter ses orteils, se faire griffes, pour accrocher aux pédales son être tout entier. Ne pas se mélanger à cela, ne jamais en être. Eva Maria bifurque. Brusque. Elle pédale de plus belle, fuir la place. Fuir la place. Eva Maria ne se souvenait plus de cette sensation. Le jeu de l'air dans ses cheveux, sur son visage, sur ses mains. Elle ne se souvenait plus que l'air fait les larmes si froides. Il faut toujours fuir les Places. Eva Maria pense à la *Capacocha*. Place principale, au cœur de la ville de Cuzco, au Pérou : centre symbolique de l'Univers inca. Solstice d'été, solstice d'hiver. Eva Maria pense aux Fêtes qui commencent, fêtes somptuaires autour de trois enfants. Une jeune fille aux longs cheveux tressés. Un pètit garçon. Et une toute petite fille. Les plus beaux de l'élite. Les plus beaux de leurs tranches d'âge. La toute petite fille a six ans, le petit garçon neuf ans, et la jeune fille aux longs cheveux tressés quatorze ans. On peut les regarder dans le détail. Aucune imperfection. La moindre marque ou anomalie physique les aurait disqualifiés. D'emblée. Beautés suprêmes, tâches suprêmes. Les enfants sont reçus par l'Inca. Le matin du onzième jour des Fêtes, le petit garçon, la toute petite fille et la jeune fille aux cheveux longs tressés partent. Une procession les accompagne, leurs parents proches et les prêtres du Soleil. 1 600 kilomètres de chemins parcourus dans la cordillère des Andes, plusieurs mois de pèlerinage jusqu'à la « Puna ». Là où les convulsions de l'écorce terrestre ont fait surgir les plus hauts sommets de la planète. Le Volcan est là. Le plus haut d'entre tous. Montagne sacrée reliant le terrestre au divin. Sa masse grise et rocailleuse culmine à 6 739 mètres. Les enfants mastiquent et mastiquent les feuilles de coca qu'on leur donne pour supporter l'effort en altitude et le manque d'oxygène. Entre 5 800 et 6 500 mètres, la pente devient très escarpée et le terrain plus meuble. Arrivés au sommet, les trois enfants sont revêtus de l'*unku*, la tunique d'apparat est trop grande pour eux, mais c'est pour leur permettre de continuer à grandir pendant l'Éternité. On leur donne à boire la chicha. Les enivrer. Les enivrer pour les aider à s'endormir. La jeune fille aux cheveux longs tressés se laisse descendre dans la cavité creusée pour elle dans l'obscure terre volcanique, elle s'assoit en tailleur et attend, noble vestale droguée, elle porte une coiffe de plumes blanches, des plumes pour résister aux démons, la jeune vierge est enroulée dans une tunique d'homme, celle que son père avait déposée sur ses épaules pendant les Fêtes, elle s'endort, les pierres se referment sur elle, elle meurt. Les scientifiques qui la retrouveront dans cinq cents ans l'appelleront « La Demoiselle ». Le petit garçon ne veut pas descendre. Il veut rester près de sa mère. Il pose sa tête sur les genoux de celle qui lui a donné le sein et se recroqueville comme un fœtus. Enveloppé dans plusieurs tissus, il porte des mocassins et des socquettes en fourrure blanche. Sa mère lui fait boire la chicha. Sa mère lui caresse les cheveux. Les prêtres du Soleil déposent les offrandes dans la cavité creusée pour lui dans l'obscure terre volcanique : un collier en coquillages, plus prisés que l'or tant l'eau est précieuse dans ces contrées arides, deux petites figurines d'hommes, et trois figurines de lamas. Les prêtres du Soleil sont précautionneux, ces objets ont des pouvoirs magiques. Le petit garçon ne sent plus le froid qui mord. « Il dort », murmure sa mère. « Comment faire maintenant ? », demandent les hommes autour d'elle. L'un d'eux a une idée : il défait une longue corde qui retenait un sac et l'enroule autour des genoux de l'enfant pour les maintenir ensemble et pouvoir ainsi descendre le petit garçon dans la cavité, dans une posture digne de son désormais rang de divinité, un large bracelet d'argent couvre son poignet droit, dans sa main gauche il tient un lance-pierre, quelque chose tombe près de lui, une paire de sandales, pour son voyage dans l'Autre Monde, les pierres se referment sur lui, il meurt. Les scientifiques qui le retrouveront dans cinq cents ans l'appelleront « Le Petit Garçon ». La toute petite fille de six ans ramasse ses genoux dans ses bras, à ses côtés des statues, des poteries, des sacs emplis de nourriture et un sac de coca fabriqué avec les plumes d'un oiseau amazonien, elle tourne la tête vers le ciel, vers les visages et les voix de ses parents qui de là-haut la réconfortent, l'encouragent, lui disent toute leur fierté, elle ne comprend pas, elle fait confiance, le visage tourné vers les voix de ceux qui l'ont mise au monde et qui maintenant la démettent du monde, elle s'endort, les pierres se referment sur elle, elle meurt. Dans des milliers de jours, un orage éclatera, la foudre striera le ciel, la frappera. À plus d'un mètre sous le sol, ce visage tourné vers le ciel qui n'avait pu retenir ses parents attirera le fol éclair. Dans cinq cents ans, les scientifiques seront suffoqués par une odeur de brûlé quand ils écarteront les pierres, ils l'appelleront « La Fillette à la foudre ». « Le rite de la *Capacocha* est achevé. Les enfants ne sont pas morts, les voilà devenus des Dieux, des Dieux intercesseurs, des Dieux protecteurs qui veilleront sur leur peuple depuis la haute cime du plus haut des Volcans, maintenant tout va s'arranger : la famine, les épidémies, les défaites militaires, la vie des Incas sera meilleure. On ne discute pas les coutumes, se permet d'ajouter l'archéologue, ces pratiques nous semblent aujourd'hui cruelles, mais pour les Incas, ces enfants entraient dans un monde divin. » Eva Maria lève la main. Elle prend la parole. « La Monstruosité ne se considère jamais monstrueuse, elle trouve toujours des raisons de s'exercer, en son sein, les actes de torture deviennent des actes de justice, des honneurs même, mais il ne faut jamais excuser les Monstres, jamais, à moins d'être le dernier des salauds. » Eva Maria perd l'équilibre. Une voiture klaxonne. Une autre voiture klaxonne. Elle avait levé la main, comme ce jour-là à ce colloque. Eva Maria fait tourner la pédale à l'envers. Elle remet son pied dessus. Elle sait peut-être encore faire du vélo après toutes ces années, mais à deux mains uniquement. Eva Maria pense au jour où ils avaient enlevé les petites roues du vélo de Stella. Stella n'aurait pas été choisie pour la *Capacocha*, elle n'était pas noble et elle n'était pas parfaite, elle avait un petit creux au milieu du menton. Mais elle avait été choisie par d'autres Monstres, pour autre chose. À chaque Monstre suffit sa proie et tous les critères sont bons quand on est Monstre. Et Lisandra ? Quel autre type de Monstre l'avait tuée, et pourquoi ? et c'était encore sur une place... Eva Maria pense, fuir les places, elle l'avait bien dit, « fuir les places », mais celle-ci, elle se doit pourtant d'y retourner.

Eva Maria descend du vélo. Elle lève les yeux vers la fenêtre. Elle est revenue au point de départ. On doit toujours revenir au point de départ. Pour savoir si on s'arrête. Ou si on continue. Eva Maria traverse la place. Elle pose le vélo contre le mur. Elle entre dans le petit café. Francisco se retourne. Il lève les bras au ciel. Eva Maria pense aux rites incas.

— Eva ! comme ça fait plaisir, on te voit plus.
— Normal… je viens plus.
— T'es pas la seule.
— J'imagine.
— Comme d'habitude ?

Eva Maria s'assoit au comptoir.

— Non, un café s'il te plaît.
— Ah bon ? C'est parti, et un café du soir ! un.

Francisco regarde Eva Maria.

— T'as pleuré ?
— C'est le vent.
— Il te manque ?

— Qui ?

— Vittorio.

— Je ne me pose pas la question.

— Ça doit être dur d'arrêter du jour au lendemain.

— Je ne me pose pas la question.

Francisco pose le café sur le comptoir.

— Ça doit faire drôle quand même de découvrir que le type qui vous explique la vie est un meurtrier, c'est comme si moi, j'empoisonnais ma femme, les clients, ça leur ferait froid dans le dos…

— T'as une femme, toi, maintenant ?

— C'était façon de dire.

— C'est ça *l'Empoisonneur*, allez ! sers-moi donc un autre café au lieu de dire n'importe quoi.

Francisco pose la tasse devant Eva Maria.

— Deux noirs le soir, la nuit sera blanche.

Eva Maria laisse tomber le sucre dans le liquide fumant.

— Le café n'empêche que les gens heureux de dormir, les autres, ce n'est pas le café qui les empêche de dormir.

— Je la ressortirai, celle-là.

Le silence s'installe. Eva Maria boit son café. Francisco joue avec la petite cuillère posée sur la soucoupe.

— Quand même, un psy meurtrier…

— La « présomption d'innocence », tu connais ?

— Au cas où tu l'aurais pas remarqué, il est toujours en prison, ton innocent.

— Dis-donc, quel acharnement.

Francisco frappe la petite cuillère contre le zinc du comptoir.

— Je ne m'acharne pas, je sais.

— Non mais tu t'entends ?

— J'ai des preuves.

— Ah oui ?

— Oui.

— Lesquelles ?

— J'ai la preuve que Lisandra avait un amant.

Eva Maria repousse sa tasse de café.

— Première nouvelle.

— Et c'est parce que Lisandra avait un amant que Vittorio l'a tuée.

— Simpliste.

— Si la vérité doit être compliquée, alors là, je peux rien pour toi.

— Mais je ne te demande rien.

— Si t'avais rien à me demander, tu te serais assise dans la salle, comme d'habitude, et pas au comptoir.

Eva Maria lui touche la tempe. À deux reprises.

— C'est qu'il y en a là-dedans.

— Eh oui, tu vois, un serveur c'est comme un psy, en moins cher.

— J'aurais plutôt dit un détective privé, vu tout ce que tu as l'air de savoir.

196

Francisco fait mine de plier le torchon devant lui.

— Une folle qui rend fou, c'est pas la première fois que ça arrive.
— Arrête avec tes phrases mystérieuses, si tu as quelque chose à dire, dis-le.

Francisco se met à essuyer les verres.

— Si elle l'a fait avec moi, elle l'a sûrement fait avec d'autres.
— Si elle a fait quoi avec toi ?
— Son plan bizarre.
— Quel plan bizarre ?
— Tu vas pas me croire.
— Mais si.
— Je te dis que tu ne vas pas me croire.
— Dis toujours.
— Un matin elle est passée me voir et elle m'a demandé si je voulais coucher avec elle.
— Quoi ?
— C'est la vérité, elle était même assise à ta place. Elle m'a donné rendez-vous le soir à l'hôtel, à 21 h 30, elle avait une jupe très courte, pour me donner de quoi imaginer, bon c'est vrai qu'elle s'habillait souvent « olé olé » mais là, c'était vraiment court, c'était vraiment pour me donner de quoi imaginer.
— Bref, et donc tu y es allé ?
— Non, pas « bref »... pourquoi tu dis « bref », alors que je te donne des éléments importants, si tu veux mourir avec ton intime conviction, alors on arrête d'en parler, ça sert à rien.

197

— D'accord, d'accord, je n'ai pas dit « bref », elle s'habillait souvent « olé olé » et c'est important. Donc… tu y es allé.

— D'abord, il faut que tu saches, cette fille elle m'a toujours fait un truc, j'sais pas… à chaque fois que je la voyais, et c'était pas seulement à cause de sa façon de s'habiller, dans mon métier, si je devais m'arrêter à ça… en fait, c'est comme si j'avais toujours su qu'il allait se passer quelque chose entre nous.

— Donc tu y es allé.

— Elle m'a fait répéter deux fois mon prénom avant de m'ouvrir la porte de la chambre. Quand je suis entré, elle m'a dit qu'elle ne voulait pas entendre le son de ma voix, ici je devrais murmurer, elle m'a donné un flacon, en verre transparent, sans étiquette, et elle m'a demandé de m'en mettre, ce parfum-là et pas un autre, elle a insisté, elle m'a demandé de partir dès que ce serait fini, elle irait dans la salle de bain faire ce qu'elle avait à faire et quand elle reviendrait dans la chambre, elle ne voulait plus que je sois là, elle m'a donné la clé pour que je rentre sans qu'elle ait à m'ouvrir et elle m'a fait ressortir. Je ne comprenais rien. Je me suis mis du parfum et je suis rentré en me servant de la clé. Elle était de dos, elle avait remonté sa jupe, elle était à poil dessous, je me suis approché et je l'ai prise, par-derrière, enfin pas par-derrière, mais par-derrière…

— Oui, oui, peu importe, continue.

— Non, pas « peu importe », c'est important : elle voulait tout à sa façon. Elle a pris mes mains et elle a fait tout ce qu'elle voulait, elle m'a dit les mots que je devais lui murmurer, et elle s'est occupée de moi. On a fait tout ce qu'elle voulait faire et puis elle est allée dans la salle de bain, c'était le signal, alors je suis parti, ça c'était la première fois.

— Parce qu'il y en a eu d'autres ?

— Oui. La semaine d'après, au même hôtel, pareil, elle m'a fait répéter mon prénom quand je suis arrivé, elle a glissé la clé sous la porte, elle se tenait exactement à la même place que la première fois, dans la même position, sa jupe relevée, son cul tendu vers moi. Pareil. Elle m'a demandé les mêmes mots, les mêmes gestes que la première fois. C'était dingue, c'était exactement la même scène qu'elle voulait encore. J'ai vu Lisandra quatre mardis de suite, je n'attendais que ça, je ne pensais qu'à ça, je repassais tout dans ma tête, je savais exactement ce que j'avais à faire, je savais comment j'allais la trouver, elle était toujours habillée de la même manière, la prendre par-derrière, la déshabiller vite, la tenir fort, lui dire des mots sales, des mots doux aussi. Elle avait toujours les yeux fermés, et elle répétait, « oui c'est ça, comme ça, oui comme ça ». Elle reprenait mes mains quand elles ne faisaient pas ce qu'elle voulait. On buvait sans trinquer, sans jamais se regarder, du vin blanc, la bouteille était déjà débouchée quand j'arrivais et nos deux verres remplis. Elle voulait faire ça partout, d'abord sur la commode, par terre et puis après dans les toilettes, toujours dans le même ordre, on finissait sur le lit, ses jambes autour de moi, son sexe dans ma bouche, elle me suçait, je la suçais, c'était tellement impatient, même si c'était ordonné, tellement fort, elle se mettait sur moi, elle me branlait, il fallait que je regarde en elle, que je lui décrive la forme de son sexe, avec les mots qu'elle me glissait et qui correspondaient tellement à ce que j'avais sous les yeux, après je les connaissais par cœur et elle n'avait plus besoin de me les répéter, il fallait que je la baise, mais toujours pareil. Et plus les semaines passaient, plus c'était bon. Je n'avais que du plaisir à prendre. On ne m'a jamais utilisé de cette façon. Je n'ai jamais été aussi peu libre, et pourtant je me sentais si libre, parce qu'elle aimait tout ce que je lui faisais. Je commençais à bander dès que je la quittais, et plus les jours passaient me séparant du mardi, plus j'étais dur. Mais je voulais me garder pour elle, j'étais tellement impatient, je me sentais tellement vivant quand je prenais cette fille. Quand elle jouissait. Elle aussi elle prenait son pied, c'était la seule chose qui variait dans ces deux heures qu'on passait tous les deux, ce n'était jamais au même moment, c'est pour ça que je sais que c'était vrai.

Francisco avait soufflé tous ces mots. Dans un même élan. Eva Maria le regarde prendre une longue respiration. Ses yeux sont grands.

— Et puis un jour, j'ai fait le con.
— Comment ça ?
— Je suis resté dans la chambre après que ça a été fini, cette fille, je l'avais dans la peau, je suis tombé amoureux d'elle, ça me rendait dingue et il fallait que je lui dise, et puis, j'ai cru qu'elle aussi était tombée amoureuse de moi, quel con. Elle est sortie de la salle de bain, d'abord, j'ai vu qu'elle avait eu un peu peur, elle ne s'attendait pas à me voir là, mais

très vite elle s'est reprise et après elle m'a regardé si froidement, elle m'a pas laissé lui parler, elle a ramassé son sac et elle est sortie de la chambre, j'entends encore la porte claquer. Le lendemain, elle est passée au café, je me suis excusé, je lui ai dit que la prochaine fois je partirais. Elle m'a dit qu'il n'y aurait pas de prochaine fois. Je lui ai demandé si tout était fini entre nous, j'aurais jamais dû lui dire ça, j'ai vraiment été con sur toute la ligne. Elle m'a répondu que pour que les choses finissent, encore fallait-il qu'elles commencent. Voilà comment tout s'est terminé. On ne m'a jamais fait bander et remis à ma place comme cette fille.

Eva Maria ne trouve rien à dire. Francisco poursuit. Davantage pour lui, cette fois. Doucement.

— Je n'ai jamais compris. Pourquoi ? Pourquoi ça ? Pourquoi moi ? Elle pouvait avoir tous les types qu'elle voulait.

Eva Maria réfléchit. Francisco reprend. Plus fort cette fois. Avec violence.

— Mais je suis sûr qu'elle m'a remplacé après. Par un autre. Un autre objet sexuel plus discipliné. Elle était malade, ça je peux te le dire, elle aurait pas pu arrêter du jour au lendemain, cette fille il fallait qu'elle baise, elle en avait besoin. Si Vittorio avait été un bon psy, il se serait rendu compte que sa femme était complètement fracassée, avant de soigner les autres, il aurait mieux fait de s'occuper de ce qui se passait chez lui, de soigner sa propre femme.
— C'était quand ?

— Ça fera trois mois mardi prochain.

— À quel hôtel ?

— …

— Tu ne veux pas me le dire ?

— Je préfère pas.

— Pourquoi ?

— Je sais pas, j'ai pas envie, c'est tout.

— Tu y es retourné depuis à cet hôtel ?

— Tous les mardis. J'y suis retourné tous les mardis qui ont suivi, à chaque fois j'espérais, ils m'ont dit qu'ils l'ont plus revue, je ne vois pas pourquoi ils me mentiraient, elle a changé de baiseur, donc de baisodrome, je devais pas être le premier, elle devait changer de bite comme de culotte.

— Sauf qu'elle n'en portait pas. Tu vois que j'écoute.

Francisco se redresse soudain.

— Tu me crois pas, c'est ça ?

— Si, je te crois.

— Alors pourquoi tu me regardes comme ça ?

— Je ne te « regarde pas comme ça », approche.

Francisco approche son visage d'Eva Maria. Eva Maria plaque son visage dans le cou de Francisco. Elle le renifle. Francisco recule.

— Mais arrête ! Qu'est-ce que tu fabriques ?

— Ça doit être ce tabouret qui donne des idées.

— T'es trop conne.

— C'est le parfum qu'elle te demandait de mettre, n'est-ce pas ?

— Comment tu sais ?

— Je le reconnais. Je connais quelqu'un qui le porte.

— Ça m'fait une belle jambe.

— Vittorio porte ce parfum.

— Qui ?

— Vittorio.

— C'est pas possible, qu'est-ce que c'est que cette histoire ?

Francisco secoue la tête. Il ouvre le lave-vaisselle. Il sort une à une toutes les tasses. Un à un tous les verres. Il les empile sur un plateau. Eva Maria le regarde faire. Elle sait qu'il ne range pas ces objets mais ses idées.

— J'espère qu'il va prendre perpét'.

— Ça a dû être dur quand ça s'est arrêté, comment tu as réagi ?

— Qu'est-ce que tu crois ? C'est pas tous les jours que des plans cul de cette qualité frappent à la porte, déjà que le sexe c'est addictif, mais alors comme ça… et puis je suis tombé amoureux de Lisandra, vraiment.

— Tu lui en voulais d'avoir arrêté.

— Comment j'aurais pu ne pas lui en vouloir.

— Elle est morte un mardi, ça ne t'a pas échappé, jour de vos rendez-vous.

Francisco se retourne. Brusque. Son mouvement déséquilibre le plateau. Les verres et les tasses se brisent sur le sol. Le blanc de la porcelaine se mélange à la transparence du verre.

— Putain, mais qu'est-ce que t'insinues, là ? Arrête ça tout de suite, Eva, j'y suis pour rien moi dans la mort de Lisandra.

— Ça prend pas longtemps de balancer une femme par la fenêtre. Le temps d'aller fumer une clope.

— Je fume pas.

— Tu vas jamais aux toilettes non plus ?

— Arrête tes conneries, tout le monde plutôt que lui, c'est ça ? Tu préférerais que je me fasse enfermer plutôt que de perdre ton précieux psy, un serveur, ça se remplace, pas un psy. Mais désolé pour toi, j'ai autant d'alibis que de clients ce soir-là.

— Ça pourrait intéresser les flics tout ça.

— T'inquiète, ils savent déjà.

— Comment ça ?

— Je leur ai déjà tout raconté.

— Toi ? Tu leur as tout raconté ?

— Oui. Je veux que cet enfoiré finisse en taule, je suis sûr qu'il savait que Lisandra le trompait, il a dû s'en rendre compte et il a pété les plombs, voilà ce qui s'est passé, « simpliste » comme tu dis, mais les assassinats n'échappent pas aux clichés et je veux que justice soit faite.

— Tu ne veux pas que justice soit faite, ce que tu veux, c'est te venger.

— Me venger de quoi ?

— Tu es jaloux, Francisco.

— Jaloux de quoi ? Je te le demande. D'un type que j'ai fait cocu pendant près de trois mois ? Je t'en prie Eva, réfléchis un peu.

— Jaloux d'un cocu qu'elle n'a pas quitté pour toi. Je te rappelle que c'est toi qu'elle a plaqué. Pas lui. Le propre de certains amants, c'est parfois de rendre les femmes à leurs maris plus amoureuses que jamais. Et puis lui pouvait lui faire l'amour quand il le voulait, c'est difficile à supporter, ça, je me trompe ? Tu savais que votre relation n'évoluerait plus ? C'est pour cela que tu l'as fait dégénérer. Je me trompe ?

— Oui tu te trompes, sur toute la ligne. Tu dis n'importe quoi, je sais même pas pourquoi je t'ai raconté tout ça, pour que tu lâches l'affaire peut-être, mais on dirait que c'est ta spécialité, toi, de pas vouloir regarder la vérité en face. Après tout, pense ce que tu veux, je m'en branle.

— C'est bien tout ce qui te reste à faire.

— Tire-toi.

Eva Maria descend du tabouret. Elle se retourne vers Francisco.

— Au fait, si je me suis assise au comptoir, c'est seulement parce que je suis partie de la maison précipitamment, sans prendre mon sac, et que je me suis dit que tu m'offrirais bien un petit café au comptoir. Tu vois, tes déductions ne sont pas toujours les bonnes.

Eva Maria ne dit pas à Francisco que d'ici elle pouvait voir la fenêtre de Lisandra, et pas de sa place habituelle. Eva Maria ne lui dit pas qu'elle voulait voir si les flics préparaient la reconstitution de demain. Elle aurait bien voulu voir la tête de ce commissaire Pérez. Eva Maria sort du bar. Elle se retourne. Elle lance un dernier regard à Francisco en train de balayer les verres cassés. Elle n'aurait pas dû le malmener de la sorte, elle est allée trop loin, mais il l'agace avec ses certitudes, ses convictions, elle avait voulu lui donner une leçon, lui prouver qu'avec un tant soit peu de mauvaise foi tout le monde peut sembler coupable. Mais elle sait très bien qu'il n'est pas coupable. Elle l'aime bien, Francisco. Depuis toujours. Elle a de la peine pour lui, de la pitié surtout. La vie lui a fait toucher le sublime pour le lui reprendre aussitôt. Eva Maria sait que Francisco n'est pas l'assassin de Lisandra. Son tempérament excelle dans le ressassement, pas dans la rebuffade, il ne se remettra jamais de cette liaison, mais jamais il n'aurait pu la pousser par une fenêtre. Tout ce qu'il peut faire maintenant, c'est transformer son chagrin en haine de Vittorio, en intime conviction. Intime conviction contre intime conviction, ainsi va le monde. Eva Maria monte sur son vélo. Elle lève les yeux vers la fenêtre. L'obscurité règne. On doit toujours revenir au point de départ. Pour savoir si on s'arrête. Ou si on continue. Eva Maria ne peut pas laisser tomber Vittorio comme ça.

Eva Maria allume une cigarette. Ce que vient de lui raconter Francisco ne s'invente pas. Elle tient là un élément de l'enquête très important, et Vittorio n'était pas au courant, sinon il lui en aurait parlé. Cette affaire d'amant, la police veut l'étouffer, convaincus forcenés de la culpabilité de Vittorio, ils ne veulent pas s'encombrer d'un témoignage pouvant laisser le doute s'immiscer, et puis ce soi-disant amant a un alibi, alors pas de quoi en faire tout un plat. Ou alors, oui c'est plutôt cela, ils la gardent bien au chaud pour le procès, cette histoire d'amant, leur meilleure carte, leur atout, ils comptent l'abattre à ce moment-là, le plus tard possible, pour ne pas laisser à Vittorio le temps de préparer sa défense. Lisandra avait – ou avait eu – un amant, le docteur Puig le savait et l'avait tuée par jalousie. « Simpliste » c'est vrai, mais trop fréquent pour ne pas être convaincant. Ce commissaire Pérez. La voisine. Et maintenant Francisco. Tous ces gens qui veulent faire payer Vittorio pour de mauvaises raisons, pour se dédouaner, eux, d'un malheur quelconque, ça la dégoûte. Eva Maria imagine soudain la manière désinvolte avec laquelle le commissaire Pérez avait dû analyser la scène de crime, persuadé depuis le début de la culpabilité de Vittorio, il n'avait certainement pas cherché à faire parler les éléments autrement. Elle doit absolument prévenir l'avocat de Vittorio pour Francisco, il faut qu'elle lui téléphone. Maître comment déjà ? Maître… ? Eva Maria frappe sa main contre le mur. Elle n'arrive plus à se souvenir. Le son de cette voix inconnue et formelle l'avait déstabilisée, concentrée sur l'objet de cet appel elle n'avait pas retenu le nom de l'avocat, la surprise avait fait obstruction à sa mémoire. Et la crainte aussi. À chaque fois qu'elle entendait une voix inconnue au téléphone, elle redoutait qu'on lui annonce qu'on avait retrouvé le corps de Stella. Eva Maria ouvre le tiroir de son bureau. Un dossier vert : « Son avocat… » « L'avocat de Vittorio Puig… » « Son avocat… », à aucun moment le nom de l'avocat n'apparaissait dans les coupures de presse. Eva Maria referme le dossier, le tiroir, elle va devoir attendre le prochain parloir, il lui reste cinq jours pour en savoir davantage. Eva Maria fume. Francisco et Lisandra, Lisandra et Francisco, cette infidélité-là n'est pas la clé du meurtre de Lisandra, de cela elle est certaine, à tout prendre un symptôme mais pas la clé. Et Eva Maria cherche la clé. Le meurtrier. Eva Maria attrape ses lunettes. Elle ouvre son carnet. Elle relit. Attentive.

porte de l'appartement ouverte
musique forte dans le salon
fenêtre du salon ouverte
fauteuils à terre
lampe tombée

> *vase à terre fracassé*
> *l'eau du vase répandue*
> *figurine cassée (chat de porcelaine)*
> *bouteille de vin*
> *deux verres brisés*
> *allongée sur le dos*
> *la tête sur le côté*
> *front glacé, filet de sang*
> *yeux ouverts, gonflés*

Elle secoue la tête. Tourne la page.

> *dans une belle robe*
> *talons hauts*

Eva Maria hoche la tête. Elle souligne.

> *dans une belle robe*
> *talons hauts*

Lisandra était indéniablement préparée pour séduire. Et la coquetterie se pratique rarement pour soi seul. Alors qui Lisandra voulait-elle séduire ce soir-là ? Un amant ? Eva Maria se déshabille. Elle se glisse dans son lit. Son petit carnet près d'elle. Eva Maria tente d'imaginer les tribulations d'une âme adultère. Et si Lisandra avait invité son dernier amant en date chez eux, ayant décidé de tromper son mari dans leur propre appartement, sur leur propre commode, sur leur propre sol, dans leurs propres toilettes, dans leur propre lit. D'où la bouteille de vin blanc, les deux verres, d'où le tango, propice aux étreintes romantiques. Et si les choses avaient mal tourné avec cet homme ? D'où le tango trop fort, masque sonore d'une dispute mortelle. On ne peut pas toujours se choisir des amants de la qualité d'âme de Francisco. C'est un chic type, Francisco, Eva Maria le sait, tout le monde le sait. Avec lui, Lisandra ne s'était pas trompée, il avait été la bonne personne pour faire ce qu'elle voulait faire, si tant est qu'Eva Maria comprenait ce que Lisandra avait voulu faire avec lui. Eva Maria pense aux mains de Francisco quand il avait replié le torchon devant lui, quand il essuyait les verres, peut-être Lisandra était-elle d'abord tombée sous le charme de ces mains ? Eva Maria peut le comprendre. Des mains viriles mais aussi des mains lestes agiles adroites. Eva Maria les imagine sur ses seins, sur ses fesses, faire glisser ses doigts partout où elle lui permettait. Francisco est un chic type, mais tous les hommes ne sont pas aussi doux, aussi bons, il y a les volcans dangereux et ceux qui ne le sont pas du tout. Peut-être son successeur avait-il été encore plus indiscipliné que lui, il y a ceux qui restent dans la chambre dans l'espoir de se déclarer fougueusement et ceux qui jettent par la fenêtre de colère, de dépit, il peut aller de là à là, le curseur de la passion. Lisandra a pu se tromper avec un autre, et si son choix s'était porté sur un volcan gris, les plus dangereux, un qui n'aura pas supporté que Lisandra souffle perpétuellement la pluie et le beau temps sur sa vie, sur sa bite, un qui aura pu la tuer. Les fous peuvent rendre fous. Francisco a raison. Lisandra « nymphomane » ? Eva Maria tente d'imaginer les tribulations d'une âme adultère. Elle qui n'a jamais trompé son mari, elle qui n'a jamais été très portée sur la chose, d'ailleurs depuis la disparition de Stella, *la chose* n'existe plus, un lit ne sert plus qu'à dormir, un homme plus à rien, plus à ça en tout cas. Il y a une sexualité avant, et une sexualité après la mort de son enfant, l'enfant mort revient dans les corps vivants des parents qui se mélangent et leur inflige le souvenir douloureux de la procréation de leur trésor mort, et le souvenir douloureux s'installe, se répète et devient abstinence. C'est du moins ce qui s'était passé pour elle. À quoi bon réemprunter le chemin du malheur ? Eva Maria se tourne dans son lit. Se retourne. Sa posture encore plus affirmée, de dos, sa jupe relevée, son cul tendu, mais à quoi rimaient ces étreintes figées ? ces étreintes de commande, artificielles, à quoi rimait cette invariable mise en scène ? ce n'était pas un adultère banal. Lisandra « nymphomane », peut-être, mais pas seulement, il y avait quelque chose derrière tout ça. Et si le plus important n'était pas de découvrir avec qui Lisandra trompait Vittorio, mais pourquoi elle le trompait. Terre à terre, Lisandra trompait-elle Vittorio parce qu'il y avait des choses qu'elle ne pouvait plus faire avec lui ? Qu'elle n'osait plus ? La force de l'habitude, le poids du quotidien ayant écrasé l'humeur si délicate de l'érotisme. La jupe relevée sur son cul nu. On n'attend pas son mari ainsi. – Mais que fais-tu dans cette tenue ? lui aurait demandé le mari, une main serrant une sacoche, l'autre le pain, étreintes du quotidien qui a gagné sur ce que la vie promettait de sublime, et la femme échaudée n'aurait plus qu'à baisser sa jupe et à relever ses manches pour préparer le dîner, elle rougirait, non pas des chaleurs du fourneau, mais de ses ardeurs giflées, les appétits d'un mari se situent au-dessus de la ceinture, au-dessous de sa ceinture à elle, Lisandra avait senti son sexe pleurer. *Prends un amant. Prends un amant.* D'accord. Mais ce n'était pas aussi simple que cela. Et cette histoire de parfum ? ça voulait bien dire quelque chose, ce n'était pas un hasard si Lisandra avait demandé à Francisco de porter le même parfum que Vittorio, non, ça ne pouvait pas être un hasard. Alors quoi ? La symbolique de quelque chose qui devait terriblement compter pour elle. Une idée frappe soudain Eva Maria. Et si Vittorio était impuissant ? Elle n'avait jamais parlé de sexualité avec lui, elle aurait tant aimé, elle aurait ainsi pu se rappeler les conseils qu'il lui aurait donnés et tenter de le percer par là, voir si cette impuissance, cette frustration affleuraient quelque part dans ses propos. Et c'est pour cela qu'il ne lui aurait pas dit que Lisandra le trompait, pour ne pas avoir à se trahir lui-même. Et si Vittorio le savait, que sa femme le trompait ? Peut-être même décidaient-ils de tout ensemble : les hôtels, l'identité des amants, les limites à ne jamais franchir, peut-être le nombre de fois par amant – par substitut – à ne jamais dépasser, les gestes, et le parfum c'était pour cela, c'était pour mieux retrouver Vittorio qu'elle demandait aux amants de le porter. Et les yeux fermés aussi. Non, ce n'était pas possible, Vittorio lui en aurait parlé, il aurait immédiatement soupçonné que le crime pouvait venir de là. Et alors il lui aurait tout dit, comme tous les hommes, Vittorio tient davantage à sa liberté qu'à son orgueil de mâle. Donc il n'en savait rien lui-même. Mais alors quoi ? Où remontait la Vérité ? Et si la Vérité, au lieu de s'arrêter à Vittorio, le dépassait, et si Vittorio avait lui-même été instrumentalisé par Lisandra ? Peut-être lui-même portait-il déjà ce parfum sur sa demande à elle. Peut-être Lisandra le lui avait-elle offert comme un simple cadeau de Noël ou d'anniversaire, mais que derrière ce cadeau se cachait déjà la volonté de retrouver quelque paradis perdu. Et si la clé de tout ce drame se cachait non pas dans l'après-Vittorio, mais dans l'avant-Vittorio. L'homme qu'elle était venue pleurer si fort dans son cabinet, par exemple, la première fois qu'ils se sont rencontrés ? Et si c'était lui qui était derrière tout ça ? Cet Ignacio. Mais comment le retrouver ? Eva Maria a l'impression d'avoir dans la tête un arbre dont les bourgeons du soupçon poussent sans cesse, tous valables, tous invalides. Mais peut-être rien de tout ça. Poétique, fantasque, Lisandra avait conçu son plan de baise rêvée, mis bout à bout tout ce qu'elle aimait, dans l'ordre qu'elle aimait. Après tout, l'idée était attirante. Cadencer les gestes de l'amour à la manière d'une chorégraphie. Lisandra était une danseuse. Et si l'érotisme venait pour elle de l'extrême habitude ? Mais quelque chose souffle à Eva Maria que ce n'est pas ça non plus. Personne au monde n'aime l'habitude à ce point. L'érotisme vient aussi de la surprise. La main sur son sexe, Eva Maria ressent une chaleur qu'elle n'a pas éprouvée depuis longtemps. Ce soir, dans son lit, elle a envie. Une image s'impose à son esprit. Ou peut-être est-ce elle qui l'a convoquée. On ne le saura jamais, est-ce l'imaginaire qui propose ou est-ce nous qui disposons de lui ? Eva Maria s'arrête quelques secondes.

Un peu surprise. Un peu pudique. Elle ne s'attendait pas à penser à lui. Mais elle se dit que ça fait sûrement partie du jeu et que ce n'est finalement pas si grave, lui ou un autre, après tout. La main sur son sexe, Eva Maria rougit. Elle ne le sent pas. Ses sens n'en sont plus là. Eva Maria n'avait pas joui depuis longtemps. Elle se tourne sur le côté. Eva Maria ne s'était pas endormie si vite depuis longtemps.

Eva Maria hurle. Elle étouffe. Elle crie, raidie dans son lit. Estéban entre dans la chambre. Eva Maria ouvre les yeux. Elle se jette dans ses bras.

— Stella ma chérie, tu es là, comme j'ai eu peur.
— C'est moi maman, c'est moi, Estéban.

Eva Maria repousse Estéban.

— Va-t'en !

Eva Maria le cogne. Sur la poitrine.

— Va-t'en ! Va-t'en !

Estéban se lève. Il sort de la chambre. Eva Maria reste assise. Ses cheveux trempés. Encore un cauchemar, elle n'en peut plus de tous ces cauchemars. Eva Maria cherche à se souvenir. Stella tombe, il y avait un rouge-gorge, un radiateur aussi, c'était quoi le reste ? Eva Maria n'arrive plus à se souvenir. Il y avait Francisco, oui c'est ça, il y avait aussi Francisco, ou Vittorio, elle ne se souvient plus. Eva Maria se prend la tête entre les mains. Elle se demande ce qui est le plus important dans les cauchemars, ce dont on se souvient, ou ce dont on ne se souvient pas. Eva Maria frotte sa bouche. Elle pense au grand paon dans le bureau de Vittorio. Il devait être dans son cauchemar. Francisco ou Vittorio? En tout cas, c'était un homme, debout, de dos, avec une veste.

Je n'en dormais plus, me maudissant de l'avoir fait fuir, je cherchais dans les quelques instants passés avec Lisandra un indice qui me permettrait de la retrouver, elle portait un pantalon en tissu noir et, comment avais-je pu ne pas le remarquer sur le moment ?, de belles chaussures, noires également, des chaussures à talons, et sous ses pieds, des traces blanches sur la moquette, j'hésitai à me réjouir trop vite, mais je n'hésitai pas à faire le tour des salles de tango et milongas *autour de chez moi, Lisandra devait en sortir, et cela ne devait pas être loin, sinon le talc aurait eu le temps de se volatiliser complètement, je tenais désormais une piste pour la retrouver.*

Eva Maria marche dans les pas de Vittorio. Elle a décidé de commencer par là. Si elle doit apprendre à Vittorio que Lisandra le trompait, elle veut dans le même temps lui apprendre que c'est l'homme avec qui elle le trompait qui l'a tuée. Lui faire perdre son orgueil mais recouvrer sa liberté, il n'y a que comme cela qu'elle supporte l'idée de lui apprendre l'infidélité de sa femme. Le raisonnement d'Eva Maria est simple. Si Lisandra a couché avec Francisco, alors

217

sûrement tirait-elle au sort ses amants dans son entourage, et alors sûrement puisait-elle dans ce très accessible vivier que pouvaient constituer ses cours de tango. Eva Maria marche dans les pas de Vittorio. Elle arpente le quartier depuis le début de la matinée.

— Connaissiez-vous Lisandra Puig ? Lisandra Puig dansait-elle ici ?

Eva Maria pense à cet instant où Vittorio avait enfin retrouvé Lisandra. Elle se demande s'il n'aurait pas mieux valu qu'il ne la retrouvât jamais, il ne savait pas alors ce qui l'attendait, personne ne peut savoir que d'une a priori merveilleuse nouvelle surgira le drame terrible.

Je me demandais à quoi elle ressemblerait en dan-seuse, ses longs cheveux en chignon relevés, est-ce que je la reconnaîtrais de dos ? Non, je ne la reconnaîtrais pas, je ne l'avais pas encore acquise, cette familiarité qui permet de reconnaître quelqu'un de dos.

Eva Maria pense au soir du meurtre. Vittorio l'avait alors acquise, cette familiarité qui permet de recon-naître quelqu'un de dos. Quand, du haut de sa fenêtre, il avait reconnu le corps de Lisandra étendu sur le sol. Eva Maria commence à désespérer de trouver, c'est au moins la dixième adresse où elle se hasarde. Un senti-ment d'urgence l'anime. Il ne lui reste plus que deux jours avant le prochain parloir. Un sentiment d'urgence, ce n'est pas de faire vite les choses, c'est de savoir que plus rien ne pourra vous en détourner. Elle ne se demande pas s'il ne vaudrait pas mieux qu'elle ne trouve jamais.

— Connaissiez-vous Lisandra Puig ? Lisandra Puig
dansait-elle ici ?

— Oui. Lisandra était mon élève.

Eva Maria regarde le corps d'où émane cette voix.
Elle sourit. Soulagée. Personne ne peut savoir que
d'une a priori merveilleuse nouvelle surgira le
drame terrible.

Eva Maria ne s'attendait pas à un homme de cet âge. Soixante-dix ans, peut-être plus. L'homme lui tend une main franche. Vive.

— Je m'appelle Pedro Pablo.

Eva Maria lui serre la main. Elle a l'impression d'avoir déjà vu cet homme quelque part. Déjà-vu nerveux ou véritable déjà-vu ?

— Mais on m'appelle aussi « Pépé ». Que puis-je pour vous ?
— Je voudrais vous poser quelques questions sur Lisandra.

Eva Maria ne lui dit pas à quel titre. Le vieil homme ne lui demande pas.

— Je vous écoute, mettez-vous à l'aise.

Eva Maria s'assoit.

— Dans les jours qui ont précédé sa mort. Aviez-vous remarqué quelque chose dans son comportement ? Je veux dire, quelque chose de particulier.

Le vieil homme regarde Eva Maria.

— Cela faisait plus d'un mois que Lisandra ne venait plus à la salle, alors si j'ai remarqué quelque chose, c'était surtout son absence.

Eva Maria ne trouve rien d'autre à dire que de répéter.

— Elle ne venait plus à la salle depuis plus d'un mois.

Le vieil homme hoche la tête.

— Trois ans qu'elle ne manquait jamais à l'appel, trois fois par semaine, son corps souple et silencieux se tenait toujours à la même place, tenez, là-bas. Je l'appelais « Lisandra-ma-toujours-là ».

Le vieil homme indique d'un mouvement de main la place de Lisandra. Eva Maria se retourne. Elle regarde cette place vide dans cette salle vide. Une sensation de froid l'envahit. Elle pense à la chambre de Stella, vide elle aussi. Le vieil homme poursuit.

— Un mois sans la voir, c'est vous dire si j'étais inquiet alors je suis passé chez elle, je ne fais jamais ça d'habitude – passer chez mes élèves absents –, mais là, ça a été plus fort que moi, sûrement parce que c'était Lisandra. Je l'aimais beaucoup.

Eva Maria secoue la tête. Elle n'arrive pas à s'extraire du lit vide de Stella, elle y a dormi tant de nuits, espérant sentir sa fille à côté d'elle à son réveil, s'agrippant aux draps de toutes ses forces pour ne pas hurler à la terreur du petit matin solitaire. Eva Maria n'arrive plus à se concentrer sur les paroles du vieil homme. Elle l'entend de loin.

— J'aimais beaucoup Lisandra, elle était différente, elle était si douce. Elle n'arrivait jamais comme les autres, chargées de leurs journées, nerveuses ou bruyantes. Elle était dans son coin, comme seuls savent l'être les enfants. Réservée. Les êtres humains perdent très vite cette qualité, il faut qu'ils se greffent. À n'importe quoi, mais il faut qu'ils se greffent. La solitude devient impossible, il faut qu'ils fassent partie d'un groupe, même quand le groupe se résume à deux. Pourtant, Lisandra restait solitaire, en tout cas, c'était encore ce que je croyais. Et puis elle avait cette qualité qui me touchait infiniment — je suis avant tout danseur —, elle était gracieuse, gracieuse comme dix femmes réunies. Elle avait une façon bien à elle de se déplacer, sans à-coups, doucement, je ne dis pas mollement, non, doucement. Aucune posture arrogante, alors qu'elle avait peut-être le corps le plus harmonieux que j'aie jamais vu. Elle avait une tempérance dans tout son être. Quand les autres éclataient de rire, elle ne faisait que sourire, c'est une des choses que j'ai tout de suite observées chez Lisandra : elle ne faisait pas de bruit. Un jour, je le lui avais fait remarquer, elle avait rougi, étonnée — Ah bon ? je pensais ça d'elle ? et puis elle avait ajouté, un peu songeuse, qu'elle avait peut-être laissé un bout d'elle quelque part, ceci expliquerait cela. « Je vais essayer d'être plus vive, promis Pépé. » Elle avait pris mon compliment pour un reproche. Elle était comme ça, Lisandra : même un compliment lui donnait à réflé-

chir. Elle était souvent étonnante, dans ses réactions.
« Pourquoi danse-t-on ? – Pour arrêter le temps. »
Lisandra était la seule de mes élèves à m'avoir
répondu : « Pour remonter le temps. » Elle croyait
que la mémoire était inscrite dans le corps et elle
dansait pour se souvenir. « De quoi ? – Pour se souvenir », parce qu'en se souvenant elle espérait aller
mieux. Elle n'avait pas été plus loin dans sa réponse,
elle s'était arrêtée net : elle ne pouvait pas me dire,
et puis, de toute façon, ce n'était pas important. Mais
j'avais bien senti que la réalité était à l'inverse de ses
propos et que ce dont elle tentait de se souvenir était,
au contraire, très important pour elle. Depuis ce
jour, quand je regardais Lisandra danser, je me disais
qu'elle dansait comme on danse quand on porte un
secret. C'est peut-être pour ça que je suis passé chez
elle. Mais surtout vous savez, quand on a vu les gens
disparaître du jour au lendemain, on n'a plus le cœur
en paix, et la moindre absence s'assimile à une disparition définitive, ça vous cloue le doute dans la poitrine, alors on vérifie. Mais ce n'est pas à vous que je
vais l'apprendre.

Eva Maria se redresse. Ces derniers mots la ramènent
à la réalité.

— Ce n'est pas à moi que vous allez apprendre
quoi ?
— Que la moindre absence s'assimile à une dispari-
tion définitive.
— Pourquoi dites-vous ça ?
— Parce que vos bras bougent trop…

Le vieil homme laisse sa phrase en suspens. Eva Maria comprend. Il attend qu'elle lui livre son identité. Un peu de son identité.

— Eva Maria.

Le vieil homme sourit. Il reprend avec douceur.

— Oui, Eva Maria, vos bras bougent trop, vos mains s'agrippent au moindre objet, regardez, vous venez de prendre mon stylo, tout à l'heure c'était votre carnet que vous tourniez dans tous les sens, vos membres supérieurs s'agitent tout le temps. Comme s'ils n'en pouvaient plus de ne plus pouvoir serrer quelqu'un qui vous était cher.

Eva Maria se sent de plus en plus nerveuse. Le vieil homme baisse la voix.

— Vous avez perdu un enfant ?
— Pourquoi dites-vous ça ?
— Parce qu'en voulant me faire mentir, vous venez de m'en dire plus : en cessant vos gestes fébriles, vous avez posé vos bras sur votre ventre, vous voulez boire quelque chose ?

Eva Maria décroise ses bras. Elle ne sait plus quoi en faire. Elle n'aime pas ça, qu'on lise sur elle à livre ouvert. Elle regarde le corps longiligne de Pedro Pablo se déplacer, un corps de jeune homme, pas le moindre affaissement, pas la moindre voussure ou claudication, attributs habituels d'un corps de son âge, le vieux visage se retourne vers elle, le vieillissement vous chope par le lobe de l'oreille, il le vide de sa substance, l'amollit. Le visage buriné, mais le corps aussi leste que si on le lui avait greffé, Pedro Pablo disparaît de la pièce. Eva Maria craint soudain qu'il ne revienne pas. Il revient.

— Je suis désolé : je vous demande si vous voulez boire quelque chose et je n'ai que de l'eau, c'est idiot les expressions parfois. Ça ira de l'eau ?

Eva Maria hoche la tête. Elle aurait voulu de l'alcool. Elle sent ses doigts serrer le crayon plus fort. Elle trempe ses lèvres dans le verre, elle déteste s'entendre avaler, elle déteste le goût de l'eau. Eva Maria repose le verre. Ça ne sert à rien, l'eau. Son ton est dur.

— Et comment Lisandra a-t-elle réagi à votre visite ?
— Elle n'a pas réagi, elle était là, et c'était tout ce dont j'avais besoin. Quand elle m'a ouvert la porte, vous ne pouvez pas savoir comme j'ai été soulagé, j'aimerais tant que mon frère m'ouvre de nouveau un jour la porte de chez lui, mais je sais que cela n'arrivera jamais. Lisandra était là, j'étais rassuré, ma poitrine s'est desserrée d'un coup, j'aurais pu partir, mais quelque chose dans son attitude m'a retenu – vous savez, ce millième de seconde où quand on retrouve une personne, on peut saisir les change- ments infimes qui se sont produits en elle, change- ments qui nous échappent ensuite très vite, nos yeux de nouveau habitués à la nouvelle personne qui se tient devant nous : une grande lassitude, une grande faiblesse émanaient de son corps. Elle ne semblait pas vouloir me voir partir. Elle m'a fait signe de ne pas faire de bruit et, tout en s'excusant de ne pas pouvoir me recevoir dans le salon, elle m'a conduit

dans sa chambre, dans leur chambre. Elle m'a fait signe de m'asseoir sur le lit, sur leur lit, j'étais un peu gêné, mais je me suis assis.

— Attention ! Pas sur la veste.

Lisandra s'est levée précipitamment de sa chaise pour attraper une veste grise, une veste d'homme pliée sur le lit. Elle semblait prise entre deux inconciliables : vouloir faire disparaître cette veste au plus vite tout en ne voulant pas l'abîmer, la froisser, ce qui donnait à ses gestes des mouvements paradoxaux. Elle a vraiment eu un drôle de comportement : elle a ouvert un tiroir de sa commode et s'est débarrassée de la veste, mais non pas en en faisant un bouchon, comme sa fébrilité aurait pu me le laisser penser, mais au contraire en l'étendant soigneusement. Et elle s'est retournée vers moi aussi brutalement que si elle venait de cacher un cadavre, je me souviens, c'est vraiment la sensation que j'ai eue. Je lui ai demandé si elle allait bien. Elle m'a dit que oui. Je lui ai demandé pourquoi elle ne venait plus aux cours. Elle m'a dit qu'elle n'avait plus envie de danser. Je lui ai dit que cela m'étonnait d'elle, je lui ai demandé si elle avait changé de professeur, ça pouvait arriver d'avoir envie de changer.

— Pas du tout, Pépé ! Comment peux-tu imaginer ça ?

Je lui ai demandé si j'avais fait quelque chose de mal.

— Pas du tout ! Tu ne m'as rien fait de mal. Pas toi. Ce n'est pas de ta faute.

— Pas moi. Qui alors ?

— Personne. Je ne voulais pas dire ça. C'est la vie. Un jour, on peut ne plus avoir envie de faire ce qu'avant on voulait faire tous les jours. C'est pas plus grave que ça.

Mais je voyais bien qu'elle n'était pas dans son état normal. J'étais mal à l'aise sur ce lit, sur leur lit, alors je lui ai demandé si elle ne voulait pas descendre avec moi boire quelque chose au café d'en bas, elle avait la mine de quelqu'un qui n'était pas sorti depuis longtemps. Je lui ai dit qu'il ne fallait jamais tout laisser à la tête, qu'il fallait rendre au corps ce qui lui appartenait, le mouvement, la déambulation, la promenade, la tête tyrannise le corps et il ne faut jamais lui laisser les coudées franches, ça n'est pas bon pour la santé : un corps n'est pas fait pour rester prostré, c'est comme ça que naissent les obsessions, elle devrait le savoir depuis toutes ces années qu'elle danse, comme tout s'éclaircit quand le corps bouge.

— Je n'ai pas envie de sortir. Je n'ai envie de voir personne. Je suis bien toute seule.

J'ai alors entendu une porte s'ouvrir dans le couloir. Lisandra m'a de nouveau fait « chut » avec son doigt sur la bouche, comme une enfant, et elle s'est levée. Elle est allée regarder par la porte de sa chambre entrouverte. J'entendais des pas dans le couloir, traînants. Lisandra a regardé sa montre, elle s'est retournée vers moi un peu gênée et puis elle s'est rassise à son bureau. Quelques minutes plus tard, on a sonné à la porte et elle a recommencé le même cirque :

aller regarder par l'entrebâillement de la porte. J'ai de nouveau entendu des pas dans le couloir, plus rapides cette fois, des talons de femme. Elle a refermé la porte et elle est revenue s'asseoir. Après, elle a voulu me parler de la pluie et du beau temps, faire comme si elle n'avait pas fait ce qu'elle venait de faire, ou plutôt comme si cela ne voulait rien dire, n'incluait aucun malheur, aucun désarroi. Mais je voyais bien qu'elle se faisait du mal : elle tournait en rond, je l'ai compris lors de cette seconde « surveillance », appelons les choses par leur nom, ses gestes portaient la marque de la répétition, elle avait fait ces mouvements des dizaines de fois, c'était sa nouvelle danse, sans la moindre musique, sans le moindre plaisir : la danse du doute. Elle avait troqué le tango pour cette nouvelle ronde qu'elle dansait seule avec un partenaire qui ne savait sûrement pas qu'il était en train de danser. Lisandra la sentinelle, Lisandra-ma-toujours-là mais plus au même endroit, Lisandra en poste, Lisandra l'espionne. J'étais humilié pour elle, ma si belle danseuse réduite à ces mouvements humiliants, elle qui aurait pu mettre le monde à ses pieds était à terre, rompue à la honte de l'espionnite, rompue à ces gestes odieux, elle qui valait tant, rompue à soupçonner comme ceux qui m'avaient pris mon frère, comme ceux qui nous ont pris six ans de calme national. Je ne l'ai pas supporté, je me suis levé et j'ai changé de ton, de voix :

— Sortons, allons à la salle.
— Je ne veux pas les voir.
— Qui ?

— Les autres.

— Mais qu'est-ce qu'ils t'ont fait, « Les Autres » ?

Je lui ai demandé si quelqu'un aux cours la mettait mal à l'aise, s'il s'était passé quelque chose qui m'aurait échappé. Elle a secoué la tête, non elle ne voulait pas dire ça, il ne s'était rien passé, ce n'était pas de leur faute non plus, il ne fallait pas que je m'inquiète. Elle a posé sa main sur ma joue : « C'est tellement gentil à toi d'être passé me voir. » À ce contact, elle m'est redevenue familière. J'étais sûr qu'il fallait que j'insiste, elle avait besoin de parler. Je lui ai pris la main et je l'ai forcée à se lever.

— Il n'y aura personne à la salle, il n'y a personne à cette heure-ci, on ne sera que tous les deux et on sera bien mieux là-bas pour parler.

— Je ne veux pas parler.

— Eh bien on dansera, cela vaudra mieux que cette misérable danse dont tu viens de m'offrir le sinistre aperçu.

Lisandra s'est levée. Cette autorité du professeur, on la regagne très vite chez ceux qui vous ont admiré, qui, un jour, ont eu envie de vous ressembler, ou de vous égaler, le lien entre le professeur et l'élève est plus hypnotique que tout, je crois même que l'amour. La seule autorité qui l'excède, c'est celle du bourreau sur sa victime, parce que la peur s'en mêle. Dans le couloir, Lisandra a jeté un regard de chien perdu vers une des portes, je lui ai dit de faire vite et de prendre ses chaussures. Elle a attrapé un cha-peau sur le portemanteau – c'était la première fois

que je la voyais avec un chapeau –, elle s'est affublée
de lunettes de soleil et on est sortis, je déteste ces
objets que le climat met entre les gens. On a fait le
chemin qui nous séparait de la salle sans dire un mot,
elle avait la tête baissée, une nouvelle fois, l'image du
chien perdu s'est imposée à moi, mais cette fois, j'ai
compris qu'il était blessé. Lisandra ne marchait plus
de son pas habituel, ce pas sûr et envoûtant que je
connaissais si bien. Je lui ai pris le bras, je n'étais plus
un homme : j'étais une canne. J'ai pensé à notre
différence d'âge et je me suis dit que c'était le
comble. Elle titubait plus qu'elle ne marchait. Une
fois arrivés, j'ai mis de la musique, elle a mis ses
chaussures, je l'ai prise par la taille et nous avons
commencé à danser, en silence. Je n'avais pas choisi
ce tango par hasard. La ronde à laquelle elle s'était
livrée dans sa chambre me l'avait rendue
transparente.

JALOUSIE

TANGO TZIGANE

pour Chant seul & Accordéon

Paroles de
ANDRÉ MAUPREY

Musique de
JACOB GADE

Je t'ai vue ___ Sé_dui_sante et
Lan_goureu_se A_près u_ne

pres_que nu_e Dan_ser, ar_den_te! ___ En_jô_leuse, impu_
nuit fièvreu_se, Je te sur_veil_le ___ Même quand tu som.

_den_te! ___ Tout ton corps ___ Frémis_sant aux trou_
_meil_les ___ Mais tes yeux ___ Pour moi res_tent mys.

_blants accords ___ Semblait di_re: oui! ___ Aux danseurs é_blou_
_té_rieux ___ Ah! dis-moi pour_quoi ___ Je ne puis lire en

_is ___ Sans ton a_mour, tu sais
toi? ___ Je vois qu'en ces doux ins_

bien ___ Qu'il n'e_xis_te rien! Mais je ne sens dans ton
_tants ___ Tu m'aimes pour_tant! Mais un ver_ti_ge te

FA min.   RÊ 5 dim.

cœur — Qu'un plaisir mo queur.   Tu dois pen ser·
prend Et tu te re _ prends   Qui trompes _ tu?

                          DO min   RÊ 5 dim.

Quel in _ sen _ sé!   Oui, je suis fou, Car mal.gré
Ne me mens plus   je suis ja _ loux Et mal.gré

SOL   *Refrain*   DO   SOL. 7
           p dolce

tout : ____   J'ai _ me ton par _ fum qui me gri _
tout : ____   J'ai _ me ton par _ fum qui me gri _

                          DO   SOL 7

_ se   Je t'ai _ me mal _ gré ta traî _ tri _ se   Par
_ se   Je t'ai _ me mal _ gré ta traî _ tri _ se   Pour

DO   RÊ 5 7 dim.   SOL 7
              3

fois de par _ tir je fais le ser _ ment   Croy _ ant fuir ain_
moi tu n'es plus qu'un philtre di _ vin, ____ Et con _ tre son

      3   DO   SOL   DO

_ si mon affreux tourment ____   Tu n'as près de moi, qu'à pa_
char _ me je lutte en vain. ____ Vers toi tou _ te ma fré _ né

SOL 7   DO

_ raî _ tre,   A _ lors tu re _ prends tout mon   ê _
_ si _ e   Plus for _ te que ma ja _ lou _ si.

SOL 7   DO 7   FA

_ tre   Je bois ton bai _ ser ten _ ta _ teur M'é _ ni _
_ e   Me livre à ton cœur pour tou _ jours En es_

RÊ 5 dim.   DO   RÊ min.   SOL * DO

_ vrant d'un a _ mour que je sais trop men _ teur! ____
_ clave im _ plo _ rant de ton corps tout l'a _ mour!

M. E. 2644 b Imp DILLARD   Imp Michel DILLARD, Paris.
                                                     Octobre 1945

Je sentais son corps commencer à se détendre quand Lisandra m'a posé cette question qui a fini de me convaincre que je ne m'étais pas trompé.

— Elle n'est pas jalouse, ta femme, que tu danses avec d'autres femmes ? Que, toute la journée, tu passes d'une femme à l'autre ?

— Quelle drôle de question, c'est mon métier, Lisandra.

— « C'est mon métier », ça ne veut rien dire : « C'est mon métier. » Notre métier, c'est aussi nous. Réponds à ma question, Pépé.

— Non, ma femme n'est pas jalouse. Ou alors, elle ne m'en a jamais parlé.

— Peut-être qu'elle ne te le dit pas ? Tu crois que tu connais bien ta femme ? Tu crois qu'elle te livre toutes ses pensées intactes ? Tu sais bien que ce n'est pas possible, que ça ne se passe jamais comme ça entre deux êtres humains. Sois honnête.

— Alors je vais « être honnête », je ne me suis jamais posé la question de sa jalousie.

— Ah oui ? Comme c'est égoïste. Eh bien moi je te la pose. Ta femme a-t-elle des raisons d'être jalouse ?

Lisandra ne démordait pas de sa question, je le sentais dans sa main qui serrait ma main. J'ai voulu plaisanter.

— Tu as vu mon âge ? Ma femme n'a plus rien à craindre.

Mais Lisandra était hors d'atteinte de tout, d'une tentative de raisonnement, comme d'une tentative d'humour. Le flux de sa pensée était lâché.

— L'âge, ça ne veut rien dire non plus. Et puis tu donnes des cours depuis des années, il y a donc bien eu un temps où cette réponse n'avait pas lieu d'être, puisque tu avais un âge où tu ne pouvais pas dire : « Tu as vu mon âge. » Alors jure-moi que tu n'as jamais pensé à mal en dansant avec une autre femme. Jure-moi que cela ne t'est jamais arrivé. Je ne crois pas à la proximité spatiale entre un homme et une femme sans que ces pensées vous envahissent. Même un étage en ascenseur suffit à amorcer l'Idée. Allez, jure-moi.

J'ai pensé à Mariana et je n'ai pas pu jurer. Mais j'ai continué de danser. Il ne fallait pas l'arrêter. Ç'aurait été comme de claquer le couvercle d'une boîte à musique qui n'aurait pas fini de jouer, de forcer les corps à se plier dans l'élan de leur mouvement, de leur rotation. J'avais voulu la faire parler, je devais l'écouter jusqu'au bout. Elle a repris de plus belle.

— Tu vois, même toi, Pépé, tu y as pensé.

La voix de Lisandra coulait comme un venin dans mon oreille. Elle me faisait l'effet d'un monstre qui vous barre la route et vous accule à penser au pire de votre vie, ou au mieux, mais qui s'est fini : donc au pire. Mariana me revenait, elle que j'avais presque oubliée, moi qui pensais ne jamais l'oublier. Mariana était mon élève, dès qu'elle bougeait, j'avais envie d'elle, dès qu'elle ne bougeait pas, j'avais envie d'elle, je ne pouvais plus me passer d'elle, de son corps. Mais nous ne sommes jamais sortis d'ici. Toujours dans la salle, oui, toujours dans la salle. La trahison devait ainsi me sembler moins terrible, hors réalité. Mariana n'était pas en concurrence avec ma femme, c'était comme ma muse. Je devais raisonner ainsi à l'époque, bien qu'à l'époque je ne raisonnais pas, je baisais, simplement. Je baisais comme un homme de cinquante ans que la peur des regrets tient à l'abri des remords. J'ai trompé ma femme avec Mariana presque tous les jours pendant près d'une année. Le dernier mois Mariana me prenait la main et d'autorité m'emmenait : elle collait son dos ou son ventre à la porte de la salle et je la prenais là, je n'avais plus le droit de la prendre que là, je savais que c'était sa manière à elle, qui ne demandait jamais rien, de me demander de l'emmener ailleurs, le lieu de nos amours devait maintenant lui sembler trop étroit. Une main sur moi et une main sur la poignée, c'était sa manière à elle de me demander de sortir ou alors d'hésiter entre sa liberté et moi, ou tout simplement sa manière de me dire adieu, je n'ai jamais su. Je l'en ai aimée encore davantage : d'avoir su m'échapper, s'échapper de cet odieux système dans lequel je l'enfermais, d'avoir fait le bon choix.

— Vittorio me trompe.

Et là, soudain, Lisandra s'est mise à parler. À déparler même. Son âme mise à nu. D'un coup sec. Sans que je lui demande rien. Aussi brutale que si elle s'était soudain déshabillée sans qu'aucun de mes regards l'y ait invitée.

Je suis malade.

Ça n'a pas commencé tout de suite. Mais dès notre rencontre, j'ai senti que j'étais en disharmonie.

La première crise, c'était il y a plus de trois ans. À l'hôtel. On était partis quelques jours à Pinamar. C'était vers le milieu de notre séjour. Nous avions dîné en tête-à-tête. Je ne me souviens plus de ce dont nous avions parlé, mais nous avions bien parlé. J'ai toujours eu peur de le lasser, mais là, je crois que je ne l'avais pas lassé. Enfin pas complètement. Et puis on est montés dans la chambre. Vittorio a allumé la télévision. J'ai pris un livre. À cet instant je crois que j'allais encore bien. Et puis derrière nous, derrière la tête de notre lit, soudain des gémissements, imperceptibles. Et puis précis, des cris immédiats, spontanés. Des cris de sexe. Je n'osai plus tourner les pages. De peur d'activer le son ridicule du papier touché. C'était terrible, affreux. Cette mise en abyme de nous. De notre rien. De notre absence à l'autre. Cette jouissance si proche nous renvoyait à notre léthargie sexuelle de l'instant. Nous n'avons pas plaisanté, nous aurions peut-être dû. Encore fallait-il le pouvoir. Le silence devenait insoutenable. Notre silence. Car autour de nous ce n'était plus le silence du tout. Le lit grinçait contre notre mur, cognait. Je sentais son envie de cette étrangère monter. J'étais certaine qu'il aurait préféré être de l'autre côté du mur plutôt que de celui-ci. Avec elle plutôt qu'avec moi. Une nuit utile, une nuit dont il se souviendrait. Je regardais les draps. J'étais sûre qu'il bandait. J'ai pensé aller faire couler un bain mais j'ai eu peur que cette idée insolite ne souligne encore plus les bruits, les gémissements, alors que je ne voulais qu'une seule chose, les cacher. Je me suis dit qu'il allait en profiter pour se branler. Comme sur un porno sans images. Quelle femme extraordinaire son imaginaire allait-il créer ? Une brune ? Une blonde sans doute. Oui une blonde, lui aussi il préfère les blondes. C'est son goût. Comme on préfère le salé au sucré. Comme on ne peut pas forcer sa langue à sentir différemment, ces goûts-là sont indépendants de notre volonté, c'est physique. Alors pourquoi il m'avait choisie moi ? Une brune. Une erreur de parcours. Quelle femme son imaginaire allait-il créer ? Une mince ? Une ronde ? Une avec des gros seins. Ou une avec des petits seins, mais des tétons en pointe, nerveux. Mais peut-être même pas une femme imaginaire. Plutôt une femme en chair et en os. Tout simplement. Une femme croisée dans la journée. Récemment. La dernière en date pour laquelle son désir s'était mû. J'ai pensé à la fille de la réception et soudain, ça s'est installé dans ma tête, leurs atroces figures s'enchevêtraient.

Quand Vittorio a éteint la lumière, je ne pensais qu'à une chose, quitter la chambre. Je priais pour que cela s'arrête. L'obscurité rendait les sons plus clairs. On entendait comme des mots entre les gémissements, mais pas audibles. Impression que le mur s'amenuisait. Je me disais qu'il allait disparaître et qu'on allait retrouver nos deux lits collés. Le lit de la baise et le lit de l'ennui. Elle geignait tant, elle geignait si bien. Je me suis dit que cette femme faisait sûrement mieux l'amour que moi et je me suis mise à penser au nombre de filles qui faisaient mieux l'amour que moi et je me suis sentie coupable. Par rapport à lui. Moi aussi je ne voulais plus lui offrir que ça, des nuits dont il se souviendrait, sans ça à quoi servent les nuits ? Mais je ne le pouvais pas. Je ne le pouvais plus. Le poids de l'habitude. Nos peaux se touchaient. Cette peau calme. Je ne voulais pas de ce contact immobile. Mais je ne voulais rien d'autre non plus. Je ne supportais pas nos corps morts, inertes, je n'aurais pas supporté nos corps excités. L'initiative est venue de lui. La rage est entrée en moi en même temps que lui. À qui faisait-il l'amour ? Qui avait-il dans ses yeux fermés ? Peut-être que s'il m'avait regardée, je me serais calmée, j'avais l'impression d'être là mais de ne plus exister, j'avais la certitude que ce n'était pas avec moi qu'il faisait l'amour mais avec elle, l'étrangère derrière le mur, j'avais l'impression qu'il ajustait le rythme de ses coups aux soupirs qu'on entendait, pas aux miens, comme si, à travers moi, il tentait de percer le mur pour pénétrer dans le corps de l'Autre, j'étais l'adjuvant d'une étreinte qui n'existait pas, qui n'existerait jamais, un média, un ustensile, pour lui permettre de prendre son plaisir par moi mais pas avec moi, une étreinte fantasmée et donc plus merveilleuse que la réalité. Plus merveilleuse que moi. Car moi j'étais sa réalité. Et moi j'ai toujours voulu être ses fantasmes. Pas sa *réalité*, je hais ce mot. *La réalité*. Mes gémissements n'étaient pas à la hauteur de ceux que j'entendais, ils étaient moins vrais, moins voraces, moins expressifs, moins tout. Pendant que je sentais sa bite naviguer en moi, je me suis souvenue que durant notre dîner il avait eu un mouvement de recul quand j'avais pris une bouchée dans son assiette. Avant, il m'en proposait toujours. Je crois que la jalousie m'a défoncée cette nuit-là parce qu'il n'avait pas aimé que je prenne dans son assiette. C'est là que j'ai pris conscience de l'avant. Parce que nous étions dans l'après. C'est là que j'ai su que je l'avais lassé. Sans même qu'il sache pourquoi, il était las. Le temps était passé par nous, sur nous. Quand l'amour commence, un sablier quelque part se retourne et on se dirige inlassablement vers la fin. Avant, nous aussi on aurait fait l'amour et on ne les aurait peut-être pas entendus. Ou on en aurait peut-être ri. Le sablier de l'amour s'était retourné. J'ai voulu quitter cet hôtel dès le lendemain matin.

— Pourquoi tu veux changer d'hôtel ? Il est très bien celui-là.

— Je ne veux pas changer d'hôtel.

— Qu'est-ce que tu veux alors ?

— Rentrer chez nous.

Ça commence par une tétanie. La gorge se serre. La poitrine à l'intérieur s'étreint. Et le rythme du cœur s'accélère. Dans ces moments-là, le cœur n'est jamais sur le côté, il est au milieu. Si cela n'avait pas été cette première fois, il y aurait eu une autre fois. Vittorio devait me mener à la jalousie, c'était constitutif de notre histoire. J'ai senti qu'elle venait de me prendre en son pouvoir, de m'assujettir à sa folie. Je ne respirais plus. Je crois que depuis je n'ai jamais retrouvé ma respiration d'avant. Mon cœur s'est branché ailleurs. Sur un mauvais rythme. Sur un mauvais tempo. Sauf peut-être quand je danse. Là seulement ma respiration peut respirer.

Faites qu'ils arrêtent, faites qu'ils arrêtent. Oh non, pas plus fort. Taisez-vous.
— Tu dors ?
Il dormait. Les autres continuaient de baiser, nous, nous avions déjà fini. Je me suis dit qu'il ne dormait pas, il voulait que je le laisse tranquille, les écouter en paix, je me suis dit que je ne l'avais pas rassasié, il aurait bien recommencé. Mais à côté. De l'autre côté du mur. La jalousie ne s'est pas évaporée dans son éjaculation. Non, elle s'est installée. Définitive. Désormais réflexive. La jalousie ne choisit pas celui ou celle qu'elle va animer, c'est plus torve, plus collectif, plus génocidaire. La jalousie ne veut pas détruire une seule personne, elle veut détruire un couple. Et tout ce qui va avec. Et la jalousie nocturne est devenue diurne. Il n'avait pas voulu prendre le petit déjeuner dans la chambre.

— Allons plutôt le prendre en bas.

— Pourquoi ?

— Comme ça.

— Mais pourquoi ? D'habitude on le prend toujours dans notre chambre.

— Le café arrive toujours froid, au moins, en bas, on aura du café chaud.

De la chaudasse. Voilà ce qu'il voulait. Il voulait la voir. La fille d'à côté. Se l'ancrer dans les yeux, ce bon coup, dans son réservoir à fantasmes, il voulait voir la tête qu'elle avait, le corps qu'elle avait.

— On se met là.

— Mais on est en plein milieu.

— On est plus près du buffet comme ça.

Tu veux pas la rater, c'est ça ? J'avais l'impression qu'il regardait toutes les femmes qui s'animaient autour du buffet. Laquelle était-ce ? L'étrangère avec qui il avait passé la nuit. Il y en avait une. Plus belle que les autres. J'ai décidé que c'était elle. Mon regard passait de l'un à l'autre, élaborant un couple plus réel que celui qu'il formait avec moi. J'avais envie de le frapper.

— Qu'est-ce que tu regardes comme ça ?

— S'ils ont remis du saumon.

Menteur. Obsédé. Tu la regardes. T'irais bien te la faire, hein ?, la prendre tout de suite sur le buffet, pendant qu'elle t'enfoncerait une tranche de saumon dans la bouche, tu lui fourrerais ta bite dans le cul. Mais vas-y ! Puisque tu ne penses qu'à ça, vas-y !

— Tu vas en reprendre combien de fois ?

— Mais qu'est-ce qui te prend ce matin ? J'ai plus le droit de manger ?

— T'aurais dû me dire qu'on était venus là que pour bouffer.

— OK OK on y va, on va aller prendre l'air ça va te calmer. Je remonte à la chambre, je vais chercher un pull, tu peux m'attendre ici si tu veux.

— Pourquoi ?

— Pourquoi quoi ?

— Pourquoi tu veux que je t'attende ici ?

— Je sais pas... pour pas t'obliger à remonter.

— Bien sûr...

— Quoi, « bien sûr » ?

— Je monte. Moi aussi je veux prendre un pull.

— Tu veux que je te le descende ?

— Tu veux vraiment pas que je monte ou quoi ?

— Mais non, pas du tout... monte si tu veux, mais arrête de m'agresser.

Si tu crois que j'ai pas compris ton manège. Tu veux la croiser. La mater tranquille. Ils sont sortis au moment où on rentrait dans notre chambre. Le couple. Bien sûr qu'ils n'avaient pas pris de petit déjeuner, eux, ils avaient baisé.

— T'as vu comment tu la regardais ?

— Qui ?

— La fille qui sortait.

— Mais je la regardais pas.

— T'aimerais bien être dans sa chambre, hein ? Tu préférerais être avec elle.

— Mais qu'est-ce que tu racontes ?

— Fais pas l'innocent.

C'est la première fois que je l'ai giflé. Ma main est partie toute seule. Une chaleur folle a inondé mon corps. La haine. Après l'avoir insulté, lui avoir hurlé dessus. Dorénavant la porte était ouverte.

Parfois elle me laissait un peu sereine mais c'était pour mieux me reprendre après, me terrasser. Destructrice. Définitivement destructrice. J'ai su que j'allais perdre Vittorio. Une autre allait prendre ma place. Lui apporter cette nouveauté que je ne pourrais plus jamais lui apporter. Comme l'eau qui s'étend, implacable, la jalousie s'est étendue partout, a investi le moindre interstice de ma vie, de mon raisonnement, de mes émotions. De mon identité.

Peurs multiples, peurs permanentes.

Une femme qui marche de dos, de face, une femme assise, une serveuse, une vendeuse, une infirmière, une pharmacienne, une blonde, une brune, une jeune, une plus vieille, une femme à talons, une femme sans talons, une femme à une soirée, scène primitive où un soir j'étais assise sur ses genoux, son meilleur ami lui envoie une tape sur le genou à l'arrivée d'une beauté dans la pièce, sauf qu'il se trompe de genou et que le genou alerté c'est le mien, humiliation, de combien de codes bénéficient-ils ainsi entre hommes pour s'avertir d'un bon coup en puissance ? une femme aux cheveux longs, garçonne, yeux bleus, marron, jaunes, noirs, une femme dans un train, une hôtesse de l'air, une pucelle, la vendeuse quand il va m'acheter des fleurs à qui il préférerait finalement offrir le bouquet, n'importe laquelle, une femme à la télévision, une femme au cinéma, scène primitive où, la tête contre son torse, j'ai senti son cœur battre plus vite à l'arrivée d'une actrice à l'écran, je ne peux plus voir un film avec lui, je ne peux plus assister à une pièce de théâtre, j'imagine ses fantasmes sur les actrices, je ne supporte pas de voir ses yeux se poser sur ces femmes et les suivre, les envisager, les dévisager, les déshabiller dans sa tête, même une femme dans un livre, la manière dont il l'imagine, à qui ressemble-t-elle ? de quelle fille de chair et d'os s'inspire-t-il ? même une femme morte, une femme aux taches de rousseur, la fille de la voisine, n'importe laquelle, toutes offrant un parfum nouveau, un charme nouveau, une langue nouvelle, une autre culture, une Suédoise, une Italienne, une Asiatique, la promesse de conversations nouvelles, une fille dans la voiture au feu, une fille qu'il croise chaque matin à la boulangerie, la fille qui apporte une pièce pour réparer le frigo.

Un autre sexe à pénétrer, tout simplement, pour changer.

Ces femmes sont comme des louves, je ne peux plus les compter. Comme les louves, elles mettent leurs pattes les unes dans les empreintes des autres.

Je voudrais avoir les pouvoirs d'une belle apparition en étant la femme de sa vie de tous les jours, de sa routine. Me métamorphoser au rythme de celles qui le charment. Avoir ce pouvoir de la métamorphose. Devenir elle quand il est attiré par elle, l'autre quand il est attiré par l'autre. Ne pas lui infliger moi toujours moi. Me transformer au rythme de ses désirs. Les lui apporter toutes, en restant l'Unique. La vie nous inflige notre unicité, notre individu comme un tout réduit et limité à porter, à supporter toujours. Le même sourire. Le même éclat de rire. Les mêmes yeux qui se posent. Les mêmes mains dans les mêmes cheveux. Les mêmes épaules qui se haussent. Les mêmes jambes qui se croisent. Les mêmes bras qui s'étirent. Les mêmes bâillements. La même voix. Le même dos. Les mêmes dents. La même peau. Les mêmes seins. Combien de fois nous lassons-nous nous-mêmes pour ne pas lasser les autres ? Comment pourrait-il ne pas me trouver récurrente ? On ne peut plus mettre le feu quand on est toujours là.

Je suis comme une vigie. Absorbée par un désastre à venir. Une vigie qui sait que la tempête va se déchaîner, inéluctable. J'ai des alertes plein la tête. Le danger règne en permanence.

Je ne profite d'un dîner au restaurant que lorsqu'il est assis face au mur. Le moindre pas dans la rue est un supplice, je guette tous ses regards, je me méfie de toutes parts, d'où va surgir mon ennemie. Je fige les images dans ma tête. Je les scanne. Je cherche le détail, la preuve que Vittorio est attiré par une autre. Une lueur dans ses yeux. Je la connais cette lueur, ce dixième de flottement dans ses yeux, l'ancrage du désir. Mais quelles pensées naissent alors ? Je suis sûr qu'il s'en sert quand il me fait l'amour, pour s'ennuyer moins. Je voudrais tellement voir dans sa tête quand il me fait l'amour, l'inventer cette machine à voir dans la tête de l'autre quand il vous fait l'amour. Plus possible de dissimuler. Plus possible de simuler. On en aurait des surprises. Même une promenade seule n'a plus rien de serein, je suis ses yeux, et je cherche, je cherche tout autour les femmes qui auraient pu le flatter, je n'ai plus aucun détachement, plus aucune pensée élégiaque. Traquer celle qui pourrait le charmer. Même la vue d'une enfant me désespère. Sa joliesse. Sa beauté enfantine prometteuse. Sera-ce elle qui un jour, dans dix ans, dans quinze ans, me prendra Vittorio ? Qui lui apportera le neuf là où nous ne ferons plus que nous répéter. Lorsqu'en pleine nuit je m'éveille, je trouve immédiatement la pensée de lui dans mon cerveau. Et dans ses soupirs de la nuit, j'entends ses fantasmes. Et j'imagine toutes ces créatures le hanter. Ce n'est pas leur beauté qui me torture, c'est de savoir que moi je n'y suis jamais. On ne va pas se taper dans ses rêves ce qu'on se tape dans sa vie.

Je me demande laquelle a commencé à l'éloigner de moi. Laquelle il a regardée un jour après n'avoir eu d'yeux que pour moi. Son éloignement n'a pas été brutal. Le désamour est progressif. Avant de n'aimer plus, on aime moins. Et encore moins et plus du tout. Mais cela, on ne s'en rend pas compte. Le désamour. Une relation devenue tiède, quotidienne, pragmatique, usuelle, utilitaire et habituelle, même pas raisonnée car on n'y pense même plus. Il y a ceux qui peuvent vivre sans amour fou, moi, je ne peux pas. Je ne peux pas vivre sans amour fou. Je vais mourir du désamour de cet homme. Un jour, au début de notre histoire, il m'avait dit qu'il ne regardait plus les autres femmes. Il n'aurait jamais dû me dire ça. L'impensable plaisir pris à entendre ces quelques mots ne vaut pas le désespoir que j'ai eu à surprendre un jour ses yeux sur une autre. Un sourire l'aura d'abord éloigné de moi. Des yeux. Un regard. Une queue de cheval. Un mot. Un sourire. Une poitrine. Tout cela éclaté dans le panorama des femmes de la Terre. Sans même que lui le remarque vraiment.

J'ai voulu éluder l'inévitable. Je n'utilise plus le même dentifrice, plus le même savon, plus le même shampoing que lui, ces habitudes du quotidien partagé qui annulent le PH des peaux, tendent à les rendre pareilles. Comme un parfum qu'on ne sent plus quand l'autre le porte. Je me suis teint les cheveux, petit à petit, semaine après semaine, pour l'acquérir moi aussi ce blond érectile, mais c'est trop tard maintenant, il n'a plus d'effet sur lui, puisque c'est moi qui le porte, si la fidélité tenait à une couleur de cheveux, ça se saurait. Je n'ai plus de subterfuges. Les grands bruits seuls n'annoncent pas les désastres, les petits bruits aussi, et même le silence. Le malheur n'a pas d'antichambre, le malheur souvent s'abat.

Vittorio s'est éloigné de moi. Il me dit que non mais je le sais. Je le sens. Il me ment. Il a une odeur qui me dégoûte dans le pli du menton. Le pli sous la lèvre. Il a beau se laver, il est un endroit qu'on ne peut pas laver. C'est le pli du menton. Et là, je la sens. Je peux vous dire son parfum, pas son parfum mais son odeur de femelle. L'odeur de cette femme ne le quitte pas. J'ai voulu tout circonscrire, tout contrôler, tout éviter, tout réduire. Nos rencontres. Nos sorties. Nos voyages. Mais je n'ai pas pu empêcher son métier. Je suis sûre que c'est là qu'il l'a trouvée. Je suis sûre que c'est une de ses patientes. Les schémas se répètent. Retrouver une nouvelle, comme moi il m'a trouvée. Au même endroit. Dans les mêmes circonstances. Je l'ai prise à une autre femme, il n'y a pas de raison qu'une autre femme ne me le prenne pas. Ça devait arriver. Comment pourrait-il en être autrement ? Enfermés toute la journée en tête à tête. C'est la loi du huis clos. De la proximité physique récurrente. C'est pernicieux, la latence sexuelle est là, c'est un fait, une réalité avec laquelle les deux personnes en présence jouent. Minauderies puantes… je sais très bien à quoi ils jouent là-dedans. Et ces éclats de rire qui me parviennent, elles ne sont pas toutes là parce qu'elles ont des problèmes. Avant, entre chaque patient, il passait la tête dans notre chambre et venait m'embrasser. Me dire quelques mots. Maintenant sa trajectoire est figée entre son cabinet et la porte d'entrée. Ses rails ne bifurquent plus vers moi. J'étudie ses pas. Comment il ramène une patiente. Ses pas rapides, je me dis qu'il est pressé de retrouver la prochaine patiente. Ses pas lents, je me dis qu'il se trouve bien avec celle-ci. Ça fait des mois que je lime le fil du téléphone dans son bureau pour qu'il ne puisse pas passer d'appels que je ne pourrais pas écouter. Si je pouvais, j'installerais une caméra dans son cabinet. Tout voir. Tout savoir. Je guette ses inflexions de voix, ses lapsus. Voir dans sa tête, je ne pense plus qu'à ça, voir dans sa tête. Tout veut dire quelque chose. Je suis devenue un détecteur de mensonges qui ne travaille qu'aux mensonges. Il pense à une autre, je le sais, il me lâche la main à la moindre occasion, trouvant mieux à faire que de me la laisser. La vaisselle. Lire le journal. S'essuyer le cul. J'ai l'impression que ma bouche dans laquelle il se noyait pue désormais, j'ai l'impression qu'elle prend cette odeur fatale et aigre des bouches mal embrassées, mal baisées. Une fois par semaine, il part la retrouver, je le sais, il me dit qu'il va au cinéma, au théâtre, ce n'est pas parce que moi je ne veux plus y aller que lui ne doit plus y aller. Prise à mon propre piège. Ma jalousie lui a donné les meilleurs prétextes pour me tromper en paix. Et maintenant il lui arrive de sortir deux soirs par semaine. Et bientôt il voudra tous les soirs. Tous les jours sans moi. Il voudra partir. Peu importe avec qui, je me fiche de qui elle est cette fille, je me fous de sa beauté. Même la beauté subjuguante ne retient pas un homme, seule la nouveauté l'appelle. Car ce qu'on aime vraiment dans la beauté quand on la rencontre c'est la nouveauté. Et même la beauté sans se faner s'étiole et après quelques mois de pratique lasse. Il n'y a aucune parade à la relève amoureuse. Cette fille qu'il voit tous les jeudis, je le sais, ne prouve rien en elle-même. Sinon qu'il ne m'aime plus, ou qu'il m'aime encore mais que je ne lui suffis plus, ce qui revient au même. Peu importe qui elle est, elle aussi dans quelques mois il s'en détournera. Elle aussi finira par le lasser mais ça je m'en moque, pour moi le mal est fait. La main est passée. Et pourtant, comme on s'aimait.

Je suis en manque de « nous ». Happée par des envies de baiser. Avec lui. Je ne pense qu'à ça. Mais qu'à ça avec lui. J'aimerais tant ne penser qu'à ça avec tout le monde. En prendre un. Puis un autre. Avoir l'envie diversifiée, multiple. Alors je comprendrais que lui aussi ait une maîtresse. Qu'il en désire d'autres. Ces premières fois où nous avons fait l'amour, je donnerais tout pour qu'il me reprenne ainsi encore une fois, une dernière fois comme au début. On faisait si bien l'amour avant. Comment peut-on si mal le faire maintenant ? Si peu le faire, si sans intérêt le faire. Quand on fait l'amour, j'ouvre les yeux et regarde dans ses yeux fermés, et seules les images de lui avec une autre me font jouir. Parce qu'un homme baise encore à domicile, même s'il baise avec une autre. Un homme baise où c'est possible. Ça saute aux yeux d'une femme. Quand elle veut bien le voir. Tout est-il donc voué à chanceler ? Avant toutes les femmes s'évanouissaient. Maintenant plus aucune. Où sont les sels ? Où sont les femmes ? Partout mais elles sont devenues si fortes, si puissantes, si belles. Pourquoi pas moi ? Ceux chez qui l'amour ne veut pas mourir meurent d'amour. Je suis en train de pourrir. La peur alourdit les corps. J'ai pris du poids et je n'ai pas grossi. Ce n'est pas de la graisse. Ce n'est pas de l'eau. C'est de la peur. La peur alourdit les corps. Je le remarque quand je danse. Je n'ai plus de légèreté. La peur de le perdre. La jalousie est un influx sur les pensées, mais aussi sur le corps, mes muscles, mes nerfs sont tout entiers tournés vers lui. Remplis de lui. Les tissus de mon corps sont soumis aux ordres de la jalousie. J'étouffe.

Combien de fois j'ai pensé à l'idée de sa mort. Sans instinct criminel, simplement par instinct de survie.

Je me sais en tel danger que je veux l'éliminer. Pour retrouver une certaine tranquillité d'esprit, comme quand on arrête la musique. Pas pour arrêter la musique mais pour recouvrer le calme. Mais même l'idée, le fantasme de sa mort stimulent ma jalousie. Je l'imagine alors tout-puissant, partout s'infiltrant, pouvant toutes les voir, nues sous leur douche, dans leur bain, dans les bras d'un autre, Vittorio le Mort aux mille amantes. Et de moi saturé, repu, dégoûté, il ne viendra même jamais me visiter.

Celle qu'il a connue avant moi. Celle avec laquelle il me trompe. Et celle pour laquelle il me quittera. Je ne peux me réfugier nulle part. Ni dans le passé ni dans le présent ni dans l'avenir. Nul refuge temporel ne peut m'abriter. Je n'ai plus rien. Je voudrais rencontrer mon double pour lui parler, et mon contraire pour me distraire. J'étouffe. La jalousie brûle le cerveau, la cervelle. J'ai chaud dans toute la partie droite de ma tête. L'électricité de mes neurones. Trop d'images, trop d'imaginaires, trop de fantaisies. J'ai des crampes dans l'œil droit. Je voudrais prendre des photos de mon cerveau. Où se situe l'aire de la jalousie, que je me la fasse ablater. Je veux un sécateur, un cutter, un silex, l'enfoncer dans mon cerveau et le couper. Plus de terminaisons nerveuses. Mais on ne peut pas survivre à la jalousie. C'est une mise à mort de l'individu. Une corrida. Un pique, un pique, un autre pique, ces picadores qui s'agitent. Là entre les deux yeux, du rouge, du rouge, du rouge partout. Je suis ce taureau fou, prompt à ne vivre qu'en liberté, mais dans un enclos lâché, dans une arène sous les yeux excités de ceux qui regardent mourir.

— Pourquoi tu serres la main à tes patients quand tu leur dis bonjour et quand tu leur dis au revoir ?
— Pourquoi ?
— Oui. Pourquoi ?
— Je ne sais pas, ça s'est fait comme ça.
— Tout ça pour pouvoir les toucher toutes, avoue, dis-le.

Et toujours je me demande sur laquelle il se branle. Peut-être ne se lave-t-il pas les mains pour se branler avec la dernière qu'il a touchée.

Je fais tout ce que je peux pour me contraindre. Donner le change. J'essaie de tout garder pour moi. Le plus possible. Et souvent nos disputes je les dévie, je me sers de n'importe quelle autre raison, du quotidien, pour déverser ma haine, stimulée en fait par la jalousie. Mais parfois ça éclate. Ça bout, ça explose, c'est terrible. La jalousie n'aime pas la discrétion, la jalousie pousse ses victimes à la fureur et alors, seulement, elle exulte. La jalousie part de la tête et finit dans le corps, les coups. C'est comme un souffle. Qui monte. En une seconde. Un souffle qui irradie mes mains. Qui me traverse et s'installe dans mes paumes. Un souffle froid et alors je voudrais le battre, le battre de toutes mes forces, le tuer. Crier hurler le frapper. Qu'il arrête, qu'il arrête de se foutre de moi qu'il me dise qu'il m'avoue qu'il parle qu'il choisisse. – *Vas-y vas-y puisque tu ne penses qu'à ça, vas-y, tire-toi, tu ne me dois rien, va-t'en, dégage.* Lui briser le sexe, le tordre et le broyer. Si Vittorio voyait dans ma tête, il fuirait, il ne peut pas s'imaginer ce qui traîne ici, il ne peut pas. La jalousie est une maladie mentale, mère de tous les défauts humains, méchanceté, haine, misanthropie, resserrement de l'âme, égoïsme, radinerie. Et le pire, c'est l'horreur de sentir que l'on devient folle. Car je le sens que je deviens folle. Et ça ne sert à rien de devenir folle.

Bien sûr que j'ai essayé de m'en guérir. Tout essayé. Mais on ne se guérit pas de la jalousie, on la dissèque, on l'analyse quand on en a conscience, on tente de la justifier, de l'expliquer, mais on n'en guérit pas. Parce que je les ai tous lus, les livres sur la jalousie, tous ceux que j'ai trouvés dans son bureau, tous les livres, tous les chapitres, toutes les notes de bas de page, tentant de trouver cette aiguille dans une botte de foin qui me permettrait de me sortir ce cancer de l'âme, de me soigner. Dans les livres, les jaloux ont deux alternatives, soit d'être des « infidèles refoulés », soit des « homosexuels refoulés ». *Une refoulée.* Voilà tout ce que je suis. Mais passé ces médiocres explications, les écrits sur la jalousie ne soignent pas, ils constatent. « Aucune solidité des assises narcissiques. » Je le sais quand Vittorio est entré en moi à tout jamais, quand la première fois il m'a embrassée j'ai senti mon corps m'abandonner et se retirer au profit d'un nouveau corps, le sien dans le mien. Cet homme est devenu mon sang. Peut-être à cause de cet enfant qu'on n'a jamais eu. Cet enfant que je n'ai jamais voulu lui faire. Maintenant je le sais. Ce n'est pas la jalousie qui rend malheureux, c'est le malheur qui rend jaloux. L'important, c'est de savoir quel malheur nous a rendus jaloux. Et moi, ce *malheur*, je le connais, cette blessure, je la connais. On a toujours toutes les raisons d'être ce qu'on est. Et moi je sais pour quelles raisons je suis ce que je suis.

C'est pour ça que je n'en veux pas à Vittorio. Je ne peux pas lui demander ce qu'aucun être humain ne peut donner. C'est moi qui en demande trop. Ce n'est pas lui le bourreau. C'est moi le tyran. Mais je ne serai pas sa prison. Je ne deviendrai pas celle qu'il n'en peut plus de ne pas pouvoir quitter. Je le laisserai partir sans combattre, parce que, en amour, combattre, c'est avoir déjà perdu. Alors je veux le courage de partir. Plusieurs fois j'ai déjà fait mes valises. Mais c'est alors une haine furieuse qui me soulève, qui me raidit. Et soudain une déferlante de pensées. Où est-il ? Et je l'imagine heureux, riant dans l'oubli de moi, je n'existe plus dans ses pensées, dans sa vie je ne suis plus là, j'ai disparu, il retrouve ce plaisir de penser à une autre, d'être avec une autre en ne souhaitant plus rien au monde, la satiété par une autre. Alors je défais mes valises, je reste et je pleure. Je rêve de pouvoir partir, et je rêve de pouvoir rester avec lui toute la vie même s'il est avec d'autres femmes. Voir sans être vue. J'ai l'impression que comme cela, enfin, je serais heureuse. Voir sans être vue. La jalousie, « un candaulisme refoulé », je ne savais pas ce que ça voulait dire le *candaulisme*, alors j'ai cherché dans les livres. Et j'ai découvert cette liste.

Abasiophilie – Intérêt érotique répété, intense, incoercible consistant à choisir un(e) partenaire qui ne peut pas se déplacer sans avoir recours à une chaise roulante ou un autre type d'aide pour marcher.

Acomoclitisme – *Attirance sexuelle pour les pubis rasés.*

Allorgasmie – *Excitation sexuelle provoquée par le fantasme sur une autre personne pendant une relation sexuelle.*

Axilisme – *Attirance sexuelle pour les aisselles.*

Baubophilie – *Intérêt érotique incoercible impliquant le désir chez une femme de montrer ses organes génitaux. Selon la mythologie grecque, Baubo aurait retroussé sa jupe pour montrer ses organes génitaux à la déesse Déméter. Ce geste aurait été fait pour distraire Déméter qui souffrait de la disparition de sa fille Perséphone qui avait été enlevée par Hadès le seigneur des morts.*

Candaulisme – *Excitation provoquée par le spectacle d'une relation sexuelle de son partenaire habituel avec une tierce personne (ou plusieurs).*

Choréophilie – *Être excité sexuellement par le fait de danser.*

Dendrophilie – *Attirance sexuelle pour les arbres.*

Émétophilie – *Attirance sexuelle pour le vomi.*

Endytophilie – *Être excité sexuellement par le fait de faire l'amour avec une personne habillée.*

Érotophonophilie – *Intérêt érotique incoercible pour les meurtriers sexuels en série.*

Fornicophilie – *Intérêt érotique incoercible pour les petits animaux (serpents, grenouilles) et des insectes (fourmis) rampants sur les organes génitaux.*

Godivisme – *Pulsion conduisant à s'exhiber à cheval. L'exhibition à bicyclette peut être considérée comme une forme de godivisme.*

Hiérophilie – *Attirance érotique vers les choses sacrées.*

Lactophilie – *Attirance sexuelle pour les femmes allaitantes.*

Maïeusophilie – *Attirance sexuelle pour les femmes enceintes.*

Météorophilie – *Excitation sexuelle provoquée par le fait d'être suspendu.*

Ondinisme – *Érotisme urinaire ; excitation sexuelle associée à la fonction urinaire chez le sujet lui-même ou chez un partenaire du même sexe ou du sexe opposé.*

Pentheraphilie – *Être excité sexuellement par sa belle-mère.*

Podiaphilie – *Fétichisme des tabliers de femme (et par extension des tenues de soubrettes). Très souvent couplé avec une passion immodérée pour les amours ancillaires.*

Pygmalionisme – *Excitation sexuelle envers les statues.*

Scatophilie – *Attirance sexuelle pour les excréments ou pour les actes d'excrétion.*

Sidérodromophilie – *Excitation sexuelle procurée par les trains ; ce fantasme conjugue plusieurs facteurs : l'intimité du compartiment et sa promiscuité obligée, l'exhibitionnisme sans risque du train passant devant les habitations mais aussi les trépidations du train.*

Somnophilie – Intérêt érotique répété, intense, incoercible consistant à rechercher un contact érotique (caresses, caresses orales génitales, sans forcer ou violenter la personne) avec une personne qui sommeille.

Stigmatophilie – Intérêt érotique répété, intense, incoercible consistant à rechercher un partenaire érotique qui porte des tatouages, des scarifications ou dont la peau a été percée afin de recevoir des bijoux en or (anneaux ou des tiges) particulièrement dans la région génitale.

Trichophilie – Excitation sexuelle par les poils, les cheveux.

Zoophilie – Attirance sexuelle pour les animaux, dont l'acte n'est pas systématiquement illégal en fonction des pays.

J'allais oublier.

Pédophilie – Attirance sexuelle pour les enfants.

Le couvercle, c'est Lisandra qui l'a refermé. La boîte à musique, claquée. Soudain. Sur le mouvement de sa bouche qui s'est tue. Sur cette abominable litanie qu'elle connaissait par cœur. Ils ne dansaient plus, tous les deux immobiles au milieu de la salle. Pépé serrait Lisandra dans ses bras, et elle, la tête contre sa poitrine, n'était plus qu'un corps enfermé dans une pensée claustrophobe, un corps sans voix, comme après un exorcisme, un corps vidé. Elle était au-delà du chagrin, et Pépé était suffoqué. Il tenait sa main sur les yeux de Lisandra comme on le fait avec une morte. Il en avait assez entendu. Certes il avait réussi à la faire parler, mais il ne comprenait pas son errance, il aurait fallu qu'il le traverse lui aussi ce labyrinthe jaloux pour avoir la moindre chance d'en saisir les tourments. Impossible de reprendre la parole, tous les mots lui semblaient vains face à la sordide grâce des pensées que Lisandra venait de lui livrer. À peine en son for intérieur émettait-il quelques possibles qui lui revenaient dans un souffle : *Tu te fais des idées. Vittorio n'est peut-être pas coupable ? Peut-être que tu lui infliges ta propre vision du monde, ce sont tes craintes que tu projettes sur lui, tu n'as aucune preuve qu'il te trompe, et quand bien même il te tromperait, il ne te quitte pas, ça veut dire quelque chose, c'est passager, je t'assure, crois-moi, je suis bien placé pour le savoir, et si tant est que vous vous sépariez, alors ce ne sera pas la fin du monde, tu t'en sortiras, tu rencontreras quelqu'un d'autre, tu es jeune, tu es belle, tu es intelligente, ne te réduis pas à cet amour-là, Lisandra, ne te réduis pas à l'amour, il y a tant d'autres belles choses dans la vie.* Mais finalement Pépé n'avait rien dit, car dans toute cette folie, l'extrême lucidité de Lisandra l'avait frappé, et toutes ces tentatives de raisonner, il savait qu'elle se les était déjà servies toute seule, et certainement plus d'une fois. Le silence de Pépé était un signe d'impuissance, en aucun cas de réprobation, c'est pourtant ce que Lisandra y a vu. Une fois déclenchée, la paranoïa ne s'exerce pas seulement sur la vie amoureuse, elle frappe par contagion toutes les strates de la sociabilité.

— Tu me trouves méprisable ?

Comment pouvait-elle penser cela ? Pépé avait serré plus fort Lisandra dans ses bras pour lui montrer que non. On ne serre pas fort dans ses bras ce qu'on trouve méprisable. Et il avait fini par parler, sans vraiment s'en rendre compte, comme un constat qui ne changeait pas la douleur de Lisandra, mais qui, selon lui, la rangeait au rang des douleurs dont on sait qu'elles s'oublient. « Tu es si jeune. » Lisandra s'était arc-boutée, révoltée : sans Vittorio, peu importait son âge, elle ne pourrait plus vivre.

— J'aimerais tant pouvoir t'aider.

— Tu ne peux pas m'aider. Personne ne peut m'aider.

— Tu ne peux pas te laisser détruire comme ça, parle à Vittorio, dis-lui tout, il peut t'aider, c'est son métier, il comprendra.

— On n'entame pas une psychanalyse avec l'homme de sa vie. On ne lui livre pas les tréfonds de son âme dont il fait partie. On ne lui révèle pas cette vision de lui.

— Alors va voir quelqu'un d'autre, un autre psy, ce n'est pas ce qui manque ici.

Lisandra y avait pensé. Mais elle avait eu peur qu'ils se connaissent, qu'ils se rencontrent, ces individus restent avant tout des êtres de séminaires. *Lisandra Puig. Ah mais c'est ta femme ?*, et qu'ils se parlent entre eux, Lisandra ne supporterait pas de devenir un objet de discours, une problématique intellectuelle pour Vittorio. On peut tomber amoureux d'une problématique intellectuelle, c'est même vulgairement fréquent dans leur métier : tomber amoureux d'un cas, mais ça, c'est avant d'avoir couché avec le « cas » en question. Une fois qu'on a couché et recouché avec le « cas », il n'a plus aucun charme, il reste et demeure une déviance comme une autre.

— Alors va voir quelqu'un d'autre, quelqu'un qui n'est pas psy. Un médecin.

Pour qu'il l'assomme d'antidépresseurs, non merci, Lisandra ne voulait pas de ça. Mais elle était quand même allée voir un type un jour. C'était son ami

Miguel qui le lui avait conseillé, il la connaissait bien, Miguel, il était passé chez eux, il avait vu qu'elle allait mal, et il lui avait laissé l'adresse sur la table du salon, silencieux et pudique comme à son habitude. Dans la salle d'attente, la radio jouait le *Concerto pour piano n° 23* de Mozart. Lisandra avait souri. Miguel est un grand musicien, Lisandra a cru que c'était un signe, elle a vraiment cru que ce médecin allait l'aider. Elle lui a dit qu'elle était jalouse. Elle lui a demandé s'il pouvait l'aider. Il lui a répondu que ce n'était pas si simple. Elle a rétorqué qu'elle savait parfaitement que « ce n'était pas si simple », elle voulait juste savoir s'il pouvait l'aider. L'homme a ouvert un énorme livre rouge et tout en promenant son doigt à toute vitesse sur les pages, il a procédé à un interrogatoire en règle : « Supportez-vous les vêtements qui serrent ? les cols roulés ? vous faites-vous des bleus facilement ? préférez-vous le vin rouge ? le vin blanc ? vous réveillez-vous mal le matin ? avez-vous des bouffées de chaleur ? pourquoi vous retournez-vous sans cesse ? le bruit de la lumière vous gêne ? les petits bruits en général vous gênent ? êtes-vous sujette aux acouphènes ? aux angines à répétition ? avez-vous tendance à garder vos chagrins pour vous ? quand vous pleurez, ce sont des spasmes ? ou des sanglots plutôt calmes ? êtes-vous frileuse ? avez-vous des névralgies ? des céphalées ? des contractures musculaires ? des règles douloureuses ? irrégulières ? avec une sensation de crampes ?... » Lisandra répondait à ces questions avec tant de concentration. Tant de soin. Y voyant plus que ce qu'elles signifiaient. Elle aurait voulu que cette litanie ne s'arrête jamais.

Elle aurait pu passer toute sa vie à répondre à ces questions. Elle avait soudain l'impression que cet homme pouvait tout, qu'il allait la sauver. Elle avait l'impression que la réassurance des mathématiques était là. Une équation, une addition, une soustraction, une division, un résultat. *Le résultat.*

— Êtes-vous claustrophobe ?
— Non.
— Êtes-vous sujette au vertige ?
— Non.
— Êtes-vous…
— En fait si. J'ai le vertige. Dans les escaliers. Quand je les descends.
— Et quand vous les montez ?
— Non. Seulement quand je les descends.

L'homme a poursuivi encore quelque temps ses questions et puis il a fermé son livre. Il s'est levé pour ouvrir une petite armoire derrière lui, pleine de nombreux tubes transparents remplis de minuscules billes blanches. Il a pris l'un d'eux et fait glisser l'équivalent d'une petite poignée de granules dans une enveloppe qu'il a tendue à Lisandra. « À prendre demain matin à jeun sous la langue. » Lisandra a passé la soirée et la nuit à être sûre que son salut était dans cette enveloppe. Elle l'a glissée sous son oreiller en se disant que demain la Petite Souris serait passée. C'est en redéroulant toute cette séance dans sa tête, en se refaisant les questions et les réponses du mieux qu'elle pouvait s'en souvenir qu'elle avait dû l'admettre, elle savait bien que tout venait de là.
De ces *escaliers*.

Et elle ne pouvait plus continuer à faire comme si rien ne s'était passé. Si elle voulait vraiment trouver une solution, elle devait commencer par « regarder la vérité en face ». C'est précisément sur ces mots que Lisandra avait retourné son visage vers Pépé, brutalement. Brusquement. Soudain déconnectée de son délire de jalousie.

— Tu veux m'aider Pépé ? Mais bien sûr que tu peux m'aider. Tu es même le seul à pouvoir m'aider. Avec toi, je peux y aller. Je peux le faire si tu m'accompagnes.

Pépé avait hoché la tête sans même savoir à quoi il venait de donner son accord, le visage de Lisandra soudain éclairci l'avait immédiatement acquis à sa cause, sans question subsidiaire. Lisandra s'était alors dégagée de ses bras.

— Tu as raison, Pépé, cessons là, cessons là ces jérémiades. La solution je l'ai. Depuis longtemps. Et c'est maintenant que je dois l'appliquer, maintenant. Je sais ce qui peut tout arranger. Je sais ce qui me reste à faire. Il faut simplement que je trouve le courage de lui faire face.

Pépé avait aimé ce ton soudain si catégorique, dans le positif, mais jamais il ne lui avait dit d'« arrêter ses jérémiades », il ne se serait jamais permis de balayer de la sorte son désarroi. C'est elle toute seule qui s'était approprié ces mots qu'il n'avait pas prononcés, ceux qu'elle avait véritablement envie d'entendre, les seuls qui pouvaient la rendre à l'action, lui faire quitter son monde d'observations contemplatives et destructrices. La jalousie comme extase mystique. Lisandra était sortie des vestiaires maquillée, parfumée, coiffée, sa queue de cheval haute lui libérait le visage, Pépé l'avait retrouvée, enfin. Toujours avec ses lunettes de soleil, mais désormais stable et centrée. Non pas ragaillardie – ce pourquoi il aurait fallu compter avec de la joie qu'elle n'avait pas –, mais forte, oui, il se dégageait maintenant de la force de son corps. Si Pépé n'en avait pas été le dépositaire, il n'aurait jamais pu se douter que l'âme de Lisandra regorgeait de si noires pensées. Ils avaient pris le bus, ils n'avaient presque pas parlé. Pépé ne cessait de se demander de quelle *solution* Lisandra pouvait bien parler. Mais il n'avait plus la témérité d'une question, il était d'une prudence extrême – lâche peut-être –, il ne voulait plus rien engendrer, plus rien déclencher. Il était encore sous le choc de son terrible monologue. Et puis Lisandra était si concentrée, elle ne cessait de se mordre les lèvres en laissant échapper de profonds soupirs, elle avait le regard fixe. Pépé se sentait gêné, il se demandait si elle était en train de repenser à tout ce qu'elle lui avait confessé, il avait envie de lui dire qu'il ne lui en reparlerait jamais, à moins qu'elle ne le désire. Soudain, Lisandra tourna son visage vers lui. Elle voulait faire un détour par le quartier de San Telmo.

— J'ai un cadeau à acheter.

Pépé l'avait regardée entrer dans ce magasin sans comprendre ce qu'elle pouvait aller y chercher. Quel achat compulsif s'était-elle mis en tête ? Il regardait la pancarte grincer dans le vent.

Une boutique de jouets, drôle d'endroit pour réconforter une âme jalouse. Lisandra n'était pas restée très longtemps. Un petit moment quand même, suffisamment pour que Pépé s'inquiète un peu et qu'il hésite à la rejoindre. Mais Lisandra lui avait fait promettre de ne pas entrer dans le magasin, de l'attendre là. Pépé regardait cette petite boutique verte, mignonne comme souvent les boutiques de quartier. Lisandra était enfin sortie. Elle se dirigeait vers Pépé, les yeux dans le vague, les deux mains derrière le dos.

— Quelle main ?
— Je ne sais pas... la droite.

Lisandra avait ouvert sa main droite et lui avait tendu un petit chat de porcelaine et puis elle avait ouvert sa main gauche qui en contenait un autre semblable.

— J'en ai pris deux pareils, un pour toi, un pour moi... *parce qu'un chat de porcelaine ne miaule pas sur l'amour* *. La vérité dort parfois dans les chansons.

———————
* Paroles du tango *A media luz* (Edgardo Donato/Carlos Lenzi. 1924).

Lisandra avait remercié Pépé d'avoir été si gentil avec elle. De l'avoir écoutée. Ça lui avait fait du bien de parler. Lisandra avait pris Pépé dans ses bras et l'avait embrassé, elle s'était dégagée très vite, elle n'avait visiblement pas envie de faire durer ce moment.

— J'y vais.
— Je ne t'accompagne plus ?
— Non merci, ça va aller, Pépé. Maintenant je peux rentrer. Maintenant je n'ai plus peur.
— Peur de quoi ?
— Peur de rien.

Lisandra avait haussé les épaules, elle était un peu pâle encore, mais ce n'était plus de fatigue, de lassitude, c'était de l'excitation, Pépé en aurait mis sa main à couper : de l'excitation. Mais surtout, ce dont Pépé se souvenait très bien, c'est qu'à cet instant précis il avait eu l'intuition que quelque chose de définitif était en cours – et il ne disait pas ça au regard de ce qui s'est passé, non, il avait vraiment ressenti un frisson, comme une sorte de malaise. Mais peut-être son corps réagissait-il simplement au bruit de la pancarte qui grinçait dans le vent : « Lucas Juegos », un bruit comme en regorgent les films d'épouvante. « Lucas ». Il n'y avait pourtant rien d'effrayant dans ce prénom. Lisandra lui avait fait un dernier signe de la main. Pépé n'avait même pas eu la présence d'esprit de le lui rendre. Il avait regardé ses cheveux blonds s'éloigner, ils étaient beaux les cheveux de Lisandra, mais Pépé savait maintenant pourquoi ils ne semblaient pas aller avec son teint. C'est bien connu, les élèves donnent souvent des leçons à leurs maîtres. Ce soir-là, quand il était rentré chez lui, Pépé avait demandé à sa femme si elle était jalouse, si elle n'avait jamais été jalouse, sa femme ne s'était pas retournée, mais il savait qu'elle avait entendu sa question : ses gestes s'étaient suspendus quelques secondes avant de reprendre leur tâche, elle ne s'était pas retournée, mais il savait qu'elle pleurait : ses épaules, l'une après l'autre, se relevaient pour venir essuyer le bas de ses joues où les larmes devaient couler. « Si tu me poses la question, c'est que je n'ai plus à l'être. » Ce soir-là, Pépé avait donné à sa femme un long baiser, trop long pour un baiser qui n'aurait pas demandé pardon. En éteignant la lumière, il avait pensé à Lisandra en espérant qu'elle allait bien, qu'elle aussi était en train de se réconcilier avec son mari, qu'elle lui avait enfin « fait face », comme elle l'avait envisagé. Son mari allait l'aider : c'était son métier. On peut dire qu'il était loin de la vérité. Pépé se sentait tellement coupable, il ne pouvait pas s'empêcher de penser que s'il avait laissé Lisandra faire sa ronde, de la porte de sa chambre à la chaise de son bureau, de la chaise de son bureau à la porte de sa chambre, une ronde finalement inoffensive, rien ne lui serait arrivé. Il avait agi par péché d'orgueil. S'il n'avait pas été la chercher chez elle ce jour-là, l'extirper de ce cocon certes malheureux mais finalement chloroformant, s'il ne l'avait pas acculée à livrer son drame devant témoin, alors rien ne serait arrivé. La libération par la parole, est-ce vraiment positif ? Pépé ne le croit pas. La parole libérée est parfois plus dangereuse que la parole retenue. Il se sentait tellement coupable. Mais c'est normal, c'est toujours troublant de voir une personne vivante le jour de sa mort, culpabilisant. On se dit qu'on aurait pu, qu'on aurait dû empêcher les choses d'arriver.

— Parce que c'était le jour de sa mort ce que vous venez de me raconter ?

— Oui. L'après-midi.

— Vous êtes donc la dernière personne à l'avoir vue en vie. Avant son mari.

— Je ne sais pas… peut-être.

— Et vous croyez que Vittorio l'a tuée ?

— Je n'en sais rien… Tout tend à le prouver. Un crime passionnel peut-être.

— Je ne vous demande pas si « tout tend à le prouver », je vous demande si vous, vous pensez qu'il l'a tuée.

— Comment voulez-vous que je le sache ? Je ne le connais pas. Tout ce que je sais de lui, c'est ce que Lisandra a bien voulu m'en dire. Je l'ai simplement vu plusieurs fois l'attendre sur le trottoir, quand il venait la chercher, j'ai le souvenir de lui l'enlaçant et de leurs silhouettes s'éloignant dans la rue, mais cela remonte déjà à quelques années, c'était au début de leur relation.

— Et bien sûr vous l'avez dit à la police, qu'il ne venait plus la chercher après ses cours, que c'en était fini de ce doux temps de l'harmonie.

— La police ? Quelle police ? Personne n'est venu m'interroger. Vous êtes la seule à être venue me voir pour me parler de la mort de Lisandra.

Eva Maria enfourne ses mains dans les poches de son manteau. Elle est certaine d'avoir déjà vu Pépé quelque part. Mais où ? Cette impression de déjà-vu l'agace. Eva Maria regarde autour d'elle dans le bus, il est doué, le vieil homme qui lit sur les corps, mais d'autres ont comme elle les mains dans les poches, et tous n'ont sûrement pas perdu un enfant. Eva Maria est satisfaite, son attitude ne veut rien dire, Pépé n'aurait rien pu en déduire, sinon qu'elle a froid. Ce qui est vrai. « Crime passionnel. » Alors lui aussi estime que Vittorio a pu tuer Lisandra. Pépé ne savait pas si Lisandra disait vrai, si Vittorio avait vraiment une maîtresse, le seul mode opératoire de la jalousie étant les soupçons, on ne peut jamais savoir si les dires d'une jalouse sont vérités ou élucubrations. Mais Pépé savait aussi que Lisandra pouvait avoir vu juste, il savait que Vittorio pouvait tout à fait avoir une maîtresse. Eva Maria est certaine que non, si Vittorio avait une maîtresse, la police l'aurait découvert. Pépé lui avait répondu que la police ne découvre pas toujours tout. C'est vrai. Mais si Vittorio avait une maîtresse, il le lui aurait dit, à elle. Pépé lui avait répondu que ce n'était pas la chose la plus facile à avouer. Eva Maria descend du bus. Il est doué, le vieil homme qui lit sur les corps, mais une chose lui a échappé. Eva Maria sourirait presque. Mesquine. Pépé est à mille lieues d'imaginer que Lisandra ait pu tromper Vittorio.

Une femme qui a un amant ne joue pas les chiens de garde à la porte de son mari qui travaille. Une femme qui a un amant profite de ce que son mari travaille pour aller retrouver son amant.

Il est fort, le vieil homme qui lit sur les corps, mais faillible. Lisandra trompait Vittorio, en tout cas, elle l'a trompé, au moins une fois, au moins quatre fois. Eva Maria en reste convaincue. Francisco n'a pas menti, cette passade à l'hôtel, tout ce qu'il lui a raconté ne s'invente pas, Lisandra « infidèle », c'est un fait, même si Pépé pense le contraire. Eva Maria ne l'avait pas détrompé. Elle ne lui avait pas dit pour Francisco, surtout pas, inutile de lui infliger une nouvelle image de Lisandra qu'il pensait si bien connaître, autant lui laisser celle qu'il voulait garder. Eva Maria est pensive. Une question ne cesse de la tarauder. Pourquoi Lisandra, visiblement si amoureuse de Vittorio, le trompait-elle ? Ce comportement ne correspond pas à une âme jalouse. Eva Maria secoue la tête. Après tout, elle n'y connaît rien à la jalousie, ce sentiment lui est totalement étranger. Peut-être ces deux états de jalousie et d'infidélité ne sont-ils finalement pas incompatibles. Lisandra avait peut-être voulu essayer avec d'autres hommes pour tenter d'oublier Vittorio, pour amoindrir son emprise sur elle, pour regagner un peu d'autonomie, d'indépendance, si vitale, et dont elle semblait tant manquer. Ou alors pour vérifier si cela réglait son problème, comme les livres semblaient le suggérer. « Une infidèle refoulée. » Et la chorégraphie, c'était ce qu'elle aimait faire avec Vittorio. Et le parfum, c'était pour se rappeler Vittorio, pour se donner le change, du cœur à l'ouvrage. Eva Maria pense aux vautours noirs qui peuplent les cratères des volcans, fidèles comme peu d'hommes. Une seule compagne, la même, toute leur vie durant. Eva Maria se dit que Lisandra aurait dû naître vautour noir. Eva Maria ralentit le pas. Elle regarde sa maison, à quelques dizaines de mètres de là, elle pense soudain à son mari et elle se demande si elle a jamais aimé. Aime-t-on quand on n'est pas jaloux ?

Une femme qui a un amant ne joue pas les chiens de garde à la porte de son mari qui travaille. Une femme qui a un amant profite de ce que son mari travaille pour aller retrouver son amant.

Il est doué, le vieil homme qui lit sur les corps, et s'il n'était pas faillible ? Simplement ingénieux et habile. Machiavélique. Et si Pépé le connaissait parfaitement, le goût de Lisandra pour les amants ? Et s'il était bien placé pour le savoir.

Un mois sans la voir, c'est vous dire si j'étais inquiet. Alors je suis passé chez elle, je ne fais jamais ça d'habitude, passer chez mes élèves absents, mais là, ça a été plus fort que moi, sûrement parce que c'était Lisandra. Je l'aimais beaucoup.

Et s'il l'aimait tout court. Tout simplement.

Lisandra était solitaire. En tout cas c'est ce que je croyais.

Et si un jour elle s'était plantée devant lui, comme devant Francisco, pour l'inviter à coucher avec elle. Comment aurait-il pu résister ?

Elle était gracieuse. Gracieuse. Comme dix femmes réunies. Elle avait peut-être le corps le plus harmonieux que j'aie jamais vu.

Et puis elle était jeune, si jeune. Et si Pépé avait été l'amant de Lisandra ? Son corps longiligne en avait encore les forces, plus qu'il n'en fallait. Et si cette Mariana, dont Pépé lui avait d'ailleurs parlé totalement hors de propos, n'était autre que Lisandra, une Lisandra masquée. C'était possible aussi. Et si cette folle aventure datait d'hier ? Et si de Pépé comme de Francisco Lisandra s'était lassée ? Et si elle avait rompu ? Cette « main sur la poignée », si ce n'était pas la volonté de vivre un amour au grand jour mais, au contraire, d'en finir avec cet amour, une rupture de lassitude. Et si Pépé avait fait une entorse au contrat, comme Francisco ? Cela expliquerait pourquoi Lisandra ne venait plus aux cours depuis un mois. Et si le reste, tout le reste, n'avait été que des mots pour endormir ses soupçons. Les lamentations jalouses de Lisandra ? Les siennes, les propres démons de Pépé, sa propre folie mise dans la bouche de Lisandra. Et la réconciliation avec sa femme, une histoire à l'eau de rose, pour mieux la berner. Eva Maria enlève son manteau. Elle accroche son sac au portemanteau. Ses gestes sont précipités. Elle pousse la porte des toilettes. Et si elle s'était laissée abuser par cet homme ? Ce n'est pas parce qu'il était pertinent, jusqu'à la divination, que c'était une bonne personne. Au contraire, cette extrême acuité sur les êtres le rendait terriblement redoutable. Il pouvait contrôler, ensorceler, biaiser. Et s'il l'avait manipulée pendant tout le temps qu'avait duré leur conversation. Il ne s'était pas étonné une seule seconde qu'elle débarque pour lui poser des questions sur Lisandra, se prêtant à l'exercice avec une compréhension, un zèle étonnants, comme les pyromanes aident les pompiers à éteindre le feu qu'ils ont eux-mêmes allumé. Et cette impression de déjà-vu ? Son sixième sens ? Son sixième sens qui chercherait à attirer son attention sur Pépé : *Attention ma grande, c'est par là que ça se passe, sois attentive, ne le laisse pas passer comme ça celui-là.* Et si c'était lui l'amant qu'Eva Maria cherche depuis des jours ? Et si ce soir-là, Pépé était passé chez Lisandra pour tenter de la récupérer, tentative de la dernière chance, désespérée. Il avait frappé à la porte de chez elle. Lisandra avait ouvert, un verre de vin blanc à la main. *Qu'est-ce que tu fais là ?* Pépé ne lui avait pas laissé le temps de réagir, il s'était engouffré par la porte ouverte. Lisandra était seule. Pépé s'était dirigé vers le salon d'où lui parvenait un air de tango, il y avait vu un bon présage : peut-être que si elle écoutait un tango, c'était qu'elle pensait à lui. Et il s'était lancé, de toute sa naïveté. *Lisandra, je ne veux pas vivre sans toi. J'ai tout dit à ma femme. Que je t'aime. Que je veux vivre avec toi. Lisandra. Regarde-moi. Ne me dis pas que tu ne m'aimes pas. Pas après ce que nous avons vécu. Ne me retire pas toi. Tu es ma raison de vivre. Il n'y a que quand tu es près de moi que je n'entends pas les secondes claquer. Reviens-moi Lisandra.* Et si Lisandra l'avait congédié ? Aussi froidement qu'elle avait mis un terme à sa relation avec Francisco. *Mais je ne veux pas que tu quittes ta femme. Je ne t'ai jamais demandé ça. Ne fais pas l'étonné. Ne fais pas comme si nous avions écrit une grande histoire d'amour. Ne laisse pas ton imagination te jouer des tours. On baisait, c'est tout. Et tu le sais très bien, histoire de se désennuyer, d'aller au bout du principe qui sous-tend toute attirance entre un homme et une femme trop souvent mis en présence l'un de l'autre. Pour lever le trouble. Ça s'est fait comme ça. Un débordement. Un contexte favorable. Mais Pépé, un contexte favorable, une opportunité, ce n'est pas ça qui fait la vie. À ton âge quand même... ce n'est pas moi qui vais te l'apprendre. — Arrête de me parler de mon âge. — C'est pourtant le fond du problème. Tu veux que je te dise, tu te trompes de chagrin. Ce n'est pas moi que tu veux garder, tu veux garder un faux-fuyant, pas un amour, ce que tu veux c'est continuer de ne pas penser à la mort. C'est vrai que j'ai été attirée par toi, mais c'est fini. Je suis déso-lée. Je ne force jamais mon attirance, de même que je ne la contrains jamais. J'ai baisé avec toi comme je baise avec les autres, et ce n'était pas plus important avec toi qu'avec les autres.* Et plus Lisandra parlait, plus Pépé montait le son du radiocassette, pour ne plus l'entendre. Elle avait crié : *Arrête, arrête ça tout de suite !* Son regard s'était posé sur un des petits chats de porcelaine de sa collection, sur une étagère de la bibliothèque – peut-être un cadeau de Pépé –, elle s'en était saisi et l'avait jeté au sol. Déclenchant ainsi l'irréversible. Et si Pépé était le meurtrier de Lisandra ? Son corps en avait encore les forces, plus qu'il n'en fallait. Un vieux volcan est parfois plus dangereux qu'un jeune volcan. Poursuivre un autre corps. L'attraper. Le secouer. Le pousser par la fenêtre. « Un crime passionnel ». Et si c'était le sien ? « C'est pas tous les jours que des plans cul de cette qualité frappent à la porte. » Francisco a raison, les fous peuvent rendre fou, mais la jeunesse aussi. Francisco était trop jeune pour le savoir, mais la jeunesse peut rendre la vieillesse folle. Surtout quand le corps s'en mêle. Surtout quand elle lui prête son cul. La peau est trop lisse, les cuisses trop fermes et les seins trop hautains pour que jamais vieillesse accepte de les laisser partir sans que son orgueil en soit mutilé. Et tout orgueil mutilé peut devenir criminel. Eva Maria tire la chasse d'eau. Le champ des possibles ne se restreindra-t-il jamais ? Tout n'est que suppositions, supputations. Pas de preuves tangibles. Pas de preuves matérielles. Les dires des uns. Les dires des autres. Eva Maria en a plein la tête des mots. Et mal au cœur. Eva Maria n'arrive plus à penser. Mais cette impression de déjà-vu, alors ? Était-ce la voix de Pépé qui lui avait rappelé quelqu'un ? Pépé, un patient de Vittorio ? Aurait-il voulu par ce subterfuge tenter encore une fois de croiser Lisandra, ou pire, vouloir tout dire à Vittorio, qu'il aimait sa femme, qu'il en était fou, plus fou que de toutes les autres femmes qu'il avait jamais aimées car il savait que ce serait la dernière ? Y avait-il dans les cassettes la voix de Pépé ? Les confidences de Pépé ? Un homme faisait-il à Vittorio le récit de sa passion avec une femme mariée, espérant ainsi lui mettre la puce à l'oreille, ayant programmé de lui révéler dans une ultime séance que cette femme mariée n'était autre que la sienne. Eva Maria ne se le rappelle pas.

Eva Maria décroche le téléphone. Après tout c'était le dernier endroit où Lisandra s'était rendue, c'était peut-être important, elle ne devait rien laisser au hasard.

— Bonjour madame, pouvez-vous me donner le numéro de téléphone d'un magasin de jouets à San Telmo : Lucas Juegos.
— Ne quittez pas, je cherche : 361 7516.
— Merci, bonne journée.

Eva Maria raccroche. Eva Maria décroche. La sonnerie retentit longtemps. Enfin, une voix d'homme lui répond.

— Lucas j'écoute !
— Bonjour. Excusez-moi de vous déranger. Je vous appelle car il y a maintenant quelque temps, déjà quelques semaines, une jeune femme est passée à votre boutique. Elle a acheté deux petits chats de porcelaine. Et je voulais savoir, pardon je sais que c'est un peu bizarre comme appel, mais je voulais savoir si vous aviez remarqué quelque chose d'étrange

dans son comportement, je ne sais pas, si elle vous avait dit quelque chose de particulier.

— …

— Mais peut-être que vous n'étiez pas là ?

— … Si, si, il n'y a que moi à la boutique… Deux petits chats de porcelaine vous dites ?

— Oui.

— Non, vraiment, je ne vois pas, désolé, mais je ne peux pas me souvenir de tous mes clients.

— Bien sûr, bien sûr, c'est moi qui suis désolée, excusez-moi de vous avoir dérangé.

Encore une fausse piste. Simplement une idée de Lisandra pour remercier Pépé de l'avoir écoutée, lui faire un petit cadeau. Eva Maria étouffe un cri. C'est ça ! Mais oui bien sûr, c'est là, c'est là qu'elle avait vu Pépé.

Eva Maria entre dans sa chambre comme une furie. Elle ouvre le tiroir de son bureau. Elle le reconnaît tout de suite. Pépé. Là. Sur la photo sous ses yeux. Le vieil homme de l'enterrement, bien sûr, voilà où elle l'avait déjà vu. Eva Maria attrape ses lunettes. Elle passe d'une photo à l'autre. C'est bien lui, écrasé par le chagrin, il faisait beaucoup plus vieux que l'homme qu'elle venait de quitter mais c'était bien lui. Eva Maria se souvient. Lui et sa femme étaient restés longtemps près du cercueil, elle les avait pris pour les parents de Vittorio. Ce n'est pas comme ça qu'on vient pleurer une maîtresse disparue. La main de sa femme serrée dans sa main. La vieille femme avait l'air aussi bouleversée que Pépé. Avoir voulu glisser une maîtresse dans ce beau couple lui semble maintenant parjure. Eva Maria regrette de l'avoir commis. Elle s'était trompée. Pépé n'avait jamais été l'amant de Lisandra. On ne s'improvise pas comme cela oracle des corps. Eva Maria se demande si la vieille femme lit aussi sur les corps, si c'est « de couple », comme on dit « de famille ». Eva Maria la regarde de plus près. Elle prend sa loupe. Le visage aussi lisse que les cheveux blancs. Les yeux francs. La même sagesse. Mais soudain c'est un autre visage qui attire le regard d'Eva Maria. Elle rapproche encore davantage la loupe de la photo. Mais que faisait-elle là ? Derrière. Cette belle jeune femme trop paisible. Eva Maria passe d'une photo à l'autre. Fébrile. Elle la retrouve là. Et encore là. Le visage trop impassible pour qui assiste à un enterrement, qui semblait presque détachée. Quelque chose dans son physique, dans son attitude, intrigue Eva Maria. Ce n'est pas qu'elle soit belle, non, ce n'est pas ça. C'est qu'elle se soit *faite belle*. Cette jeune femme s'était apprêtée. Les yeux plus maquillés que mouillés, les lèvres plus colorées que désemparées, elle s'était faite belle, comme on se rend à un rendez-vous galant, pas à un enterrement. Sa tenue relevait de la coquetterie plus que de la retenue traditionnellement de mise, seul le noir de son manteau était de circonstance, mais en d'autres circonstances ce noir aurait été sexy. Eva Maria passe d'une photo à l'autre. Le regard de cette fille est certes voilé, mais d'un étrange voile. Du voile de l'absence, quand on espère quelqu'un qui n'est pas là, mais pas du voile de la mort, quand on se désespère de quelqu'un qui ne viendra plus. Et sur cette photo, les yeux rivés sur la voiture de police, à qui lançait-elle ces regards lourds de ce qu'Eva Maria croit être du désir ? Pensait-elle que Vittorio était dans cette voiture ? derrière ces vitres teintées. Cette femme trop belle inquiète Eva Maria. Elle avait tout de l'attitude d'une maîtresse qui veut faire un signe à son amant, *je suis là, je suis toujours là*. Bien sûr qu'elle allait être là. Elle ne pouvait pas aller voir

Vittorio au parloir sans risquer de les trahir, un homme dont il est avéré qu'il a une maîtresse est encore plus susceptible d'avoir tué sa femme. Bien sûr qu'elle allait être là, cette poupée maquillée espérait voir Vittorio à l'enterrement, de loin, échanger un regard qui les nourrirait pendant des jours, des semaines, un sourire, leurs mains serrées, avait-elle préparé quelques mots, une phrase érotique, une lettre, une photo d'elle nue, quelque chose, une idée d'amante ? Cette femme trop belle l'inquiète. Eva Maria ne l'avait jamais remarquée sur les photos. Pour la remarquer, il aurait fallu qu'elle soupçonne une seconde que Vittorio puisse avoir une maîtresse. Eva Maria est obligée d'envisager, enfin, ce qu'elle aurait dû imaginer d'emblée : et si Vittorio avait vraiment une maîtresse ? Et si Lisandra avait vu juste ? Eva Maria n'arrive plus à penser. Parce qu'elle sait ce qui lui reste à penser. Eva Maria se lève. Elle se dirige vers sa salle de bain. Elle ouvre tous les placards. Elle les referme avec violence. Elle ouvre la commode où elle range ses sous-vêtements. Elle fouille entre ses soutiens-gorge, les jette par terre, elle ouvre le tiroir du dessous, elle fouille, elle envoie un coup de pied dans le tiroir ouvert. Le tiroir se fend. Eva Maria sort de sa chambre. Comme une furie.

— Estéban ! Estéban !

Eva Maria entre dans le salon. Estéban est avachi sur le canapé. Son bandonéon entre ses pieds. Eva Maria se plante devant lui.

— Je t'ai interdit de fouiller dans ma chambre, où sont-elles ?
— De quoi tu parles ?...
— Arrête ça tout de suite, où sont mes bouteilles ? Réponds. Je ne supporte pas quand tu me mens.

Estéban se passe la main dans les cheveux, sur le côté d'abord, puis derrière.

— Ah oui... tu veux dire « où sont mes bouteilles à moi » ? Comme c'est moi toujours qui te retrouve ivre morte... on peut dire que ce sont un peu les miennes aussi... eh figure-toi... je les ai bues... pour voir maman... pour voir ce qui te réconforte plus que moi...

Estéban se lève et titube. Eva Maria le gifle. Estéban porte sa main à sa joue.

— … ma mère vient de me toucher… pour la première fois depuis toutes ces années… cette gifle est à ma joue une caresse… tiens…

Estéban sort un billet de sa poche. Il le jette au visage d'Eva Maria.

— … va t'acheter à boire… c'est vrai que ça fait du bien… tu vas pouvoir fêter mon bon débarras… je m'en vais… tu es contente ?… ça fait cinq ans que tu me fais comprendre que je n'ai plus de mère… alors ce soir, je te le dis, c'est toi qui n'as plus de fils… je ne rentrerai plus… je te le dis… solennellement…

Estéban se redresse.

— … parce que si je te le dis pas… tu t'en apercevras pas… j'ai beau rentrer de plus en plus tard chaque nuit… pas une fois je ne t'ai retrouvée à te ronger les sangs sur ce canapé… comme toutes les mères de la terre le feraient… tu m'entends, maman ? je sais que tu me vois plus mais tu passes ton temps à écouter mon magnétophone… ça veut dire que tu entends, non ?… tu trouves inhumains ceux qui ont tué Stella mais regarde-toi… tu as réussi à nous tuer, aussi sûrement que ceux qui ont tué Stella.

Eva Maria gifle Estéban de nouveau. À toute volée. Sur les deux joues. Estéban redresse la tête.

— Je parle de ma sœur si j'ai envie de parler de ma sœur… tu regrettes que ce soit pas moi qui sois mort… à la place de Stella… tu aurais préféré que je meure à la place de Stella… c'est bien ce que tu as dit à ton psy ? eh bien pardon, maman… pardon d'être en vie, mais je me tire… voilà… le chagrin… l'égoïsme du chagrin… c'est à la portée de tout le monde, maman, je vais faire comme toi… je vais pleurer ma sœur, en essayant d'oublier qu'il me reste une mère…

Estéban attrape son bandonéon. Il sort de la pièce en titubant. Quelques fausses notes s'échappent de l'instrument. Eva Maria ne bouge pas. Elle entend la porte claquer. Elle regarde le billet entre ses mains. Eva Maria ne bouge plus.

Eva Maria se penche vers son sac. Ses mains tremblent. Elle sort la photo. Le petit matin lui a fait perdre son aplomb de la nuit. Et de se retrouver en face de lui aussi. Eva Maria pose la photo sur la table entre eux. Elle murmure : « Qui est cette femme, Vittorio ? » Eva Maria avait pourtant tout préparé. En pensées.

Je sais que cette femme est votre maîtresse, Vittorio. Et c'est pour cela que vous vous êtes disputés avec votre femme ce soir-là. Parce que vous aviez une maî-tresse. Pour la énième fois, votre femme vous avait demandé de rester avec elle, de ne pas partir encore ce soir, elle avait passé une nouvelle robe pour tenter de mettre toutes les chances de son côté, mais vous ne l'avez pas remarquée, pour l'avoir toute la journée sous le nez, votre femme, pour la posséder déjà, vous ne la voyiez plus, trop plein de l'idée d'une autre, vous n'avez pas cédé, agacé, trop pressé de partir, comme tous les maris qui pensent que le mieux ne peut plus advenir entre les quatre murs de chez eux. Voilà pour-quoi ni l'ouvreuse, ni la guichetière ne se souviennent de vous avoir vu ce soir-là, pour la simple et bonne raison que vous n'étiez pas au cinéma. Parce que vous étiez avec une autre femme, quelque part, chez elle, ou à l'hôtel. Et quand vous avez eu fini, parce qu'une maîtresse digne de ce nom se quitte dans la nuit, vous êtes revenu chez vous, et alors vous dites que « la porte de l'appartement n'était pas fermée, qu'un affreux courant d'air vous a saisi à la gorge, la musique vous parvenait forte du salon, le désordre y régnait comme s'il y avait eu une bagarre, vous avez tout de suite su qu'il s'était passé quelque chose, vous avez fermé la fenêtre et vous avez cherché Lisandra partout, vous avez couru dans la cuisine, dans la chambre, dans la salle de bain, et ce n'est qu'à ce moment-là que vous avez eu peur de comprendre, vous avez enjambé le vase à terre fracassé, l'eau du vase répandue, vous avez entendu un cri strident dans la rue, et vous avez rouvert la fenêtre du salon, le corps de Lisandra gisait en bas. » Tout ça je le crois, Vittorio, je veux vous croire, mais, avouez que cette femme est votre maîtresse, dites-moi la vérité, je dois pouvoir vous faire confiance pour continuer à vous aider, rassurez-vous, je ne tirerai pas de conclusions hâtives, je ne vous jugerai pas.

Mais le petit matin lui a fait perdre son aplomb de la nuit. Eva Maria murmure.

— Qui est cette femme, Vittorio ?
— Je ne la connais pas.
— Vous ne la connaissez pas ?
— Non, mais qu'est-ce que c'est que cette photo ?

Eva Maria se penche vers son sac. Ses mains tremblent. Elle range la photo. Et ses espoirs. De franchise. De sincérité. Eva Maria sait que Vittorio ment. Si Pépé avait été là, il le lui aurait confirmé, le vieil homme qui lit sur les corps lui aurait prouvé, et la démonstration aurait été implacable : un sourcil levé, un mouvement de tête, une tension dans les mâchoires, Vittorio se serait trahi. Eva Maria range la photo dans son sac. Elle pense à Estéban, il n'est pas rentré de la nuit, il n'est pas revenu. Eva Maria n'a plus de courage. Elle était prête à céder, c'est venu de là, d'un corps soudain trop lourd à porter. La bascule de son corps pour se rasseoir face à Vittorio l'anéantit. Eva Maria se met à pleurer. Vittorio se rapproche d'elle.

— Mais qu'est-ce qui se passe ? Où avez-vous trouvé cette photo ?
— Je l'ai prise à l'enterrement de Lisandra.
— Pourquoi pleurez-vous ? Calmez-vous.

Eva Maria ne se calme pas. Elle regarde Vittorio, et derrière lui, le beige sale des murs du parloir. Elle articule.

— Cet immense paon dans votre bureau, ce grand tableau, c'est un cadeau de Lisandra, n'est-ce pas ?
— Comment le savez-vous ?

Alors elle a raison. Au moins quelque part. Eva Maria se reprend. Elle va commencer par là.

— Vous ne connaissez pas la légende ?
— Quelle légende ?
— La légende d'Argos ?
— Non.

Eva Maria se raffermit.

— Héra, la femme de Zeus, le faisait surveiller par Argos, l'espion aux cent yeux, il fallait bien ça vu la richesse de sa vie sentimentale. Argos avait cent yeux répartis sur toute la tête : cinquante qui dormaient et cinquante qui veillaient en permanence, de sorte qu'il était impossible de tromper sa vigilance. Zeus, amoureux de la prêtresse Io, déclenche la jalousie d'Héra. Pour rassurer sa femme, Zeus transforme alors Io en génisse blanche, mais leur relation continue secrètement. Héra décide alors de la confier à Argos pour l'éloigner de Zeus, mais Zeus envoie Hermès tuer Argos, et délivrer Io. Malgré son échec, Héra récompense la fidélité du géant mort en transférant ses yeux sur les plumes du paon, son animal favori. Alors vous voyez, ce tableau dans votre bureau, c'était tout un symbole pour Lisandra. Et je suis sûre que cela vient de là, en quelque sorte, ce paon vous surveillait. Vous saviez comme votre femme était jalouse ?

Vittorio est à mille lieues d'avoir jamais pensé à une telle interprétation. Il met du temps à répondre.

— Lisandra était jalouse, en effet... mais comme souvent les femmes.
— Non justement, pas « comme souvent les femmes », votre femme était maladivement jalouse, vous l'ignoriez ? Mais je comprends, quand on ne regarde plus quelqu'un, ce n'est pas pour s'encombrer de ses états d'âme.

Eva Maria n'a plus ni tact, ni délicatesse, elle décide de jouer franc jeu. Eva Maria révèle à Vittorio que

Lisandra le trompait. Vittorio n'en croit pas un mot : il l'aurait su. Eva Maria le cite. « Le principe même d'un amant c'est que le mari n'en connaisse pas l'existence. » Vittorio s'obstine : Lisandra n'était pas ce genre de femmes. Eva Maria lui répond que cette classification ne signifie pas grand-chose. Vittorio affirme que Lisandra l'aimait. Eva Maria rétorque. « Les deux sont-ils incompatibles ? C'est justement parce qu'elle vous aimait qu'elle vous trompait. » Et Eva Maria de lui décrire les scènes d'amour, les mots sans équivoque que Francisco lui avait rapportés. Sans davantage de pudeur.

— Cela ne fait-il aucun écho en vous ? Ou reconnaissez-vous votre femme là-dedans ? Lisandra était dans un tel état de souffrance qu'elle n'avait plus qu'une idée. Retrouver dans les bras d'un autre le meilleur que vous lui avez donné. Mais que vous ne lui donniez plus. Ce à quoi vous ne réagissiez plus, elle l'offrait à un autre. Et elle en est morte. J'ai deux hypothèses sur ce qui a pu se passer le soir du meurtre.

Vittorio se redresse. Eva Maria poursuit.

— Votre femme a reçu son amant chez vous, était-ce la première fois ou en avait-elle l'habitude ? ça je n'en sais rien. Elle avait mis une nouvelle robe, des talons hauts, pour essayer son pouvoir sur vous, elle sait qu'elle ne vous retiendra pas, elle sait où vous en êtes, elle n'est dupe de rien, ni de votre désamour ni de votre liaison avec une autre, et elle sait que la plus nouvelle des robes ne rivalisera pas avec une nouvelle femme, bien ou mal habillée, mais au moins espère-t-elle que votre œil s'attarde, et pourtant prête pour un autre, elle ne peut s'empêcher de vous reprocher de ne pas remarquer sa nouvelle robe, car cet Autre n'est rien d'autre qu'un vous accessible, disponible, un autre, mais vous quand même. D'où la scène. D'où votre dispute. D'où la déposition de votre voisine. Ce qui ne vous empêche pas de partir. Alors elle va chercher deux verres et une bouteille de vin blanc en pensant comme c'est vulgaire une femme qui se sert du vin. Et puis elle allume la radio et elle attend. On sonne. Elle demande à deux reprises qui est-là, car elle est craintive, on lui répond correctement, elle ouvre la porte. Et l'amant attend les quelques secondes requises par le scénario pendant qu'elle retourne dans le salon où elle relève sa robe pour lui accorder la première image qu'elle accorde toujours. Son rituel. Mais pour se défaire, lui et son pantalon, l'amant pose sur la table un bouquet de fleurs, disons... un bouquet de roses rouges... et Lisandra les voit du coin de l'œil, elle se relève, très droite et elle rabaisse sa nouvelle robe, elle tente de se contrôler, elle tente de détourner la colère par le mouvement, alors elle prend le vase et va le remplir d'eau et elle revient dans le salon, mais cela n'a pas suffi, la vue de ce bouquet de roses rouges demeure insupportable, alors elle ouvre la fenêtre, elle tente de détourner la colère par l'air et elle se penche pour prendre une large bouffée de frais, mais cela ne suffit pas, alors elle se retourne, prend le bouquet de roses rouges et les jette au visage de son amant. *Sors. Pour qui tu te prends ? Je hais les roses.* La vérité, ce n'est pas qu'elle hait les roses, la vérité c'est que vous, Vittorio, vous lui auriez offert des lys, ses fleurs préférées, c'est bien ce que vous m'avez dit ? L'amant éconduit ramasse alors le bouquet et repart avec ses fleurs sous le bras, laissant orpheline l'eau qui les attend dans le vase, « orpheline », oui ! car on ne peut pas se contenter de noter que l'eau du vase ruisselle sur le sol sans se demander où sont les fleurs. Comment expliquer que nulle part dans la scène de crime on n'a retrouvé la présence de ces fleurs, et à moins que votre femme ait eu l'étrange manie de remplir d'eau tous les vases de la maison, avec ou sans fleurs, la seule explication, c'est que son amant soit reparti avec le bouquet sous son bras. Mais non sans avoir pris le temps de pousser Lisandra par la fenêtre auprès de laquelle elle se tenait peut-être toujours, peut-être pour chasser les effluves de roses ; si Lisandra ne s'était pas penchée quelques secondes auparavant pour prendre une gorgée d'air, peut-être qu'il n'y aurait jamais pensé, mais là demeure le mystère d'un geste de l'autre qui pousse un individu au meurtre. Mais bien sûr Lisandra ne s'est pas laissé faire, alors les fauteuils sont tombés, la lampe aussi, le petit chat de porcelaine s'est brisé, et le vase rempli d'eau bien sûr, mais l'amant éconduit a gagné. Jetée par la fenêtre celle qui n'aime pas les roses. Celle qui n'aime que les lys. Celle qui n'aime que vous. Jetée aux oubliettes celle qui vient de le rendre fou. L'amant-meurtrier s'est ensuite empressé de quitter les lieux. Et ensuite vous êtes rentré. Voilà.

Eva Maria s'arrête de parler. Elle pense qu'il est plus aisé d'avouer avoir une maîtresse quand on sait que sa femme a un amant. Alors elle tente de nouveau.

— Qui est cette femme sur la photo, Vittorio ?

— Mais je ne la connais pas. Qu'est-ce que vous cherchez à me faire dire à la fin ? que c'est ma maîtresse ? Vous débloquez complètement.

— D'accord. Je débloque complètement, excusez-moi. Alors c'est ma seconde hypothèse qui doit être la bonne.

— C'est-à-dire ?

— Vous ne devinez pas ?

— Non.

— En rentrant du cinéma, vous avez surpris votre femme avec son amant. Et ces fleurs, c'est vous qui les avez jetées. Et votre femme, c'est vous qui l'avez poussée.

Vittorio secoue la tête.

— Je crois qu'il vaut mieux que vous partiez.

— C'est aussi ce que je pense.

Eva Maria se lève. Elle aurait aimé que Vittorio lui dise : « Restez, oui cette femme est ma maîtresse, c'est vrai, mais je n'ai pas tué Lisandra et j'ai encore besoin de vous, il faut que vous continuiez de m'aider à chercher le véritable assassin. » Mais Vittorio ne dit rien. Vittorio ne tente pas de la retenir. Vittorio laisse Eva Maria partir. Pas tout à fait encore. Une dernière question.

— Cet amant. Qui c'était ?

Eva Maria se retourne vers Vittorio.

— Celui qui était avec elle le soir du meurtre, je ne sais pas, il semblerait qu'elle en avait plusieurs.

— Non, celui qui vous a raconté tout ce qu'ils faisaient ensemble.

— Vous ne le connaissez pas.

Vittorio secoue la tête.

— Vous oubliez mon métier. Dire que je ne
« connais pas » cet homme prouve, au contraire, que
je le *connais*. Si je ne le connaissais pas, vous m'auriez
tout simplement donné son nom, alors dites-moi.
Qui est-ce ?

Eva Maria réfléchit. Si Francisco avait décidé de le
raconter à police, elle pouvait le dire à Vittorio.

— Francisco.
— Francisco… du « Pichuco » ?
— Oui.

Vittorio ne bouge pas. Eva Maria fait quelques pas
en direction de la porte. Elle se retourne. La main
sur la poignée.

— Mais j'y pense. Et vous ? Quand vous dites que
vous ne « connaissez pas » cette femme sur la photo,
qu'est-ce que je dois en déduire ? Que vous la
connaissez ?

Eva Maria n'attend pas la réponse. Eva Maria sort
du parloir.

Eva Maria est épuisée. Elle est sur le point de s'endormir. Elle entend le son du bandonéon dans la chambre d'Estéban, Estéban fait partie de ces âmes trop courageuses pour partir, Estéban est revenu. Eva Maria est soulagée. Pour la première fois depuis toutes ces années, elle prépare le dîner. Pour la première fois depuis toutes ces années, elle frappe à la porte de la chambre d'Estéban. Estéban n'entend pas tout de suite. Ou plutôt il n'en croit pas ses oreilles. Eva Maria n'ouvre pas la porte. Elle parle à travers la porte. Les regards ne sont pas prêts. Les gestes peut-être. Mais pas les regards. À peine les mots.

— J'ai préparé des sandwichs si tu en veux ils sont dans la cuisine.

Silence. Eva Maria a trois peurs. Qu'Estéban ne lui réponde pas. Qu'Estéban lui dise non. Qu'Estéban ouvre la porte. Les regards ne sont pas prêts. Ni tous les mots nécessaires. Soulagée. Eva Maria entend la voix d'Estéban. Toujours à la même distance.

— D'accord.

Eva Maria se rapproche une nouvelle fois de la porte.

— À demain.
— À demain.

Eva Maria est sur le point de s'endormir. Elle renonce à lever le voile. Elle arrête tout. Vittorio va devoir se débrouiller sans elle. Elle va devoir se débrouiller sans lui, Estéban est là, c'est tout ce qui compte. Eva Maria est épuisée. Elle voudrait une nuit de deux semaines, comme sur la Lune. Enfant, elle pensait que c'étaient des cratères, les creux sur la Lune, mais il n'y a pas de volcan sur la Lune. Eva Maria pense au « mont Olympe » sur Mars, volcan haut de vingt-trois kilomètres. Pour la première fois depuis la disparition de Stella, elle pense à une hauteur sans penser à une chute, elle pense à une distance : vingt-trois kilomètres, elle cherche de où à où ça pourrait faire. Eva Maria est sur le point de s'endormir. Elle voudrait une nuit de deux semaines, sans rêves ni cauchemars. Il lui semble qu'on sonne à la porte. Ou c'est une note du bandonéon. Elle ne sait pas. Tout ce qu'elle sait c'est qu'Estéban est revenu. Eva Maria sourit.

— Maman ?

Estéban ouvre la porte de la chambre d'Eva Maria.

— Il y a deux hommes qui veulent te voir.

Eva Maria se dégage des draps.

— Deux hommes qui veulent me voir ?

Eva Maria repasse les vêtements qu'elle vient à peine d'enlever. Dans le salon, deux hommes l'attendent. Debout.

— Eva Maria Darienzo ?
— Oui.
— Bonsoir madame. Commissaire Pérez. Lieutenant Sanchez.

Les deux hommes rangent leurs cartes de police. Eva Maria s'avance dans le salon. Le lieutenant Sanchez sort de la pièce. Estéban se poste près d'Eva Maria. Le commissaire Pérez cherche dans sa poche.

— Désolés de vous déranger si tard.

Le commissaire Pérez tend un papier à Eva Maria.

— Nous allons procéder à une perquisition.

Le lieutenant Sanchez revient dans le salon. Il tient le sac d'Eva Maria sous son bras. Au bout de ses doigts, trois clés accrochées à un porte-clés, lui-même en forme de clé.

— Ces clés ne correspondent pas à la serrure de votre porte.

Eva Maria regarde ces quatre clés, dont une imposture.

— Elles ne sont pas à moi.

Le commissaire Pérez reprend.

— À qui sont-elles alors ?
— À un ami.
— Cet ami ne s'appellerait pas Vittorio Puig par hasard ?
— Si.
— Comment se fait-il que ses clés soient en votre possession ?
— On me les a remises.
— On vous les a remises ?
— Oui. Un jeune garçon qui était là le soir du meurtre.
— Le soir du meurtre ? Intéressant.
— Ce n'est pas ce que vous croyez, Vittorio a perdu ses clés près du corps de Lisandra, elles ont dû tomber de sa poche, le jeune garçon était dans la rue, il les a retrouvées et il était venu les lui rendre.
— « Lisandra », il semblerait que vous connaissiez bien la victime.

— Non, pas du tout. C'est simplement à force de…

— À force de quoi ?

— À force de penser à ce meurtre. Elle m'est devenue familière.

— Je vois, mais comment se fait-il que ces clés se retrouvent maintenant en votre possession ?

— J'avais appris ce qui était arrivé dans le journal, le meurtre, l'arrestation de Vittorio, je suis allée sur les lieux, voir, vérifier, je ne pouvais pas le croire, j'étais très choquée, vous savez Vittorio a été mon psychanalyste pendant cinq ans.

— Nous savons.

— J'ai sonné chez Vittorio et c'est là que j'ai rencontré le jeune garçon qui venait lui rendre ses clés, je lui ai dit que je connaissais Vittorio et que je pourrais les lui remettre.

— Je croyais que vous aviez remarqué que le jeune garçon tournait de manière un peu suspecte sur la place, à l'endroit où on a retrouvé le corps de la victime, qu'il était ensuite monté jusque chez le docteur Puig, que vous l'aviez suivi et que c'est là – en vous faisant passer pour une voisine – que vous lui aviez suggéré de vous les donner.

— C'est ça. Mais qui vous a raconté tout ça ?

— C'est notre travail, madame Darienzo.

Eva Maria pense à la voisine de Vittorio. Le lieutenant Sanchez pose les clés sur la table. Il sort du salon. Le commissaire Pérez poursuit.

— Si « c'est ça », madame Darienzo, pourquoi venez-vous de nous donner une autre version des faits ?

— Pour aller plus vite, parce que cela revient au même, le jeune garçon m'a donné les clés, voilà, c'est tout.

— N'essayez pas d'« aller plus vite », madame Darienzo, prenez tout votre temps pour nous dire toute la vérité, dans ses plus infimes détails. Pourriez-vous nous décrire ce jeune garçon ? À quoi ressemblait-il ?

— Je ne sais plus, quinze ans, seize ans. Les cheveux courts, châtains, les yeux… je ne sais pas… il faisait trop sombre dans cette cage d'escalier…

Le commissaire Pérez se tourne vers Estéban. Il se retourne vers Eva Maria.

— Un peu dans le genre de votre fils ?

Estéban s'interpose entre le commissaire Perez et Eva Maria.

— À quoi riment toutes ces questions ? Tais-toi, maman, laisse-les faire leur perquisition, mais ne réponds plus à leurs questions.

Le commissaire Pérez fait quelques pas dans le salon.

— Ah ! la jeunesse fougueuse ! Ne soyez pas aussi emporté, jeune homme, nous retrouvons chez votre mère les clés de l'appartement d'une femme qui a été tuée, il est normal que nous cherchions à savoir pourquoi.

Estéban se passe la main dans les cheveux, sur le côté d'abord, puis derrière. Le commissaire Pérez se tourne vers Eva Maria.

— Et c'est pour lui rendre ses clés que vous êtes allée voir le docteur Puig au parloir.

— Oui. Pour l'aider.

— Comme il vous aidait pendant vos séances.

— Sûrement.

— Mais pour l'aider à quoi, madame Darienzo ?

— À retrouver le meurtrier de Lisandra.

— Donc vous ne pensez pas que ce soit lui le véritable meurtrier.

Eva Maria hésite. À peine. L'ombre d'une seconde.

— Non.

— Je comprends. Il paraît que vous êtes également en possession de photos de l'enterrement de la victime. Pouvons-nous les voir ?

Eva Maria quitte la pièce. Elle remonte le couloir. Ouvre la porte de sa chambre. Le lieutenant Sanchez est là. Tous les livres de sa bibliothèque sont par terre. Ses gouaches napolitaines décrochées du mur. Elle ouvre le tiroir de son bureau. Récupère les photos. Elle retourne dans le salon. Elle tend les photos au commissaire Pérez. Il les range dans une grande pochette transparente.

— Comment avez-vous eu ces photos ?

— Je les ai prises le jour de l'enterrement. Au cas où. Pour les montrer à Vittorio. Je m'étais dit que le meurtrier pourrait venir.

— On va vous engager, vous !

Le commissaire Pérez sort un paquet de photos de la poche de son imperméable. Il les tend à Eva Maria.

Eva Maria passe d'une photo à l'autre. Elle se voit. Dans l'église. Au milieu de l'assemblée. Derrière l'arbre, photographiée elle-même en train de prendre des photos. Le commissaire Pérez tend la main pour récupérer les photos. Il sourit.

— Les grands esprits se rencontrent. Mais ces photos, madame Darienzo, revenons-y une seconde, comment se fait-il que vous ne les ayez jamais montrées au docteur Puig ?

Eva Maria se souvient. Elle les avait dans son sac lors de ce parloir, mais Vittorio l'avait prise de court en lui demandant de lui relire la séance de Felipe, leur conversation avait dégénéré, ils s'étaient disputés, et dans sa colère elle en avait oublié les photos.

— Disputés ? Avec le docteur Puig ? Mais vous vous entendez si bien... À quel propos ?

Eva Maria ne répond pas. Le commissaire Perez reprend.

— Il semblerait, madame Darienzo, que vous traversez une période bien difficile depuis la mort de votre fille. D'abord vous vous êtes séparée de votre mari et surtout... il semblerait que vous rencontriez, comment dire... quelques problèmes avec l'alcool. Qui vous ont d'ailleurs valu un blâme dans le cadre de vos fonctions.

Estéban se retourne vers Eva Maria.

— Qu'est-ce qu'il raconte ?

Eva Maria baisse la tête. Estéban blêmit.

— Mais pourquoi tu ne me l'as pas dit ?

— Madame Darienzo, vous savez que le docteur Puig pensait mettre un terme à vos séances.

Eva Maria se redresse.

— Comment ça ? Il n'en a jamais été question.

— Il pensait vous orienter vers un psychiatre spécialisé dans ce type de… comment dire… d'addictions, il ne se sentait plus compétent pour vous aider, et puis, surtout, cela devenait trop compliqué.

— Trop compliqué ? Comment ça ?

— Il dit que vous aviez fait un transfert sur lui.

— Un transfert ? Quel transfert ?

— Un transfert amoureux.

— Mais c'est faux, qu'est-ce que c'est que cette histoire ? Vittorio n'aurait jamais pu vous dire une chose pareille, vous mentez, vous prêchez le faux.

— Ne vous énervez pas comme cela, madame Darienzo.

— Mais vous vous rendez compte de ce que vous dites ?

— Vous n'étiez pas un peu amoureuse de Vittorio Puig ? Il paraît que ça arrive souvent de tomber amoureuse de son psy.

— Non. Je jure que non. Je le jure sur la tête de mon fils.

— Au vu des rapports que vous entretenez avec votre fils, cela n'a malheureusement pas beaucoup de valeur.

— Je vous interdis, mon fils est ce qui me reste de plus cher.

— Être « ce qui vous reste de plus cher » ne signifie pas pour autant qu'il vous est cher.

— Je vous interdis.

— Vous avez eu une séance avec le docteur Puig le jour du meurtre, vous auriez pu lui voler ses clés.

— Jamais.

— Et entrer comme cela tranquillement chez lui le soir. Vous étiez jalouse de Lisandra Puig ?

— Pas du tout, je ne la connaissais même pas.

— Il n'est pas nécessaire de connaître quelqu'un pour en être jaloux. Madame Darienzo, vous seriez, semble-t-il, persuadée que votre fille est morte torturée par des services de l'armée, et plus précisément jetée d'un avion dans le rio de la Plata. Si ces choses-là avaient existé, cela se saurait.

— Cela se sait. Que faites-vous de tous les témoignages. De tous les disparus.

— Des élucubrations. Madame Darienzo, ne trouvez-vous pas une certaine similitude entre la manière dont vous fantasmez la mort de votre fille et la mort de Lisandra Puig, défenestrée du cinquième étage ? Nous parlons dans ces deux cas d'une chute dans le vide. N'auriez-vous pas voulu rejouer cette scène ?

Eva Maria se fige.

— Mais qu'est-ce que vous racontez ? Je n'ai voulu rejouer aucune scène.

Eva Maria se lève.

— Ça suffit maintenant, sortez de chez moi.

Estéban se rapproche du commissaire Pérez. Les poings serrés. Le commissaire secoue la tête.

— Je vous le déconseille, jeune homme, n'y pensez même pas.

Le commissaire Pérez se retourne vers Eva Maria.

— Madame Darienzo, savez-vous que vous êtes la seule de tous les patients du docteur Puig à avoir entrepris cette démarche, à être venue le voir au parloir ?

— Et alors ? Quand on est seul à faire quelque chose ça veut dire qu'on est coupable ?

— Loin de moi cette idée. Je voulais simplement vous dire que le docteur Puig vous a attentivement écoutée mener votre enquête. Nous aussi d'ailleurs, vous ne pensiez tout de même pas qu'on laissait n'importe qui accéder au parloir sans surveillance. Le dossier que le docteur Puig a constitué contre vous est lourd, vous le lirez vous-même, la logique est édifiante. Tout concorde.

Eva Maria fait les cent pas dans le salon. Son esprit est confus. Elle tente de comprendre. Alors Vittorio l'accuse. Vittorio aura voulu trouver un autre meurtrier potentiel, n'importe qui, manipuler la vérité pour qu'elle s'adapte à ses besoins. Comme avec Felipe. Trouver un autre coupable coûte que coûte. La faire enfermer à sa place. Et après tout, faire enfermer une femme qui passe sa vie à pleurer sur la mort de sa fille est un moindre mal. Pleurer sa fille en prison plutôt que chez elle, où est la différence ? Alors que lui avait encore des milliers de choses à vivre, des centaines de patients à aider, des dizaines de femmes à baiser. Alors il avait aiguillé la police sur sa piste à elle. Il fallait bien qu'il trouve un coupable pour se faire innocenter. Eva Maria s'arrête. Brusque. Elle sort du salon. Elle revient avec son sac à dos marron. Élimé. Elle l'ouvre et fait tomber toutes les cassettes aux pieds du commissaire Pérez.

— Et ça ? Il vous l'a dit, l'excellent docteur Puig, qu'il enregistrait ses patients pendant leurs séances, il vous l'a dit ça ?

— Bien sûr qu'il nous l'a dit. Mais vous me devancez, j'allais justement vous demander de nous les remettre. Car elles sont importantes, ces cassettes. C'est précisément ce qui a commencé à alerter le docteur Puig, et plus exactement les séances que vous releviez, lesquelles peuvent laisser percer vos mobiles potentiels : Alicia d'abord, cette femme jalouse de la jeunesse, et puis Felipe, en qui vous avez voulu voir la réincarnation du bourreau de votre fille, alors que c'est juste un pauvre type qui a du mal avec sa femme.

— Et son enfant volé, vous en faites quoi de son enfant volé ?

Le commissaire Pérez éclate de rire.

— De quoi parlez-vous ? Il n'y a pas d'enfant volé. Nulle part.

— Demandez à l'avocat de Vittorio, il vous dira.

— Nous n'aimons pas frayer avec les avocats, tous ces gens obligés d'inventer des problèmes s'ils veulent travailler...

— Et le témoignage de Miguel, qu'en faites-vous ?

— Miguel ? Quel Miguel ? Le docteur Puig ne nous en a pas parlé.

— Eh bien écoutez sa cassette, et vous verrez, vous verrez si ces choses-là n'ont pas existé.

— Madame Darienzo, nous écouterons ce que nous avons à écouter, vous n'allez pas nous apprendre notre travail. C'en est fini pour vous des petits rôles d'enquêtrice. Qui plus est, durant toute cette période, vous avez oublié une chose primordiale : un psy reste toujours un psy. Même derrière les barreaux.

Et soudain Eva Maria envisage le pire. Et si Vittorio était vraiment coupable ? Eva Maria ferme les yeux. Et s'il avait vraiment tué sa femme ? Et s'il voulait lui faire porter le chapeau à elle, elle sa patiente la plus fragile sur laquelle il avait parié depuis le début, un plan machiavélique, orchestré de main de maître, dans ses moindres rouages. Il la connaissait si bien, elle ne pourrait pas supporter de le voir se faire enfermer sans rien faire, à la fois trop fragile mais aussi trop brisée par l'injustice pour la subir encore une fois, incapable de se battre pour la mémoire de sa fille, elle se battrait pour lui, elle reporterait tout sur lui, le transfert elle le ferait, elle viendrait le voir au parloir et elle tenterait de l'aider, il avait tout préparé, étape après étape, mise en scène après mise en scène, et d'ailleurs, cette histoire de cassettes, cette soi-disant « technique personnelle », peut-être l'avait-il même inventée pour mieux la piéger, c'est lui qui lui avait dit pour l'enterrement, il la connaissait mieux que quiconque, s'était-il servi d'elle pour tuer sa femme et se faire blanchir ? Eva Maria est prise d'un vertige. Elle ouvre les yeux. Mais il l'avait sous-estimée. Il n'avait pas pensé qu'elle découvrirait qu'il avait une maîtresse. Et maintenant, son plan parfait était sur le point de s'effondrer.

— Vittorio vous trompe. Il vous a dit tout ça parce que je viens de découvrir qu'il avait une maîtresse et il a eu peur que je le dénonce. Donnez-moi les photos, je vais vous la montrer, c'est évident, quand on le sait, on ne voit qu'elle, peut-être que j'ai tort depuis le début. Peut-être que c'est vraiment lui qui a tué sa femme.

Le commissaire Pérez écarte le sac en plastique d'Eva Maria.

— Ce n'est pas la peine.
— Comment ça ce n'est pas la peine ?
— Le docteur Puig nous en a déjà parlé. Et effectivement ça a été le dernier élément qui l'a incité à nous faire part de ses soupçons à votre égard. Voir en une femme bien maquillée la maîtresse d'un homme relève d'une grande imagination, madame Darienzo.
— Mais enfin, ce n'est pas parce qu'il vous dit que ce n'est pas sa maîtresse que vous allez le croire.
— Vous avez raison. Mais vous pouvez être rassurée, c'est notre métier de ne rien laisser au hasard, et nous sortons de chez elle à l'instant. Un beau brin de fille en effet, mais simplement une amie d'enfance de Lisandra, vous voyez, pas de quoi bâtir tout un roman.
— « Une amie d'enfance de Lisandra », comme ça c'est pratique, Lisandra n'est plus là pour dire le contraire. Et alors, l'un n'empêche pas l'autre ?

Encore serait-elle *une amie d'enfance de Lisandra*, qu'est-ce qui vous dit que ce n'était pas aussi la maîtresse de Vittorio ?

— C'est normal que vous projetiez sur cette femme l'idée d'une maîtresse, vous fantasmez sur une autre le statut que vous rêveriez d'avoir, vous êtes jalouse.

— C'est absurde. Et l'eau du vase alors ? Qu'en faites-vous ? Comment pouvez-vous ne pas vous interroger sur l'absence de fleurs dans la scène de crime ?

— C'est effectivement la seule zone d'ombre de cette affaire, et nous nous interrogeons, mais peut-être allez-vous nous aider à l'élucider.

— Je vous le dis : Lisandra a reçu un amant ce soir-là, Lisandra avait des amants elle aussi.

— Nous savons.

— Vittorio est arrivé, il les a surpris et il a mis dehors cet amant et ses fleurs, une dispute éclate, tu vas bien voir ta maîtresse, j'ai le droit de recevoir mes amants, et cætera... et ça dégénère, peut-être était-ce seulement un accident. Mais maintenant j'en suis certaine, Vittorio a vraiment tué sa femme.

— Intéressant. Mais le docteur Puig a une autre hypothèse. Cette eau dans le vase pourrait être le symbole du seul élément qui manquait à votre imagerie ce soir-là : la symbolique de l'eau du rio de la Plata, dans lequel vous tenez absolument à ce que votre fille soit morte, un geste incohérent, la licence poétique d'une femme saoule.

Le commissaire Pérez et le lieutenant Sanchez se tiennent debout devant Eva Maria. Soudain, elle les regarde sous un jour différent. Et si ces types étaient des anciens de la junte reconvertis dans la police ? Ils devaient être nombreux dans ce cas. Et s'ils avaient décidé de tout ça avec Vittorio, d'un commun accord, la faire enfermer elle, qui ne laissait pas dormir en paix leurs exactions passées, qui témoignerait toujours contre l'ancien système. Faire enfermer une innocente mal-pensante et libérer un meurtrier bien-pensant. Le contrat avec Vittorio. Échanger les culpabilités pour faire enfermer ce qu'il restait de subversifs à la place des meurtriers. La routine reprenait de plus belle. Mais maintenant qu'ils ne pouvaient plus le faire ouvertement, il leur fallait trouver des ruses. Et peut-être même qu'ils organisaient des meurtres, et si certains crimes étaient orchestrés pour faire porter le chapeau à des innocents et de la sorte finir par étouffer définitivement les mauvais souvenirs, les mauvaises langues. Eva Maria s'avance vers le commissaire Pérez. Elle lui crache au visage. Le lieutenant Sanchez se précipite pour l'immobiliser. Le commissaire Pérez lui fait signe de ne pas bouger.

— Madame Darienzo, où étiez-vous dans la nuit du 18 au 19 août derniers ?

Eva Maria ne répond pas. Le commissaire Pérez reprend.

— Madame Darienzo, où étiez-vous dans la nuit du 18 au 19 août derniers ?
— Ici.
— Quelqu'un peut-il en attester ?
— Non. J'étais toute seule.

Estéban intervient.

— Quand je suis rentré, vers trois heures du matin, ma mère était là, j'ai vérifié.

— Comment savez-vous que vous avez vérifié ce soir-là ? Décidément, seule la jeunesse peut assurer une aussi bonne mémoire.

— Je vérifie tous les soirs en rentrant que... que tout va bien.

— Je vois. Mais je suis désolé, le fait que votre mère soit là à 3 heures du matin ne signifie pas qu'elle était là à 22 heures. L'heure approximative du crime. Madame Darienzo, nous sommes obligés de vous demander de nous suivre. Vous êtes en garde à vue.

Eva Maria s'effondre sur le canapé.

— Mais je n'ai rien fait.

Le commissaire se rapproche.

— Peut-être tout simplement que vous ne vous souvenez plus de rien. Si ça peut vous aider, c'est l'hypothèse du docteur Puig. Il pense que vous étiez sous l'emprise de l'alcool cette nuit-là, Vous pourrez plaider les circonstances atténuantes.

Soudain Eva Maria a peur. Peur qu'ils ne disent juste. Car quand elle boit, elle ne se souvient plus et c'est pour ça qu'elle boit, pour ces trous noirs qui lui font tant de bien. Et si Vittorio était sincèrement convaincu de sa culpabilité ? Mais les clés alors, ces clés, comment aurait-elle fait pour les avoir en sa possession ? Jamais elle ne s'invente de faux souvenirs, le jeune garçon, elle s'en souvenait, alcoolique peut-être, mais pas folle, ah ça non, pas folle ! Mais soudain, Eva Maria ne sait plus rien. Elle regarde Estéban et si elle avait tout inventé, et si ce jeune garçon dans l'escalier n'était autre que la projection d'Estéban, ce « crime passionnel », le sien ? Mais ce n'est pas possible, elle n'aime pas Vittorio, elle en est certaine, ça elle le sait quand même. Le regard d'Eva Maria se pose sur le tas de cassettes que le lieutenant Sanchez est en train de ranger dans le grand sac en plastique. Eva Maria lui arrache le sac. Elle se jette dessus.

— Vous allez voir que je ne suis pas amoureuse de Vittorio. Vous allez écouter ma cassette et vous allez tout de suite vous en rendre compte.

Eva Maria est à genoux sur le sol. Estéban quitte le salon. Eva Maria fouille dans les cassettes. On dirait une folle.

— Je ne comprends pas… elle était là, je l'ai vue plusieurs fois… je sais qu'elle était là…

Estéban revient dans le salon. Il s'approche d'Eva Maria. Il la relève.

— C'est moi qui l'ai, pardon maman, je n'ai pas pu m'empêcher. Je l'ai écoutée.

Estéban tient dans ses mains la cassette. Cassée. La bande sortie, froissée, déchirée, illisible, inutilisable. Sur le côté, une étiquette. « Eva Maria ». Le commissaire Pérez tend la main pour la récupérer.

— Vous l'avez détruite pour protéger votre mère.

Estéban se passe la main dans les cheveux, sur le côté d'abord, puis derrière.

— Je dirai plutôt pour me protéger.
— Comment ça ?
— On va dire que je n'étais pas vraiment bien loti dans cette cassette. Ça m'a mis en colère.

Estéban se passe la main dans les cheveux, sur le côté d'abord, puis derrière.

— Mais je confirme, messieurs... après avoir écouté cette cassette... ma mère ne nourrit aucun sentiment ambigu pour le docteur Puig.

Estéban se passe la main dans les cheveux, sur le côté d'abord, puis derrière.

— On ne peut pas en dire autant de tout le monde.
— Que sous-entendez-vous par là, jeune homme ?
— Ce que je sous-entends ?

Estéban se passe la main dans les cheveux, sur le côté d'abord, puis derrière.

— Que pensez-vous qu'il passe par la tête d'un « jeune homme » comme vous dites, qui voit sa mère s'éteindre à petit feu... et plus elle allait chez ce type, plus elle s'éloignait de moi... et le comble, c'est que c'est moi qui lui avais conseillé d'aller le voir, j'aurais mieux fait de me taire, mais on m'avait dit tellement de bien de lui... ma mère n'était pas chez Vittorio Puig ce soir-là.

— C'est normal que vous pensiez ça. Un enfant ne peut jamais croire à la culpabilité de sa mère. Mais restez en dehors de ça, jeune homme.

— Cessez de m'appeler « jeune homme », je vous le répète, ma mère n'était pas chez Vittorio Puig ce soir-là... c'est vrai, elle y allait souvent, trop souvent pour le peu de bien que ça lui faisait, mais elle n'y allait jamais le soir, il n'aurait plus manqué que ça... Par contre moi, j'y étais.

— Qu'est-ce que vous dites ?

— J'ai tué Lisandra Puig...

Eva Maria pousse un cri.

— ... j'ai tué cette femme pour montrer à cet enfoiré ce que ça fait de perdre l'être qui vous est le plus cher au monde... et après ce que j'ai entendu dans cette cassette, je peux vous dire que je n'ai aucun regret. Laisser ma mère dire qu'elle aurait préféré que je meure moi plutôt que ma sœur, sans rien objecter, je peux vous dire que je n'ai aucun remords... ce type avait besoin d'une bonne leçon, il était temps que quelqu'un l'empêche de nuire.

Le lieutenant se rapproche d'Estéban.

— Monsieur Darienzo, vous êtes en garde à vue.

Eva Maria se tourne vers les policiers.

— Ne le croyez pas, je vous en prie ne le croyez pas, vous voyez bien qu'il dit n'importe quoi, il dit ça pour me protéger, mon fils est incapable d'une chose pareille, il est incapable de tuer.

Eva Maria se tourne vers Estéban. Elle s'approche de lui. Elle lui prend les mains.

— Va chercher ton bandonéon Estéban, joue-leur, ils verront comme ton âme est belle. Mon enfant a des doigts en or, un cœur en or, il n'aurait jamais pu tuer cette fille, il dit ça pour me protéger, vous ne le voyez donc pas ? Il ne connaissait même pas cette fille. Cette fille ne le connaissait pas. Elle ne lui aurait pas ouvert.

Le commissaire Pérez secoue la tête.

— Ça, rien n'est moins sûr.

Estéban tend ses poignets vers le lieutenant Sanchez.

— Une femme ouvre toujours à un fleuriste... la malchance a voulu que ma mère décide de défendre cet homme... la malchance ou son inconscient, parce qu'elle ne voulait plus de moi, vous amener jusqu'à moi sans même le savoir. Comme ça elle n'aura plus à supporter ma vue qui lui rappelle sans cesse ma sœur disparue.

Eva Maria se jette dans les bras d'Estéban.

— Ne dis pas ça, Estéban, tais-toi !

Le lieutenant Sanchez passe les menottes aux poignets d'Estéban. Eva Maria s'interpose entre Estéban et le commissaire Pérez. Elle hurle.

— Arrêtez ! Vittorio a raison. Je lui ai volé les clés lors de notre dernière séance, c'est moi qui ai tué Lisandra, c'est moi, c'est moi, Vittorio a raison sur toute la ligne, sur tout ce qu'il vous a dit, je suis fragile, je suis alcoolique, je ne me remets pas de la mort de ma fille, je suis amoureuse de lui, j'étais jalouse, voilà j'avoue, j'avoue tout, que voulez-vous que j'avoue d'autre ? C'est moi, c'est moi, j'ai tué cette fille, dites-moi où je dois signer mes aveux, je veux les signer tout de suite mais ne me prenez pas mon fils, je vous en conjure, laissez-moi mon fils, laissez mon fils en dehors de ça, emmenez-moi, je suis prête, je vous suis.

Le commissaire Pérez et le lieutenant Sanchez encadrent Eva Maria.

— Vous vous mettrez d'accord au commissariat. D'ici là, on vous embarque tous les deux, nous avons un innocent à libérer.

Vittorio Puig a été libéré.

Eva Maria Darienzo n'est pas revenue sur ses aveux. Eva Maria Darienzo dit avoir tué Lisandra Puig. Une information judiciaire est ouverte pour assassinat. Eva Maria Darienzo encourt la perpétuité.

Estéban Darienzo n'est pas revenu sur ses aveux. Estéban Darienzo dit avoir tué Lisandra Puig. Une information judiciaire est ouverte pour assassinat. Estéban Darienzo encourt la perpétuité.

L'instruction dure vingt et une semaines. Le procès neuf jours.

Les jurés quittent la salle d'audience.

La délibération est longue. Compliquée. Mis à mal devant cette double autoaccusation. Déstabilisés dans leurs convictions. Les jurés décident, en dernier recours, de se ranger aux conclusions de l'expert psychiatre.

Eva Maria Darienzo peut avoir tué Lisandra Puig. Estéban Darienzo peut avoir tué Lisandra Puig. Chacun pour des mobiles différents. Mais selon toute vraisemblance, Eva Maria Darienzo ne fait que couvrir la culpabilité de son fils. Estéban Darienzo est le véritable meurtrier.

Les jurés rentrent dans la salle.

Estéban Darienzo est condamné à quinze ans de réclusion criminelle pour l'assassinat de Lisandra Puig.

Eva Maria Darienzo est acquittée.

Eva Maria se précipite vers son fils. Les policiers l'immobilisent. Eva Maria appelle son fils. Elle lui crie qu'elle l'aime. Estéban tourne la tête vers sa mère. Eva Maria pleure. Elle lui crie qu'elle l'aime. Il lui sourit. Avec douceur. Avec tristesse. Estéban est beau. Malhabile. Il passe le haut de son bras dans ses cheveux. Les deux poignets contraints par les menottes, il ne peut plus se passer la main dans les cheveux, il ne peut plus donner cours à ce tic développé à la mort de Stella.

Vittorio est assis parmi le public. Il se prend la tête entre les mains. Soulagé. Satisfait. Il serre sa veste grise contre lui. Cette veste qu'il a trouvée accrochée au portemanteau dans l'entrée, chez lui, le jour de sa sortie de prison. Ce n'était pas la sienne. Sûrement celle d'un des nombreux flics, journalistes ou photographes qui avaient pris leurs quartiers dans son appartement, pendant que lui croupissait en taule. Cette bande de primates. Il l'avait enfilée. C'était sa taille. Tant pis pour le type qui l'avait oubliée. Perdue pour perdue, maintenant c'était la sienne. L'ombre d'une seconde, l'idée que ce soit la veste du meurtrier de Lisandra lui avait traversé l'esprit mais il avait tout de suite haussé les épaules. Si les flics avaient retrouvé cette veste sur la scène de crime, ils lui auraient sûrement fait un autre sort que de l'accrocher au portemanteau. Il fallait qu'il arrête de voir le mal partout maintenant. Le meurtrier de sa femme venait d'être jugé. Son cœur se serre. C'était toujours Lisandra qui lui achetait ses vêtements, sans elle, il aurait toujours été habillé pareil. Cette veste ? Un signe de Lisandra. Les signes, les signes… voilà qu'il se mettait à penser comme elle maintenant. Il n'avait pas regardé dans les poches de cette veste. Sa curiosité s'est toujours portée sur les êtres humains, jamais sur les objets, encore moins sur les vêtements. Et s'il l'avait eue, cette curiosité, ou simplement ce geste courant de mettre sa main dans sa poche, que se serait-il passé ? Il aurait alors trouvé une carte de visite dans la poche droite de la veste. « Lucas Juegos ». Et alors que se serait-il dit ? Rien sûrement. Qu'y avait-il à dire sur la carte de visite d'un magasin de jouets ? Alors il l'aurait jetée. Ce qu'il a d'ailleurs fait quelques jours plus tard, mais sans s'en rendre compte, entre autres tickets de parking et restaurants glissés dans la poche de la veste depuis qu'il la portait. Plusieurs personnes entourent Vittorio. Sa famille bien sûr. Et des patients. Dont Alicia. Dont Felipe. Des amis aussi. Dont Miguel, revenu exprès de Paris pour le procès. Tout le monde le félicite, lui dit son soulagement.

Seul Pépé, dans un coin, n'applaudit pas. Il regarde Vittorio sourire et avec brièveté tourner son visage vers une femme au fond de la salle. *La femme de la photo.* Eva Maria ne la voit pas. Parce qu'elle n'a d'yeux que pour Estéban. De toute façon, Eva Maria ne l'aurait pas reconnue. Parce que la femme a des lunettes de soleil. Pépé déteste ces objets que le climat met entre les gens. Vittorio lui fait un signe très doux de la tête. La femme de la photo lui sourit. Elle quitte la salle dans les premiers. Avec discrétion. Soulagée. Elle sait qu'elle retrouvera Vittorio ce soir. Seul Pépé surprend ces regards. Ces sourires. Ce sourire de Vittorio. Mais il ne le dénoncera pas. Ce n'est pas le sourire d'un meurtrier qui vient de faire enfer-

mer quelqu'un à sa place. C'est le sourire d'un innocent soulagé. Le sourire d'un homme amoureux.

Les gens sortent. Chacun par sa porte. La porte de
la Cour et des jurés. La porte du public. La porte
du coupable.

Moi, je me tiens invisible dans la salle. Je hurle. Mais
personne ne m'entend. Je hurle. Alors personne ne
saura donc jamais ce qui s'est passé ? Lisandra avait
pourtant tout orchestré pour que le Coupable soit
puni. Je hurle. Je suis la fille du Temps, je suis la
mère de la Justice et de la Vertu. Je me demande
pourquoi la Vie ne m'offre pas le pouvoir d'éclater
toujours. Je suis La Vérité. Et je hurle de me
souvenir.

LUCAS JUEGOS

Vente et Réparation de jouets anciens

Defensa 1092, San Telmo
Buenos Aires
(011) 361.7516

lundi-vendredi
9h-12h / 15h-19h
samedi 9h-13h

Lisandra glisse la carte de visite dans sa poche. Elle sort de la boutique. Elle se dirige vers Pépé assis sur un banc. « Quelle main ? – Je ne sais pas... la droite. » Lisandra ouvre sa main droite et lui tend un petit chat de porcelaine, et puis elle ouvre sa main gauche qui en contient un autre semblable. « J'en ai pris deux pareils, un pour toi, un pour moi. » Pépé la remercie sans comprendre. « ... parce qu'un chat de porcelaine ne miaule pas sur l'amour », Lisandra fredonne doucement, « la vérité dort parfois dans les chansons ». Elle remercie Pépé de l'avoir attendue. Elle le remercie d'avoir été si gentil avec elle. De l'avoir écoutée. Ça lui a fait du bien de parler. Lisandra prend Pépé dans ses bras et l'embrasse. Elle se dégage très vite, elle n'a pas envie de faire durer ce moment. Maintenant elle peut rentrer, elle va mieux maintenant, il n'a plus besoin de la raccompagner. Lisandra fait un petit signe de la main à Pépé. Elle s'éloigne. Elle sent son cœur se serrer. Elle ne se retourne pas. Ne pas se retourner, surtout pas, il comprendrait. Pépé, elle l'aime infiniment. Si tous les hommes pouvaient être aussi bons que lui.

Lisandra est agitée. Elle veut rentrer à pied. Même si c'est loin. Elle veut marcher. Elle glisse sa main dans sa poche, elle sent la carte de visite sous ses doigts. Elle n'en revient pas. Elle l'a fait ! Comme avec les autres. Et ça n'avait pas été plus difficile. Fais comme si ce n'était pas lui, fais comme si ce n'était pas lui, il ne peut pas te reconnaître. Et il a mordu à l'hameçon. Elle avait tellement espéré que cela se passe comme ça, elle n'en revient pas. Alors elle ne s'était pas trompée. Quand elle est entrée dans la boutique, elle ne l'a pas regardé tout de suite. Elle s'est d'abord promenée au milieu des étagères. La démarche ronde et appuyée comme elle sait l'avoir. Elle s'est penchée pour mieux voir les jouets du bas. Elle s'est penchée sans s'accroupir. Pour se cambrer. Pour lui donner à imaginer. Lucas la regarde. Elle le sait. Du coin de l'œil. Elle ne cesse de se répéter que Pépé est dehors. Qu'elle ne risque rien. Alors elle fait mine de vouloir attraper un jouet trop haut pour elle. Sur la pointe des pieds. Le bras tendu vers ce jouet inaccessible. Son pull sur le bord de sa taille relevé, elle sent l'air qui peut l'atteindre. Un peu de peau nue. Rien de tel comme promesse. Lucas la regarde. Elle le sait. Elle est sur la bonne voie. Il ne semble plus la trouver aussi laide que par le passé. Il s'approche.

— Je peux vous aider ? Lequel voulez-vous attraper ?

Dans sa tête, elle répond : Toi.

— Le petit chat, là-haut.
— La peluche ?
— Oui, et celui en porcelaine aussi, à côté. « Parce qu'un chat de porcelaine ne miaule pas sur l'amour. »

— C'est sûr que ces chats-là ne font pas beaucoup de bruit.

Lisandra fait mine de comparer les deux petits jouets. Elle ne regarde pas Lucas.

— Vous avez un chat ?
— Non.

Lisandra tourne son visage vers lui. Le plus lisse, le plus neutre possible pour qu'il puisse y projeter tout ce qu'il désire. Et aussi parce qu'elle ne peut pas sourire.

— Je suis sûre que vous avez un chien.
— Mais vous êtes un peu sorcière, vous.
— Un peu.

Lisandra se retourne vers les deux petits jouets. Elle reprend son exercice de comparaison.

— Moi je suis allergique aux chiens.
— Quel dommage.
— Je suis bien d'accord avec vous. Quel dommage.

Lisandra lui tend le petit chat de porcelaine.

— Je vais en prendre deux comme ça.
— Très bien.

Lisandra lui emboîte le pas. Elle se dirige vers la caisse. Elle sent son regard derrière elle. Sur son corps. Elle ferme les yeux. Elle réprime un frisson. Sa mâchoire se serre. Elle le sent la frôler pour passer derrière la caisse. Lisandra sort deux billets. Elle les pose sur le comptoir. Il prend les billets de sa main droite. Il laisse sa main gauche sous le comptoir. C'est bon signe. Elle est sur la bonne voie. Elle avise la carte de visite du magasin.

— Je peux ?
— Je vous en prie. Vous habitez dans le quartier ?

Ça y est, il se renseigne. Lisandra ne lui répond pas. Elle prend la carte de visite. Elle fait mine de s'étonner.

— Vous réparez aussi les jouets ?
— Bien sûr.
— Les poupées aussi ?
— Bien sûr.
— J'ai une poupée cassée chez moi. Une grande poupée.

Lisandra met beaucoup de sous-entendus dans sa phrase. Elle sait que les hommes aiment le cru sous le vernis. Rien n'est plus excitant que la mièvrerie. Quand elle sort d'un corps excitant, bien sûr.

— Vous pourriez venir voir si vous pouvez la réparer ? C'est un souvenir d'enfance, j'y tiens beaucoup.
— Bien sûr, il m'arrive de me déplacer à domicile.
— Comme un docteur ?

Seconde mièvrerie. Lucas sourit.

— On peut dire ça.

Lisandra joue le tout pour le tout.

— Ce soir ?
— Pourquoi pas.

Presque gagné.

— Ah non, pas ce soir… quelle idiote, ce soir je travaille. Et je ne serai pas chez moi avant 21 h 30, ça ne va sûrement pas être possible pour vous, quel dommage. C'était une bonne occasion.

Lisandra met beaucoup de sous-entendus dans sa phrase. Lucas les perçoit.

— 21 h 30, mais si, je peux passer…

Gagné.

— … j'en profiterai pour faire mon inventaire avant, depuis le temps que je le repousse.
— Ah bon, vous êtes sûr, ça ne vous dérange pas ?
— Je vous assure.

Lisandra lui donne son adresse. Une fois. Elle est sûre qu'elle n'a pas besoin de la répéter. La concentration d'un homme est phénoménale quand il flaire une baise potentielle. Lisandra récupère sa monnaie. Elle sait qu'elle devrait lui laisser toucher un peu de sa peau. Mais elle ne peut pas. Trop dur. Elle ne tend pas la main. Elle attend qu'il pose la monnaie sur le comptoir.

— Vous voulez un paquet cadeau ?
— Non, c'est pour moi, c'est pour ma collection.
— Ah ? vous en faites la collection ?
— Oui.

Et puis tu aurais besoin de tes deux mains pour faire un paquet cadeau, laisse donc ton alliance bien cachée, tu sais très bien ce qui va se passer, ce soir, dans les escaliers, quand tu monteras chez moi, tu l'enlèveras, je ne sais pas si tu l'as déjà fait, mais ce soir tu le feras, comme tous les autres. Lisandra prend les deux petits chats sur le comptoir. Elle regarde Lucas droit dans les yeux.

— Alors à ce soir, ce serait tellement formidable si vous pouviez la réparer.

Lucas baisse le regard le premier. C'est bien la première fois. Lisandra n'aurait jamais pensé pouvoir regarder Lucas droit dans les yeux, elle aurait eu trop peur qu'il la reconnaisse, mais il n'a plus l'esprit à analyser, il n'a plus l'esprit qu'à imaginer. Il ne la voit même plus telle qu'elle se tient devant lui, il l'imagine déjà nue, gémissante sous ses tripotages, sa bite ancrée. Là, Lisandra doit sortir. Ça devient trop dur. Les femmes amoureuses n'arrivent pas à regarder droit dans les yeux, leur trouble est trop grand, l'amour engendre la tendresse, et dans le vrai regard droit dans les yeux, tel que les hommes l'aiment, il ne doit pas y avoir de tendresse. C'est ce qui manque aux hommes mariés. Lisandra glisse la carte de visite dans sa poche. Lisandra marche. Marche. Elle l'a fait. Elle l'a fait parce qu'il ne lui reste plus que ça à faire. Maintenant, elle le sait, elle en est certaine. Elle n'a plus peur. Aller au bout. Elle n'a plus le choix. Tout est dit. Elle a tout envisagé. Elle a tout essayé. Elle est allée au bout de tous les raisonnements. De tous les cas de figure. Quand on arrive au bout d'un raisonnement, après, on ressasse, et ressasser est une forme de mort. Lisandra le sait. Le ressassement c'est la vie lassée. Et surtout Vittorio est allé au bout de leur histoire d'amour. Lucas allait payer. Tout était de sa faute. Elle avait mis longtemps à en convenir. D'abord, il avait fallu qu'elle se rende compte de l'ampleur des dégâts. Et seule la vie qui passe permet de se rendre compte de l'ampleur des dégâts. Il avait fallu qu'elle grandisse. Il avait fallu qu'elle vieillisse. Il avait fallu que les schémas se répètent. Et puis il avait fallu qu'elle accepte de voir la vérité en face. Elle était sa pire ennemie. Certes. Mais parce qu'on lui avait appris à l'être. Parce que Lucas lui avait appris à l'être. D'abord elle s'était dit que ce n'était pas grave. Elle vivrait avec ça. C'était du passé, elle devait tourner la page. Le passé, ça s'oublie. Mais elle n'avait pas pu tourner la page car elle était devenue cette page. Elle n'avait pas pu oublier le passé. Alors elle avait voulu tout savoir. Pour son équilibre, pour sa santé mentale, elle ne pouvait pas continuer à vivre comme ça. Il le fallait. Pour Vittorio. Pour comprendre. En fait non, pas pour comprendre, parce qu'il n'y avait rien à comprendre. Des choses comme ça, ça ne se comprend pas. Elle voulait juste savoir. Comment tout avait commencé. Combien de temps ça avait duré. À partir du moment où on sait, on s'arrange. Se rappeler tout, enfin, lui permettra de tout oublier, enfin. Ce passé, elle l'avait convoqué. Appelé de tous ses vœux. Elle y avait mis tous ses efforts de concentration. Elle avait analysé tant de ses rêves. Elle avait tout essayé. L'hypnose. L'écriture automatique. Même la danse, elle y était venue animée par ce désir. La réminiscence du passé. Mais la mémoire est versatile. Impénétrable. Les associations. Le demi-sommeil. Rien n'était revenu. C'est la vie mystérieuse des souvenirs de se donner ou de se refuser. Les souvenirs sont libres. Ils se jouent de nous. Ils s'amenuisent, ils se dilatent, ils se rétractent, ils nous évitent ou ils nous foudroient. Une fois engendrés par la vie, ils en deviennent les maîtres. Ce sont les petits soldats du temps avec lesquels il nous rend fous. Sans souvenirs, nous serions des hommes libres. La mémoire est la mauvaise fée du temps. Les souvenirs en sont les forces obscures. Aucun souvenir n'apporte la joie réelle, la sérénité. Regrets, remords, les souvenirs sont des tas de petites cloches discordantes qui vibrent en nous. Et plus la vie passe, et plus la petite musique des souvenirs dissonne. On croit être soi, mais on n'est rien d'autre que ses souvenirs. Lisandra s'était battue contre l'amnésie. Contre cette électricité dans le cerveau qui jette des draps noirs sur des souvenirs qui ne devraient qu'avoir la douce lueur blanche de l'enfance. L'amnésie avait encodé son cerveau, l'avait mise au pas. Lisandra avait dû se rendre à l'évidence. Quatre tableaux. Quatre moments. Quatre images qui bougent depuis le jour où elle s'était souvenue. Ses souvenirs commencent toujours au même moment et s'arrêtent toujours au même moment. Jamais un détail de plus. Peut-être ne se souvient-on que de ce qu'on peut supporter ? Depuis, Lisandra est enfermée dans son présent, guetteuse inaltérable, guetteuse aliénée, les mains en visière sur ses yeux, sur son corps, sur son âme. Par où l'injustice peut-elle la pourfendre encore ? D'autres auraient sûrement réagi autrement. Elle, elle s'était rétractée dans ce cruel ressort qu'est la jalousie. D'autres se seraient réfugiés dans la colère. D'autres dans la joie hyperactive, la joie feinte, la joie fatigante car obligatoire. D'autres dans l'humanitaire, l'altruisme à tout prix pour s'oublier soi-même. Pourquoi la jalousie ? Là, on touche aux mystères des drames et des individus. La personnalité. Lucas lui avait appris à être. Quatre tableaux. Quatre moments. Quatre images qui bougent depuis le jour où elle s'était souvenue. Ses souvenirs commencent toujours au même moment et s'arrêtent toujours au même moment. Jamais un détail de plus. Mais elle, elle voulait se souvenir de tout, de toutes les fois qui avaient existé. Comment tout avait commencé. Combien de temps ça avait duré. Alors elle avait espéré qu'il pourrait lui dire tout ce dont elle ne se souvenait plus. Faire pot commun de leurs souvenirs pour reconstruire cette histoire. Cette grandeur d'âme, Lucas la lui devait. Elle avait mis longtemps à se décider, mais une fois décidée, ça n'avait pas été très dur de le retrouver. Depuis toujours, elle avait son prénom. Depuis toujours, elle avait son nom. Ils trottaient souvent dans sa tête. Le retrouver. Il le fallait. Pour son équilibre, pour sa santé mentale, elle ne pouvait pas continuer à vivre comme ça. Vittorio ne lui reviendrait peut-être pas. Mais si elle allait mieux, elle accepterait de le voir partir. Elle s'était dit que peut-être, quand elle reverrait Lucas, tout reviendrait. Elle le regarderait de loin et bang bang tout lui reviendrait, bon ça ne serait pas très agréable mais tout reviendrait. Alors elle prendrait son petit baluchon de souvenirs au grand complet et elle repartirait dans la vie, elle passerait à autre chose, en tout cas elle pourrait renouveler le tas de boue dans lequel elle s'enlisait. Elle serait plus forte. Plus solide. Elle n'en pouvait plus de se sentir aussi fragile. Se rappeler tout, enfin, lui permettrait de tout oublier, enfin. Alors elle avait retrouvé son adresse. Combien de mois était-elle restée dans cette nouvelle posture. Elle avait son prénom. Elle avait son nom. Elle avait son adresse. Vittorio la délaissait. Elle s'était décidée. Alors elle était passée devant chez Lucas. Comme on passe devant tout dès lors qu'on se déplace. Elle n'avait pas ralenti davantage que si cet endroit n'avait rien à voir avec elle. Surtout pas. Mais elle avait accéléré. Pas bien. On ne peut pas être parfaits. Elle aurait tant aimé être parfaite. Vittorio lui serait resté. Il n'aurait pas été voir ailleurs. Mais cela n'aurait rien changé. Lisandra le sait. Le temps brise les perfections. Parfaite quelques jours. Quelques semaines. Au mieux quelques mois. Imparfaite pour le restant des jours. Parce que l'amour est un principe en mouvement. On finit toujours par faire le tour de l'autre. Le principe de l'insatisfaction. L'insatisfaction de soi qui vous pousse vers l'autre. Puis l'insatisfaction de l'autre qui vous pousse vers un autre. Puis vers un autre encore. Tout ça pour tenter de ne pas voir que ce n'est pas soi ou les autres qui sont insatisfaisants, mais la vie. Parce qu'elle fait mourir. Ça c'était un jour. Et puis un autre jour elle était de nouveau passée devant chez Lucas. Comme on passe devant tout dès lors qu'on se déplace. Mais elle avait ralenti. Ça c'était un jour. Et puis un autre jour, elle s'était arrêtée. Comme si cet endroit avait à voir avec elle. Elle s'était postée devant chez lui. Et elle l'avait vu sortir de chez lui. Lucas avait changé mais elle le reconnaissait. Et lui la reconnaîtrait-il ? Il avait peu changé, elle terriblement, ce sont les écarts d'âge qui veulent ça. Elle l'avait là, sous ses yeux, mais rien n'était revenu. C'était le pire qu'elle avait imaginé. Et elle avait compris qu'elle n'irait pas lui parler. Elle ne pouvait pas aller lui demander. Ses souvenirs à lui aussi seraient carencés. Par le temps qui était passé. Et surtout par la honte. Par la culpabilité. Non seulement Lucas ne lui dirait rien de plus, mais il nierait. Jamais il n'avouerait. Il ferait mine de la prendre pour une folle. Et s'il était suffisamment courageux, et suffisamment effrayé par la menace qu'elle représentait, Lucas la tuerait. Elle avait laissé passer quelques semaines. Mais plus son histoire d'amour avec Vittorio perdait de sa force, plus elle trouvait le courage de faire avancer « sa petite enquête ». Elle l'appelait comme ça. Et puis un autre jour, non seulement elle avait vu Lucas sortir de chez lui, mais elle l'avait suivi. Jusqu'à son travail. Elle lui en avait imaginé cent. Qu'avait-il bien pu choisir comme métier ? Elle, elle n'avait pas de métier. Sauf celui d'aimer. Sauf celui d'être jalouse. Il prend le bus, elle prend le bus. Elle reste le plus loin possible. Il descend. Elle descend. Il marche. Elle marche. Il s'arrête, il sort des clés et ouvre une petite boutique toute verte. Lisandra lève les yeux. Elle regarde la pancarte. « Lucas Juegos ». Le choc la plante sur le trottoir. Le rideau de fer vert est relevé. Des jeux d'enfants ont envahi la vitrine. Le dégoût lui monte aux lèvres. Alors happée par lui, sous son emprise sans qu'il n'en sache rien, elle s'était mise à le suivre. Comme un objet de désir qu'il n'était pas. Jour après jour. C'était la fascination du mal. La fascination du passé. Elle le suivait de loin dans sa vie. Au bistrot où il déjeunait tous les midis. Elle s'installait derrière lui et le regardait de dos. Ses mouvements. Son corps. Ses cheveux. Ça avait commencé par un couteau. Elle volait des objets qu'il touchait. Une serviette. Une fourchette. Un journal qu'il jetait à la poubelle. Ses paquets de cigarettes qu'il jetait à la poubelle. Elle rangeait tous ces objets chez elle. Dans une petite valise. De temps en temps, elle l'ouvrait et les regardait tous un à un. Sans pensée. Ça c'était un jour. Et puis un autre jour, elle l'avait vu sur le seuil de sa porte embrasser sa femme. Alors Lucas avait une femme, elle aurait dû s'en douter. Ce qu'elle n'aurait jamais pu imaginer, c'était cette petite main, ce petit bras qu'elle avait vu surgir par la porte, au dernier moment, et courir, courir de tout son petit corps, courir vers lui pour lui donner un dernier baiser. Un baiser de bonne journée. Lucas avait souri. Alors Lucas avait un enfant. Une petite fille. Pas elle. Lisandra n'a jamais pu imaginer avoir un enfant. Les enfants lui font peur. Elle les trouve comme des petites vermines, souvent beaux, mais toujours petites vermines. Elle ne peut pas rester seule avec un enfant, elle a peur d'elle-même. Comme si ça ne suffisait pas de l'avoir subi un jour, il faut aussi vivre avec l'idée qu'on va le faire subir un jour, c'est bien ce que tout le monde dit, non ? Lisandra aurait tellement aimé l'avoir, cette envie d'enfant, peut-être qu'alors tout serait différent avec Vittorio. Un enfant n'empêche pas le désamour, mais peut-être qu'alors elle s'en ficherait du désamour. Lucas sourit. Ce jour-là, à cause de ce sourire, à cause de cette petite fille-là, Lisandra sait qu'elle se vengera. Son désir d'accéder au passé s'était transformé en haine du passé. Quand elle avait compris qu'il était heureux et pas elle, qu'il avait acquis tout ce que la vie permet d'acquérir et pas elle. Lucas allait payer. Tout était de sa faute. Lisandra ne savait pas ce qu'elle attendait. Elle attendait. Quelque chose. Elle n'avait pas d'idée précise. Elle savait que la vie, à un moment, lui fournirait une occasion. Une situation d'où naîtrait l'Idée. C'est toujours comme ça. Elle attendait. Elle n'était pas vraiment pressée. On n'est jamais pressé pour ce genre de choses. Et Vittorio lui faisait encore l'amour. Moins bien. Plus rarement. Mais encore. Voilà, elle y était. Ce matin-là, Lucas était sorti de chez lui avec un sac à la main. Il avait pris le bus. Il était descendu à son arrêt habituel. Il était passé devant sa boutique verte sans l'ouvrir. Il avait marché plus loin. Et il avait poussé la porte d'une teinturerie. La voilà l'Idée. Lisandra savait ce qu'elle allait faire, sans y avoir jamais pensé. Ce qu'elle devait faire. Elle avait poussé la porte à son tour. Tout de suite. Derrière lui sans attendre. Elle le regardait de dos, devant elle. Ça, elle était habituée. Mais elle n'avait jamais été aussi près de lui, enfin, jamais depuis toutes ces années. Lucas ouvre le sac et dépose une veste grise sur le comptoir. Elle écoute sa voix. C'est la première fois qu'elle entend sa voix. Elle ne la reconnaît pas. Quoi de plus normal, il n'avait pas encore cette voix-là. Il prend le ticket. « Au revoir. » Lisandra détourne la tête. Elle écoute la porte s'ouvrir. Elle l'écoute sortir. Vite, c'est à son tour, vite, récupérer la veste, ne pas leur laisser le temps de la prendre. Elle pensera plus tard. Elle analysera plus tard. Ce n'est pas le moment. Elle s'adresse au type derrière la caisse. « Bonjour, je suis très embêtée, mon mari est venu déposer une jupe il y a quelques jours et il a perdu le ticket. » Lisandra regarde la veste grise, là, juste devant, à quelques centimètres d'elle, elle pourrait la toucher. « C'est une jupe rouge. Une jupe en laine. – Rouge, vous dites ? Je vais voir. Longue ? – Non, courte. » *Ne prends pas la veste. Ne prends pas la veste.* Le type laisse la veste grise sur le plateau de la caisse, tout entier investi dans cette nouvelle mission, il s'enfonce dans la galerie de vêtements sous plastique. Lisandra attrape la veste grise sur le comptoir, fait volte-face et sort de la teinturerie. Elle court. Elle court dans la rue. De toutes ses forces. La veste grise pend au bout de sa main. Elle court. Elle sait maintenant ce qu'elle fera. Elle a tout ce qu'il faut maintenant. Elle le sait. Elle le sait sans l'avoir jamais programmé. Décidé. Organisé à l'avance. Il lui reste simplement à attendre le bon moment. La vie le lui offrira, le bon moment. C'est toujours comme ça. Elle ne reverra plus Lucas avant le Jour J. Elle espère qu'il n'y aura pas de Jour J. Elle espère que Vittorio lui reviendra. Vittorio ne lui est pas revenu. C'est le jour J. Elle sait que Vittorio ne lui reviendra plus. Alors à quoi bon continuer ? Elle ne le pourra pas sans lui. Il ne lui restait plus qu'à faire payer. Vittorio sortait de plus en plus souvent le soir, Vittorio allait bientôt vouloir la quitter, elle ne serait pas une prison pour lui. Cette conversation avec Pépé venait de lui ouvrir les yeux. Pépé a raison. Elle doit trouver une solution. Et la solution, elle l'a. Depuis longtemps. Et c'est maintenant qu'elle doit l'appliquer. Lisandra arrive enfin chez elle. En poussant la porte de leur appartement, elle se sent vaciller. Un peu. Pas beaucoup. Alors c'est ce soir ? Elle prend sa douche. D'habitude l'eau qui coule la détend. Pas maintenant. C'est normal. Elle est humaine. Elle met une nouvelle robe. Des talons hauts. Ça, elle l'a toujours su. Lisandra ne cesse de se le répéter. Une chance. Une dernière chance. Se faire belle. Très belle. Il faut qu'il me voie. Il le faut. Seul Vittorio peut encore la faire reculer. C'est leur seule chance. Il faut qu'il se souvienne comme on s'aimait. Il faut qu'il reste. Il ne peut pas nous avoir complètement oubliés. Ce qu'on était. Comme c'était beau. Vittorio la regarde à peine. Il est ailleurs. Lisandra ne peut pas s'empêcher, le pli de l'habitude. « Tu n'as même pas vu ma nouvelle robe. » Le reste, le plus vulgaire, elle le garde pour elle, *va rejoindre ta maîtresse, tu crois que je n'ai pas compris*. Lisandra lui demande, pour vérifier si ce soir, comme les autres soirs, il va lui mentir.

— Où vas-tu ?
— Au cinéma.
— Encore ?
— Ce n'est pas parce que toi tu ne veux plus y aller que moi je ne dois plus y aller.

Lisandra ne peut pas s'empêcher, le pli de l'habitude.

— Avant tu y allais moins souvent.
— C'est comme ça, ça dépend des périodes. Ça me vide la tête. J'en ai besoin.

— Bien sûr, tu en as besoin…

Mais Lisandra se reprend tout de suite. Elle ne veut pas que cela tourne à leur dispute habituelle. Pas ce soir. Ce soir, les enjeux ne sont pas les mêmes. Elle repose la question. Pour le protéger. Pour être bien sûre qu'il n'aura pas d'ennuis.

— Tu es sûr ?

Mais Vittorio se braque et cela se termine comme toutes leurs disputes depuis des semaines.

— Tu m'étouffes, Lisandra, je n'en peux plus, puisque je te dis que je vais au cinéma, tu n'as qu'à venir avec moi si tu ne me crois pas.

Elle sait qu'il lui ment. Vittorio sait très bien qu'elle n'ira pas avec lui. Ce n'est pas parce qu'on n'a plus d'espoir qu'on n'a plus d'orgueil. Il mériterait que tout ça lui retombe dessus. Tout à coup, elle se dit que si elle ne mettait pas la veste grise, Vittorio pourrait avoir des ennuis. Mais elle mettra la veste grise. Elle a d'autres ambitions que de punir un mari infidèle. Lisandra parvient même à l'accompagner jusqu'à la porte. Lisandra parvient même à sourire.

— Bonne soirée.

Lisandra referme la porte derrière lui. C'est là que sa volonté vacille à nouveau. Mais un peu. Pas beaucoup. Elle se dirige vers la radio. Elle met la musique fort. Elle fredonne. « Vieille rue de mon quartier où j'ai fait mes premiers pas, je reviens, les cartes usées à force de les battre, une blessure à la poitrine et mon rêve en morceaux brisé dans une étreinte donnée par la vérité*. » Elle ne doit pas trop penser. Elle a beau être courageuse, elle ne doit pas trop penser. Elle regarde la pendule. Il va venir. Lisandra n'arrive pas à le croire. Lucas sera là dans moins d'une heure. Il va sonner. Chez elle. Elle se dirige vers la chambre. Elle ouvre le tiroir de sa commode. Elle prend la veste. Elle la déplie. Une veste d'homme. La veste grise de la teinturerie. Elle la pose sur son buste. Elle se regarde dans la glace de sa coiffeuse. Il a raison, elle n'est pas belle. Elle regarde la carte de visite qu'elle tient dans ses mains. « Lucas Juegos ». Ça la dégoûte. Elle glisse la carte dans la poche droite de la veste grise. Lucas est droitier, elle le sait. Grâce aux souvenirs. Grâce aux images. Quand on est droitier, on le reste. Et s'il ne venait pas. Elle pose la veste sur le dossier du fauteuil. Lui ne la verra pas. Mais les policiers, eux, la verront. Elle rit comme une enfant qui prépare un bon tour. Une surprise. Elle rit. De peur un peu aussi. Pépé n'est plus là pour la protéger. Elle vérifie. Le verrou est bien fermé. Lucas ne peut pas entrer sans qu'elle s'en rende compte. Il va sonner. Et Lisandra repart dans le salon. Elle sort une bouteille de vin blanc. Un verre. Deux verres. Elle se sert un verre. Elle le boit d'un trait. Ne pas trop boire. Elle jette son verre au sol. L'autre verre aussi. Elle danse, elle danse, elle danse. Comment Lucas va-t-il réagir quand il va comprendre ? Elle tourne autour du fauteuil. Elle tourne autour de la lampe. Elle tourne autour du vase, et là, sa volonté vacille.

* Tango *Las cuarenta* (Gorrindo/Grela, 1937).

Non, pas sa volonté. Son cœur. Lisandra pense à Vittorio. À toutes les belles fleurs qui se sont trouvées un jour dans ce vase. Des fleurs d'amour. Elle le prend dans ses bras. Le remplir. Le remplir. Le remplir. Elle serre le vase contre elle. Elle se dirige dans la salle de bain. Elle pose le vase dans la baignoire et laisse couler l'eau dedans. Elle regarde les vêtements sur le sol. Près de la baignoire, les siens. Près de la douche, ceux de Vittorio. Avant, leurs vêtements ne formaient qu'un seul paquet, et là, elle se met à pleurer. Ses larmes se mêlent à l'eau du vase. Seraient-ce des larmes dans l'eau du vase ? Ses genoux pliés sur le sol lui font mal. Mais elle ne le sent pas. Elle se lève. Elle retourne dans le salon. Elle pose le vase lourd sur la petite table. Elle met la musique encore plus fort. Elle regarde la pendule. Elle regarde le vase. Elle étouffe un sanglot. Elle porte ses deux mains à sa bouche. Elle se mord. Là. Là où on peut bien attraper, entre le pouce et l'index. Jamais ce vase ne recevra les fleurs d'une autre. Elle pousse le vase de ses deux bras qui se tendent. Sa main est violacée à l'endroit de la morsure. Mais elle ne le sent pas. Le vase éclate. L'eau se répand sur le sol. Seraient-ce des larmes sur le sol ? Elle tourne, elle fait tomber la lampe, elle balance un siège à terre. Puis l'autre, celui avec la veste. Elle vérifie qu'on ne la voit pas, tout ce qui compte, c'est que les policiers la voient quand ils soulèveront le fauteuil. Elle ne peut pas s'empêcher de vérifier que la carte de visite est toujours dans la poche. Quand les policiers la trouveront, ils iront directement à l'adresse de la boutique et ils arrêteront Lucas qui ne pourra pas se défendre. À moins de dire toute la vérité et de s'accuser de son véritable crime. Lisandra danse, elle danse. Et elle attend. Si elle savait. Quand le commissaire Pérez soulèvera le fauteuil, il haussera les épaules. « Cette veste doit être au mari de la victime. Quel meurtrier au monde oublierait sa veste sur une scène de crime ? En plein hiver en plus ? » Le commissaire Pérez accrochera la veste au portemanteau dans l'entrée, mais il regardera néanmoins la taille : « 52 ». Et, parce que c'est son métier de ne rien laisser au hasard, il demandera quand même à Vittorio quelle est sa taille de veste. « 52 ». C'est bien ce qu'il pensait, encore une fois, il avait raison : cette veste est au docteur Puig. Lisandra attend et elle danse, elle danse. Que fait-il ? Elle se dirige vers la fenêtre pour l'ouvrir. Elle allait oublier de l'ouvrir. Quelle idiote. Elle sent le froid s'abattre sur elle. Immédiatement. Parfois elle se regarde danser. Là, elle ne le peut pas. On sonne. Ça y est, il est là. Elle regarde autour d'elle. Tout est prêt. Elle se dirige vers la porte. Elle regarde par le judas. Lucas est là. Elle regarde son visage qui ne voit pas qu'elle le regarde. « Deux petites minutes. J'arrive. » Elle ouvre le verrou. C'est fini elle n'aura plus peur.

— Entrez, je vais vous montrer ma poupée cassée. Elle s'appelle Lisandra.

Lisandra retourne dans le salon. Elle l'entend répéter pour lui-même, derrière elle, « Lisandra ». Elle marche vite, elle marche tout droit. Les morceaux de verre craquent sous ses chaussures, mais elle ne le sent pas. Elle s'adosse à la fenêtre. Elle regarde Lucas.

Elle lui sourit. À cet instant-là, il la reconnaît. Elle le sait. Elle le voit. Et elle donne un petit coup de pied sec. Elle ne saute pas. Non, elle ne saute pas. Surtout ne pas sauter. Juste un petit coup de pied sec, comme si on l'avait poussée. Comme si Lucas l'avait poussée, et elle sent son corps tomber. Elle aurait pu le faire sans lui, mais alors il aurait eu un alibi. Et il ne fallait pas qu'il ait un alibi, Lucas devait payer. La pensée de Lisandra claque. Les images défilent. À toute vitesse. Comme le veut la vie quand elle se retire.

5e ÉTAGE

Lucas c'est le fils de ma nounou Nati elle est gentille Nati mais c'est quand même la maman de Lucas papa me dépose chez elle tous les matins avant son travail et maman me récupère tous les soirs après son travail il faut bien faire garder ses enfants quand on travaille et il faut bien travailler pour faire vivre ses enfants la maison est au bord de la route j'entre par un haut portail en fer je traverse le patio je saute de pierres blanches en pierres blanches pour éviter les crocodiles qui me guettent sur les pierres jaunes j'arrive à la porte d'entrée j'entre il y a Negrito qui m'accueille en aboyant gentiment et il y a la cuisine à droite à gauche un salon pour regarder la télé et en face un couloir qui s'étire à l'infini avec la porte qui descend vers le sous-sol par l'escalier qui fait comme une virgule en fait cette maison elle ressemble beaucoup à ma maison à beaucoup de maisons en fait tant pis pour moi je la retrouve toujours un peu quelque part j'y ai vécu le lundi le mardi le mercredi le jeudi le vendredi de presque mes quatre mois à presque mes cinq ans je veux plus me brosser les dents le matin comme plein d'enfants c'est vrai j'ai plus faim le matin comme plein d'enfants c'est vrai ni le soir j'ai mal au cœur dans la voiture le matin comme plein d'enfants c'est vrai on ne peut pas deviner mais j'aurais bien aimé que quelqu'un devine parce que ce que j'ai vécu là-bas c'est vrai aussi je suis assise par terre sur le tapis le dos contre le canapé je regarde la télé et Nati dit « je vais faire les courses tu la surveilles j'en ai pas pour longtemps » le corps de Lucas couché sur l'autre banquette du canapé répond « oui » quand la porte d'entrée se referme il se redresse et il me dit « tu viens » je me lève je connais bien le chemin j'ouvre la porte dans le couloir et je descends l'escalier qui fait comme une virgule j'ai ma tête qui tourne comme quand je fais trop de balançoire je m'arrête à toutes les marches mais Lucas me pousse dans le dos pour que j'avance en bas il y a une pièce avec une machine à laver et une table à repasser avec un lit dedans je m'assois sur le lit Lucas

m'enlève tous mes vêtements je sais pas
encore me déshabiller toute seule après il
enlève son pantalon il est debout il est
grand et il me force je regarde vers la porte
parce que je veux que quelqu'un arrive
Negrito arrive mais il ne peut rien faire
j'écoute le bruit de la machine à laver

4e ÉTAGE

« arrête de me suivre partout comme ça ! »
« quand est-ce que maman arrive ? quand
est-ce que maman arrive ? »
« plus tard »
« quand est-ce que maman arrive ? »
« arrête avec cette question »
« quand est-ce que maman arrive ? »
« jamais »
je me mets à pleurer tellement j'ai peur
mais si peur
« mais non je disais ça pour rire elle va pas
tarder ta maman »
et Nati me prend sur ses genoux.
« tu vas pas faire les courses hein tu vas pas
aller faire les courses ? »
« non je n'ai pas de courses à faire
aujourd'hui »
« Lisandra n'a pas arrêté de vous réclamer
aujourd'hui »
maman : « c'est vrai ça ? »
moi : « oui »
maman : « mais il faut pas ma chérie tu
sais très bien que je vais pas t'oublier »

moi je baisse la tête et je veux être un
garçon si j'étais un garçon Lucas me ferait
pas ça je suis sous la table de la salle à
manger j'ai mon doudou toujours avec
moi Lucas me tire de sous la table il sait
bien que je joue pas à cache-cache mais il
le fait croire il veut faire semblant de jouer
avec moi mais moi je veux pas et cette fois
Nati est là elle fait la vaisselle elle n'est pas
partie faire les courses je me sens forte et
protégée alors je le mords il retire sa main
je suis bien contente mais en même temps
j'ai un peu peur « viens là ! » c'est Nati qui
m'appelle « pourquoi tu lui as fait ça ? dis
pardon » je dis pas pardon « tu veux pas
dire pardon ? tu veux que je te montre ce
que ça fait ? tu veux que je te montre ? »
et Nati me mord fort sur le dessus de la
main là où on peut bien attraper entre le
pouce et l'index elle me dit « tu vois que
ça fait mal dis-lui pardon » je dis pas
pardon « tu es une très vilaine petite fille
je le dirai à ta maman ce soir » et elle me
parle plus de la journée « je parle pas aux

3ᵉ ÉTAGE

vilaines moi » elle me dit et le soir dans la
voiture maman me fait un bisou sur la
trace de morsure ça fait du bien je crois
qu'elle comprend mais elle me dit que c'est
pas bien de mordre les autres ce sont les

vilaines petites filles qui mordent alors tout le monde est d'accord avec lui je suis vilaine alors je continuerai à avoir mal quand il est dans mes fesses avec son zizi à côté du lit il y a la machine à laver et dans la machine à laver il y a moi pour ne plus avoir peur j'écoute ce bruit qui tourne et ça me rassure parce que je sais qu'une machine à laver ça s'arrête et donc ça veut dire que lui aussi il va s'arrêter j'ai le nez collé au carreau je regarde cette maison en face où je pourrais attendre maman ce serait pareil mais ce serait pas pareil ce serait mieux Lucas passe derrière moi et il me tire les cheveux fort comme ça sans raison juste en passant derrière moi fort et je ne dis rien je ne peux plus rien dire pourtant Nati est là je pourrais aller lui rapporter comme n'importe quelle petite fille « Lucas m'a tiré les cheveux » mais je ne peux plus rien rapporter les petites comme les grandes méchancetés sont blo-quées dans ma gorge je ne peux plus rien rapporter je ne suis plus une petite fille je suis une menteuse laide qui le mérite et dont les parents vont mourir la porte d'entrée claque les clés tournent dans la serrure Nati s'en va faire les courses Lucas se lève il passe devant moi il ne me touche pas je ne sais pas s'il me regarde j'ai les yeux au sol j'ai mon pouce dans ma bouche et j'essaie de me noyer dans

l'odeur de la couverture bleue qui me sert
à me frotter le nez quand j'ai mon pouce
dans la bouche garder mon pouce dans ma
bouche bien garder mon pouce dans ma
bouche pour qu'il ne puisse rien y mettre
d'autre il quitte la pièce la porte claque
c'est le silence je n'ose pas bouger quelle
porte va s'ouvrir la première celle qui me
rendra ma liberté sur Nati de retour des
courses ou la porte terrible l'autre celle qui
ramènera Lucas c'est l'autre j'attrape la
poupée par terre et je me mets à jouer avec
je la fais parler poupée et je secoue ma
tête pour faire comme si je jouais encore
plus profondément et qu'il fallait pas
me déranger Lucas se dirige vers l'autre
banquette du canapé avec un magazine
dans les mains je continue de parler

2ᵉ ÉTAGE

poupée mais je baisse le ton pour ne pas
le déranger s'il veut lire ou s'il veut regarder la télé ne pas le déranger qu'il m'oublie
je n'ose pas sortir de la pièce j'ai l'impression qu'il m'oubliera plus si je reste recro-
quevillée devant lui que si je pars mon
corps en mouvement va lui donner l'idée
de mon corps alors que mon corps immobile j'espère que non Lucas se plonge dans
son magazine je ne sais pas ce qui me
prends je lâche la poupée j'ai tellement

peur que je n'ai plus la force de faire semblant « viens voir » qu'est-ce qui m'a
pris de lâcher la poupée je reprends la
poupée je me concentre sur elle et je lui
réponds pas si je lui parle pas peut-être
Lucas passera à autre chose peut-être qu'il
passera pas à moi je le sens qui se penche
vers moi « viens voir je te dis » je me lève
mais je reste à ma place peut-être qu'il va
me montrer de loin et qu'après je pourrai
me rasseoir et que ce sera fini ses jambes
sont posées sur la table du salon ça fait
comme un A avec le magazine posé sur ses
cuisses je la connais cette lettre A comme
dans mAmAn comme dans pApA Lucas
ne me regarde pas il regarde son magazine
« regarde celle-là c'est ma préférée mais
viens voir » Lucas tape sa main sur la page
qui est sur sa cuisse je m'approche de lui
je reste debout et je penche ma tête vers le
magazine une femme blonde avec des très
gros seins les jambes écartées me regarde
en me tirant la langue très maquillée toute
nue « viens » et encore une fois la porte
du couloir qui descend et l'escalier qui fait
comme une virgule et ma tête qui tourne
et Lucas derrière moi qui me pousse à
chaque marche une petite fille brune sans
seins pas maquillée les jambes écartées
toute nue qui lui tire la langue « ouvre les
yeux regarde-moi je t'ai dit mais t'es vraiment nulle pas comme ça t'es idiote ou

quoi ? fais comme elle regarde-moi ! » il me demande de faire comme si je suis sa *préférée* et ça recommence sa langue son zizi tout recommence comme tout le temps mais je suis pas sa *préférée* il le répète toujours que je suis moche si moche qu'il me fait ça parce que je suis pas belle tellement moche « je sais pas comment tes parents font pour t'aimer en plus t'es vilaine » et moi je sais pas pourquoi je suis

1er ÉTAGE

pas belle et je sais pas pourquoi je suis vilaine il pourrait me faire ça en me faisant croire que je suis sa *préférée* s'il avait été plus âgé au moins peut-être qu'il m'aurait donné des bonbons avant ou après peut-être qu'avant ou après il m'aurait dit que j'étais une princesse sa princesse tellement jolie avec mes cheveux jolis mes yeux jolis mon sourire joli mais Lucas n'a que quinze ans et il n'a pas encore l'âge où on essaie de cacher le vice sous des bonbons sous des caresses sous le gentil il n'a que quinze ans un âge où on arrache encore les ailes des mouches et à ceux qui disent qu'à quinze ans on ne fait pas de mal à une mouche moi je sais ce qu'elles peuvent vivre les mouches et il ne fait pas bon d'être mouche entre ses mains Lucas me fait ça parce que je le mérite il me fait ça et si je le dis c'est sûr que personne me croira c'est sûr que tout le monde me traitera de menteuse et surtout mes parents mourront si je le dis mes parents mourront tout de suite et après je serai seule toute seule toute seule toute seule toute seule « quoi une garçonnière ? à l'autre bout de la ville ? et personne n'était au courant ? non mais tu te rends compte ? bon en même temps il paraît que c'est beaucoup plus fréquent qu'on l'imagine d'ailleurs le notaire a dit que dans plus de la moitié des familles on découvre une garçonnière c'est bien simple il paraît que tous les hommes en ont une un jour dans leur vie » je lève la tête de mon assiette *une garçonnière* je crois qu'on parle de moi j'ai dix ans c'est dimanche tout le monde mange autour de moi je ne connais pas ce mot « garçonnière » mais je me dis que ça doit être une petite fille pour les garçons *une garçonnière* et je me sens un peu réconfortée alors ça doit arriver à plein de petites filles en fait alors je suis normale et comme ces souvenirs ces images me reviennent encore une fois la porte du couloir les escaliers la chambre je me dis que c'est pas grave je suis juste une *garçonnière* « comme il y en a dans plus de la moitié des familles » et ça n'a pas l'air plus grave que ça d'être une petite fille pour les garçons puisque tout le monde à table rit

mais je comprends pas pourquoi ils
rient tellement ça fait si mal et tellement
ça fait si peur d'être *une garçonnière*

0. TERRE FERME

C'est sa dernière image. Le corps de Lisandra frappe
le sol. Elle meurt sur le coup. Lisandra ne sent pas
les talons hauts de ses chaussures transpercer ses chevilles. Ses fémurs se briser. Ses hanches se démettre.
Elle ne sent pas son corps rebondir. L'arrière de son
crâne heurter le sol. Se fracturer. Elle ne sent pas son
sang se répandre partout en elle. Hors de ses veines.
Lisandra ne sent pas son corps rebondir une dernière
fois. Elle ne sent pas ses cheveux autour de sa tête
s'éparpiller. Ses cheveux blonds qui ne semblent pas
aller avec son teint. Lisandra ne sait pas que Lucas
ne sera jamais condamné. Qu'il a déménagé le lendemain du coup de téléphone d'Eva Maria et qu'il vivra
désormais étriqué, dans la crainte d'un nouvel appel
au sujet de *la femme aux deux petits chats de porcelaine.* Lisandra ne sait pas qu'un innocent se laissera
emprisonner. Pour l'amour de sa mère. Qui lui
reviendra enfin. Semaine après semaine, Eva Maria
ne manquera jamais un parloir d'Estéban. Lisandra
ne sait pas que Vittorio aura un enfant. Avec une
autre femme. Que ce sera une petite fille. Et qu'il
l'appellera Lisandra. Espérons que cette petite fille-
là, personne n'y touchera.

Remerciements

Ce livre n'aurait jamais existé sans Charlotte Liébert-Hellman, interlocutrice essentielle, sans Teresa Cremisi qui m'a fait confiance dès le début, sans Alice d'Andigné qui en a suivi l'élaboration avec une grande sensibilité, et son alliée Anavril Wollman.

Merci à Bertrand de Labbey de m'avoir prise sous son aile.

Merci à mon Amour qui m'accompagne avec tant d'intelligence sur ce chemin chaotique de l'écriture. Merci à Léonard, parce que ses intrusions dans mon bureau sont les plus belles images que je garde de mon travail. Merci à mes parents et à mon frère, indéfectibles piliers. Merci à mes « beaux » enfants qui ont su prendre une si large place dans ma vie. Merci à Marine Autexier et à mes amis qui savent si bien et si toujours être là. Merci à Brigitte Rouillon, précieuse assistante. Merci à Ludy et Elsie, anges du quotidien.

La « Séance de Miguel » doit beaucoup au témoignage de Miguel-Ángel Estrella, je le remercie d'avoir voulu faire partie de ceux qui ont choisi de parler (*Gueule d'Ange*, de Tristan Mendès France, éditions Favre, 2003, et *D'encre et d'exil 5. Buenos Aires-Paris, allers-retours*, éditions de la Bibliothèque publique d'information / Centre Pompidou, 2006).

Merci à Lucía V., mon *œil* argentin. À Stéphane Durand-Souffland, mon *œil* judiciaire.

Parce que la mort fait si tristement partie de la vie, je dédie aussi ce livre à la mémoire de Françoise Cachin et d'Isabelle de Roux Revay. Trop tôt disparues.

Mise en page par Meta-systems
59100 Roubaix

CET OUVRAGE
A ÉTÉ ACHEVÉ D'IMPRIMER
SUR ROTO-PAGE
PAR L'IMPRIMERIE FLOCH
À MAYENNE EN NOVEMBRE 2013

N° d'édition : L.01ELJN000572.A005 – N° d'impression : 85871
Dépôt légal : septembre 2013